行香之情

何建明 著

四川人民出版社

图书在版编目（CIP）数据

行香之情 / 何建明著. -- 成都：四川人民出版社，2021.9
ISBN 978-7-220-12370-2

Ⅰ.①行… Ⅱ.①何… Ⅲ.①散文集—中国—当代 Ⅳ.①I267

中国版本图书馆CIP数据核字（2021）第141006号

XING XIANG ZHI QING
行香之情
何建明 著

出品人	黄立新
策划统筹	蔡林君
责任编辑	蔡林君
版式设计	戴雨虹
封面设计	李其飞
责任校对	蓝海
责任印制	周奇
出版发行	四川人民出版社（成都槐树街2号）
网址	http://www.scpph.com
E-mail	scrmcbs@sina.com
新浪微博	@四川人民出版社
微信公众号	四川人民出版社
发行部业务电话	（028）86259624　86259453
防盗版举报电话	（028）86259624
照排	四川胜翔数码印务设计有限公司
印刷	成都东江印务有限公司
成品尺寸	152mm×230mm
印张	19.75
字数	262千
版次	2021年9月第1版
印次	2021年9月第1次印刷
书号	ISBN 978-7-220-12370-2
定价	68.00元

■版权所有·侵权必究
本书若出现印装质量问题，请与我社发行部联系调换
电话：（028）86259453

人民艺术家王蒙手书

建明友一哂：

文以清心

王蒙

目录

第一辑 文学在于激情

序——无"情"不文章 ○○一

读书相伴人生是一种甜美 ○○三
年轻时我们这样热爱文学 ○○五
我的青春书香往事 ○一六
我的"文学春节" ○一九
文学在于激情 ○二五
青春美怀 ○二七
棉很美，文很美，这就是文学所创造的美 ○三○
"疫"中小夜曲 ○三四
最接地气的地方和你…… ○四○
湖州的"漾"意味深长 ○四三

〇四六	穿越本身就是精美的工匠精神
〇五〇	柔软的心透明的眼
〇五四	日本人为何不愿去参观西点军校？
〇五八	我在部队的十个"第一"
〇六四	潇洒走纽约
〇七一	他改变了很多人的文学基因
〇七九	永远不老的是青春
〇八四	刻骨铭心的记忆
〇八八	陕北安塞"好汉坡"
〇九二	劳动人民的孩子爱劳动
〇九九	故乡水韵
一〇三	温州人的成长记忆

第二辑 父亲的体温

一路自由，一路惊心动魄	一一一
亲人不哭，而我热泪盈眶……	一一九
父亲的体温	一二二
永远的"铁姑娘"	一二九
母亲的泪光	一三四
老宅过新年	一四六
王蒙——永远的大青年	一五五
我的"好婆"杨绛	一五八
用文学祭奠逝去的灵魂	一六二
好人老郝	一六七
对逝者说些心里话	一七一
美男儿走了，那真叫人心痛……	一七五
恩师如父	一七八
少了她，中国文学又会怎样？	一八六
你是可以看透我心的镜子	一八九
世上真有活"夜郎"	一九一
神了的120岁老寿星	一九三

第三辑 那片丁香

- 二〇三 1921-2021，一个伟大的百年
- 二〇五 石库门前
- 二一二 雨花台的那片丁香
- 二二二 青春潮
- 二三五 青春中国
- 二三九 阿里为中国做了件大事
- 二四六 重上井冈山
- 二五一 闪烁着历史光芒的外交摇篮
- 二五四 为我们敬仰的高贵者立传
- 二五九 用文学表达我们对海疆的情感
- 二六三 因为崇高和卓越才最可爱
- 二六六 我们是时代的钢琴手
- 二六九 可敬的奉献者
- 二七二 人民至上的凯歌
- 二七五 美丽的女孩向我们走来
- 二七九 乐水之城
- 二八三 水德行香
- 二八七 山海间那只美丽的飞鸟
- 三〇〇 万鸟归巢

序——无『情』不文章

我以为，一个人除了生命之外，就是一个"情"字。而生命的本质其实又基本都是一个"情"字在催生作用。生命从来就是因情而欢、因情而悲、因情而顺、因情而逆……没有"情"，生命便失去意义，人类也不会再繁衍和继续。

都说我是写"大部头"的，确实也是如此，从写作开始到现在写了几十部"大部头"，似乎仍然没完没了地在继续写着这样的东西——这与我从事创作的纪实类作品本身有关。但一个人不可能一直生活和工作在一种修筑长城式的状态，闲时、碎时和喜时、悲时，也经常有，加上亲情、友情、文思等无时不在身边环绕着，所以总要写些"闲话""碎语"。几十年下来，这样的小散文、小杂文自然也积累了一些。有时还会发现，一些随思随想、片言只语，结果比"大部头"的影响还要大、传播面还要广，这就让我不得不思考是不是该改变一下"文路"。

散文和随笔，贵在"情"，美在"情"，恒在

"情"。这部散文集起名为《行香之情》，其中"行"为行走之意，"香"是美好与爱之意，"情"则是人生中一些值得记忆或回味的往事与情感的闪光点。希望它能随着岁月变换，飘出一股清香之味，留下一段段优美而真挚、深刻而炽烈的"情"，或自勉，或与读者共勉。

何建明

2021年仲夏于上海

第一辑

文学在于激情

读书相伴人生是一种甜美

其实在我看来，读书就是一个生命历程。

记得曾经为了"偷"读一本好书，我是躲在被窝里或者在蚊帐内靠打着手电筒看完的。那时读书有一种强烈的压抑感，但同时又带来巨大的冲动和欲望。那时阅读的每一本书中的内容都让我终生难忘。

在改革开放刚开始时，为了读上一本好书，就得想方设法去买书后"独"看——让书成为一个人的宝贵财产。记得当时我特别喜欢《唐诗三百首》和《莎士比亚诗选》，于是就在深夜两点钟起床，从部队军营跑十来里路，然后再在新华书店排队五六个小时，等到8点开门才可能获得一本心仪的好书。那时读书真的如饥似渴。

在知识大爆炸的时候，读书就像"游泳"一样，把整个身心投入其中，那很惬意。那种见了图书馆就想进、见了座位就想抢的感觉，其实很有趣。

在社会大发展的时代，我读书是跟我的采访、写作相伴的。这时读书，我更有的放矢。比如每到一个地方，为了尽快了解那里的历史、那里的人文，我喜欢找当地的史志类书籍来读。通过这些书籍的阅读，我能迅速对所要书写的大地有了一种飞翔的思维和熟悉的感觉，这对写作大有好处。至今我仍然沿用此方法，所以每年出差回家，带的最多的东西就是书。它们让我对祖国河山以及每个地方的人文景观都有一个全方位的知识积累。这种阅读让人对民族和国家的认知更深刻，对当代社会走向的判断也更准确。

现在读书，我更愿意静坐在一个地方，手捧一卷书，然后凝视一片土、一处景，甚至一个人，或者针对时代的一个现象，去作深入思考……这种阅读有些"老年式"，但它很有艺术感、深刻度，因而也会让人产生奔涌的新的灵感。

我总认为，读书不应"读死书""死读书"，必须"读活书""活读书"。人的生命是有限的，读书的目的除了增长知识以外，更多的是为国家、社会以及个人的人生和事业发展服务。所以读书就应该像选择自己的职业一样，要有方向性。否则那么多好书，即使一辈子也可能只读了其中一小部分，那么人生如何走向更加精彩和辉煌呢？

读书与人生相伴，相伴的目的是为了推动和影响人生。对读书人来说，我们的世界是由"书"组成的，而我们每个读书人，也应该成为一本本新的"书"……用一生去读这样的"书"也才更具意义。

年轻时我们这样热爱文学

　　年轻时我们都一样，我们都如此热爱文学——

　　似乎是很遥远的事，但似乎又像是昨天由自己编织的一个个梦。年轻的时候没有现在拥有这么巨大的书的世界和像雨一样多的媒介，我们有的只是早出晚归的"造反有理""打倒！打倒！"的恐怖岁月。真羡慕今天的人，又真憎恨今天的人——因为现在许多人躺在书海里却不知何处是知识，不懂得如何放下浮躁的心，去静静地挑几本有用的书慢慢地、细细地将它们读完……

　　我们那个时候并非如此，我们异常珍惜每一本书、每一次阅读，甚至对每一次阅读都要用最原始的手段，用笔一一地记下阅读的心得和体会，或者仿写几段深情的文字。

　　那时的我们每一次阅读都像饱餐了一顿山珍海味一样满足，于是如果有了第一次的梦想便紧接着追寻第二次的梦想……我记得自己第一次看一本厚厚的苏联小说纯粹是个偶然的机会：小学暑假时没有地方可去，便到了亲戚家瞎转悠。也就在这无聊的转悠间，我看到了一本没头没尾的厚书。书的前面少了十几页，估计是被之前看的人撕掉了,或者是被人当作"毒草"给"锄"了一遍。书的后面也被人这样"锄"了一遍,所以它成了没人关注的"垃圾",被扔在大家不注意的地方。而我把它捡起来后,就再也没有放下,一直到读完,读完后又悄悄地藏了几天,最后不敢藏了,又把它悄悄地放回亲戚家。那个时候,藏"毒草"是有罪的,也会让人觉得很可怕,因为大人们告诫我们:凡是"毒草",就会影响"身心",我们是"革命的接班人",任何"毒草"都不能沾边。但这本"毒草"却早已"毒"到了我的心灵深处——事实上我内心则像着了迷一般被书中的故事所吸引着、感动着,并且从此将书中的主人公模仿了一辈子。书中那个人的名字我也记了一辈子,他就是保尔·柯察金。

我之所以热爱和崇拜保尔,是因为他作为一个穷苦人家出身的革命者,他有与冬妮娅的初恋,他有少年时拿枪战斗的惊险经历,他还有青春时修铁路和与白匪搏杀的战斗,及同女友丽达的一段刻骨铭心的炽热爱情……最重要的是,他后来成了"钢铁战士"和作家。这些都让我迷恋,都让我崇拜,都让我向往,都让我刻意朝着他的人生轨迹奋斗着,一直到现在。

保尔的一段话,当时我和许多人都能倒背如流。这段话也曾鼓舞了无数其他的中国青年。它是这样说的:"人最宝贵的是生命,生命每个人只有一次。人的一生应当这样度过:当他回忆往事的时候,他不会因为虚度年华而悔恨;也不会因为碌碌无为而羞愧;当他临死的时候,他能够说:我的整个生命和全部精力,都已经献给了世界上最壮丽的事业——为解放人类而斗争。人应当赶紧的充分的生活,因为意外的疾病和悲惨的事故随时可能结束他的生命。"保尔的这段话的最后一句许多人没有在正式场合将它读出来,是因为它不像前面的话那么高亢和有革命性。

当能背诵这段话和书中许多情节后,我居然仍不知道读过的这本

书叫什么名。太巧合，后来又在另一个邻居家读到了保尔特别钟爱的一个革命者"牛虻"的《牛虻》小说。这种巧合，我想肯定是我这辈子的一种"宿命"——让我与文学有关，干一辈子文学事。

我在给今天的文学朋友讲课时，许多次都谈到自己童年时代的这段记忆和阅读经历。这真的是太宝贵了，影响了我一生！

后来的阅读似乎就变得"方便"多了——有心者总能成事。我开始注意，每每"破四旧、立四新"的行动中，总能从"造反派"的身后，及他们行将烧毁的书堆里发现几本"毒草"，有的是"大毒草"。那时我记得有两本"大毒草"是绝对不能碰的，它们是《欧阳海之歌》和《青春之歌》。少年时的逆反心理就这么强烈，你越不让做的我就越要去"试试"。于是"欧阳海"和"林道静"这两个名字便这样烙在我的心中。他们跟保尔不太一样，但我却能从书中发现他们也很崇拜保尔或保尔式的"战斗生活"。为了两本书，我还经历了一次惊心动魄的挨打：父亲是个小官，小官在"文革"中也必须是被打倒的"走资派"，因为造反派们说他的"主子"是刘少奇和邓小平。带头揭发和批斗父亲的恰恰是父亲一手提拔的人，父亲也是他的入党介绍人。那个人就住在我家旁边——很长很长时间，我一直认为这样的人是世界上最可恨的人。后来发现在中国历朝历代社会里，这样的人其实很多，今天也是如此。这样的人最终会有报应。

父亲被打倒，接下来的事就是我们家时刻面临被"抄家"的恐惧。这是我在十来岁时经受的最恐怖的事，至今不能释怀——因为不知哪天突然会有人举着铁棍和红缨枪之类的造反武器，把你的家团团包围，然后一脚踹开大门，冲进来一阵翻箱倒柜，拿走和砸烂他们认为的一切"封资修"和一切"复辟"的所谓"罪证"。不到40来岁的父亲，脾气耿直，刀架在脖子上就是不认罪。这让可怜的母亲每天急得不知如何是好。那时我的妹妹才两三岁，姐姐早已不上学了，留我这"独生儿子"必须"好好保护"。母亲执意把我藏到亲戚家，可我不愿走——因为我在家的一个旮旯里藏了我心爱的几本"毒草"。如何保存它们成了我的心病。突然我有了一个心计：我发现母亲整天想着如何偷藏她从娘家带来的那些嫁妆和几段"洋布"……我想唯一能保"安全"的就是将我的那些"毒草"夹藏于母亲的那些"宝贝"之中。哈，居然成功了！一天，我发现母亲在黄昏时借着月光把她的那些"宝贝"藏进了只有我们家人才能找得到的那口枯井之中。母亲真是聪明，而我想她也是急中生智的无奈之计吧。那个时候，如果它们一旦被造反派们查出，肯定罪加一等。后来这两本"毒草"成了我童年时最亲密的"伙伴"，一直陪伴我到中学时代。

我的初中和高中一共读了五年书，那时学制时间常常被改变。但是许多人并不知道，在"文革"后期的1972年、1973年，各地出现了一段被后来称之为"修正主义回潮"的时光。何为"修正主义回潮"？实际上是教育部门按照周恩来总理的指示，开始恢复课堂正常读书的秩序，也重新有了考试等基本的教学形式。这应该说是"文革"中唯一的一段比较好的教育新秩序。记得我们升高中时的考试，不仅严格，而且考场上用的是"ABCD"卷，就是前后两排4个考生的卷子完全不同，相互之间别想偷看，偷看了也没用，卷子都不一样。可想而知，那种考试有多严。这也就造成了后来出现了张铁生的"白卷英雄"一说。我的初中和高中老师，都是上海来的。初中的班主任姓夏，是一位很严厉的女教师。高中的班主任也是上海人，是一位从南京大学毕业的高才生，他在"文革"中落难到了我家乡，并成了我们的数学老师兼班主任。他叫张伟江，后来是上海市教委主任，我们至今还常常见面。张老师是个标准的教书匠，没有脾气，为人极好，只知教书，不问政治，所以在他的教育下，我们的高中阶段完全没有荒废，学到不少知识。另一位老师叫符鲁元，是我们的语文老师。他

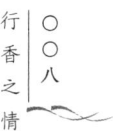

对我的影响是终身的,是他让我对文学产生了兴趣,成为我一生的追求。

语文老师符鲁元先生是同学们最喜欢的老师。他到课堂,基本上不讲课文,讲的尽是历史上的故事和传说,滔滔不绝,古今中外,似乎他无所不知,这让我们每每渴望和期待听他的课。我原本的一点文学爱好在符老师那里得到了"裂变"——符老师注重我们学生的读书,并且经常出题目让我们练作文。有一次,苏州地区按照上面的要求,对我们这些中学生进行"摸底考试"。全苏州的同年级作文题目是统一的,最后考试成绩出来,我得了84分。这个分数不是很高,但绝大多数同学最多只能得五六十分,相当多的人则不及格。记得考试成绩出来后的那天符老师见了我后,笑容特别灿烂,然后眯着眼睛告诉我:你是全苏州摸底考试作文写得最好的一个。我不敢相信这是真的,因为我的成绩也就84分。后来慢慢明白了,所有的人都是低分,我这84分就是"状元"了。这一次高分给我的激励是空前的。从此,我便有了"作家梦"……

"文革"依然在进行之中。"白卷英雄"出来后,学校再度陷入无政府状态,整天"批林批孔"。我的"作家梦"受到了极大的摧残和打击。不过还有机会——其实任何时候,你只要有恒心,人生的目标总是离你越来越近。那时我们江苏的《新华日报》上每月有两期副刊版,上面有许多散文、诗歌、短小说之类的文章。这些文章成了我相当长的一段时期内的"文学导师"。煤油灯下,我把每一期的《新华日报》副刊版上的文章剪下来,钉成一本又一本的"文学作品集",作为自己练习写作的"参考书"。那种学习是精细和认真的,我会对每一篇自己感兴趣的作品反复细嚼细品。

1974年夏季高中毕业至1975年冬天,是我一生中过得最艰难的日子。我们与农民一道或在40多摄氏度的高温下,或在零下几摄氏度的冰水里干活，时而在农田水利的战场，时而在"双季稻"的收割现场，时而又在江河滩上的拉纤路上……那种苦，不是一般人能扛得住的。"劳动少年"时所经历的那一幕幕永远铭刻在我的记忆之中，一辈子都不会忘却。现在有些知青一说插队如何如何的苦，比起我们吃过的苦，简直就是小菜一碟、天壤之别。我一直认为，至今还没有看到一部真正反映"回乡知青"的小说和纪实作品，这才是中国文学的一种真正缺失。因为在那个时代，真正受到大苦大难的是我这样的"回乡知青"。下乡知青是"飞鸽"，随时可能飞走了，而我们"回乡知青"的命根就像石板一样钉在那里，无处可逃，再痛苦、再绝望，也只能忍着，即便身子骨被大山压垮、粉碎，也还得在泥土里留下一个影子。

多少年后，我跟朋友们说：南方农民们所干的活没有一样我不会的，而且样样干得不错。尤其是插秧，我是绝对的"快手"，一天插秧能挣30多个工分；我还当过纤夫。朋友们听后嘲笑我是"吹牛"。我只能无语，心想：这还用"吹牛"吗？拉出来试试就知道。

不过再苦的时候，我们还有甜美的事，那就是文学。苦难的时候，历史上许多大作家都完成了自己的经典之作。苦难的时候，对文学爱好者来说，完成的是对自己人生的丰富性和意志锤炼的过程。大概我们属于后一种。莫言兄曾经也跟我说过他类似的少年时代的"文学梦想"：几个有些头脑的年轻人，通过写黑板报，练就了一点儿"文学修养"，于是便成了当地小有名气的文学青年。在当代中国文坛，诸如我这个年龄的作家中，有一批人就是这样成长起来的。

至今仍然记得，我们同乡的几个年龄相仿的"文友"聚集在一个农村生产队的仓库内，晚上睡在稻草铺上，白天和黄昏则乐此不疲地进行文学创作——有一个星期的时间，且是冬季农闲时节，否则也不可能有这么长的时间让我们几个"农村精英"聚集在一起。要知道，

那时外面"批林批孔"的风正吹得紧着呢！很好笑，我们几个文学痴迷者，竟然借着"批林批孔"的学习班时间，埋头在煤油灯下进行文学创作。我记得除我之外，还有一位叫姚坤元和一位姓龚的女孩子，其他人记不住了，共七个人。后来"文友"都干什么去了，一点儿也不清楚。只有姚坤元先生一直跟我有联系，这位文学痴情者其实比我有才情。1975年底，我当兵离开家乡后，坤元兄一直继续做着他的"文学梦"。可"文学梦"不能当饭吃，于是他当了漆匠，之后又开红木家具工厂，生意做得不小，在苏沪一带颇有名气。尽管如此，坤元兄一直没有放弃文学创作，现今时常在我的手机里能收到他的"文学段子"——他的段子后面一般都会注明"原创"。每每看到这两个字，我就会心头发笑，但那确实是我们青春文学梦的写照呵！

上面这些都是发生在"文革"时期，我十七八岁之前的故事。

然而，我真正的"文学课"是从进入部队开始的。那应该在1975年之后的四五年间，那时我们的国家正是结束"文革"的前后几年，尤其是1976年之后的那段时期，各行各业，百废待兴。令我最难忘的是，我和一位战友褚勇军（他是我的领导，部队新闻干事）多年一起读书、写作的岁月。褚勇军的父亲是部队一野战医院的政委。褚勇军爱好读书，喜欢文学，尤其喜欢古典文学。我受褚勇军的影响很大，而且因为我们的共同爱好，才有了几年时间踏踏实实的"文学补课"。那一段时光，极其可贵，受益匪浅。我和褚勇军成了最好的战友。只要一有时间，我们就跑到当地的一家新华书店去买书。那书店距我们部队驻地有十来里路，当时书店进书非常少，尤其是中外名著，不是每天都有进货，通常一周才会有一批新书到店，而且每个人只能买一两本。问题是，书店每次进货也只有几十本书，所以购书人需要排队，即使排队者也未必就能买到。为这，我和褚勇军战友可就苦透了。为了能够买到书，我们必须早早地出发，争取在书店开门之前排队在最前面，否则就前功尽弃。哪知我们认为去得很早——早晨四五点钟就出发，可到书店一看，人家买书的队伍早已像长龙般地延伸到大马路上……那个时候，人们对知识的渴求，真是令人感叹。于是我和褚勇军后来只好改成深夜一两点钟就开始从部队驻地出发，跑步赶到书店。那样，我们就会当排队的"第一名"。可这"第一名"当的是多么不容易，我们得在寒冷的露天待上六七个小时——书店要到早上8点才开门。这六七个小时里，我和褚勇军只能裹着军大衣或静坐在书店前门的石条上，或在书店前的马路上小跑步。尽管如此，我们从来没有感到何为苦，相反每次等到捧得一两本新书回到部队后，总是感到无比满足和幸福。如此一两年下来，我在宿舍里放满了一本本中外名著，它们是英国作家勃朗特的《呼啸山庄》、笛福的《鲁滨孙漂流记》、萨克雷的《名利场》、奥斯汀的《傲慢与偏见》和法国作家雨果的《巴黎圣母院》《悲惨世界》、巴尔扎克的《高老头》《欧也妮·葛朗台》、大仲马的《基度山伯爵》、小仲马的《茶花女》、普鲁斯特的《追忆似水年华》、司汤达的《红与黑》，美国作家海明威的《老人与海》和俄罗斯作家肖洛霍夫的《这里的黎明静悄悄》、高尔基的《母亲》《我的大学》、托尔斯泰的《安娜·卡列尼娜》以及中国古典名著选《唐诗三百首》《宋词选》……那个时候，我和褚勇军通常还不能同时买到一本书，所以只好交换着看。他是一个唐诗宋词迷，每天早晨带着书跑到部队营房后面的山坡上背诗诵词。他告诉我，他一天背两至三首，准备用一年时间把唐诗宋词中的经典作品全部背下来。我很佩服和崇拜我的这位年轻首长，便跟着他，每一周总有三五天会跑到营房后面的山坡上背诗诵词。我记得自己的记录是背过100多首唐诗宋词，而褚勇军则能背近300首。相比之下，我更喜欢莎士比亚的作品，除了莎翁的经典剧本名篇外，尤其喜欢他的十四行诗作。对宋词和格律诗我也很钟爱，曾经一段时间在给恋爱对象写信时总是赋

诗一首或赠词一首。

在买书十分困难的岁月里，我和战友几乎买到了我们想要的全部的中外经典著作，那是一个至今令我依然骄傲的"成绩"。后来我的书，跟随我转辗东西南北近十年，一直到从部队转业时，我五个箱子的"家当"中有四箱都是书……

还有件特有趣的事：1983年末，我从内蒙古呼和浩特的北京军区某部回到北京，调到武警部队工作。在内蒙古那个部队时，条件十分艰苦。我记得刚到呼和浩特市时，冰天雪地，早上出操，一会儿冰碴就在嘴边结起。尽管如此，初来乍到北方，这对我一个南方人来说，异常兴奋。清楚地记得，我到那的当天晚上，与老战友白绍华（我们原来都在基建工程兵当新闻干事）聊天，听他讲述他们部队在沙漠里寻找战备地下水的故事，感动得我一夜未合眼。到呼和浩特的第一个星期我就写了篇《大漠觅泉人》，稿子发给当时的《新观察》，很快发表了。此文后被内蒙古自治区政府评为"内蒙古自治区成立35周年优秀征文"一等奖，奖品是一条毛毯。北国冬天虽然寒冷，但那条"文学毛毯"令我心窝温暖无比。

北国的故事并没有结束。

我所在部队有个图书室，由政治部负责。一名宣传干事负责买书和管理。由于我是北京调过去的，家不在呼和浩特，平时就住在办公室。战友们一到星期天就回家了，我光棍一人就是读书写稿，好像那时连电视都没有。孤独对不爱学习者来说是孤独，而对喜欢阅读的人都从来不会有孤独之感。在我不停借书看的过程中，发现了一个问题：书总不够看，借了一本没两天又得换书看。偏偏那个管书的干事又常不在班上，尤其是到了星期天、节假日，没书看的我就感到内心紧张和焦虑，于是到处寻找好书看——当然最好进那个放图书的屋子里去。突然有一天我发现，原来那个放书的屋子的门，只要使劲一推，就能轻易而入。哈哈，我对自己的这一发现偷着乐。从此以后，我看书就不再受局限。但有时看完一本好书后就极不愿意放回原处，想随时拿出来再看，所以渐渐我放衣服的木柜变成了装得满满当当的书箱——坦白说：谁也没有发现。但后来坏事了。在我离开呼和浩特调回北京时，人到了火车站，却突然被赶来的政治部的同事叫住了，说"何干事你暂时不能走"。我不知何故，看对方神色很严肃，似乎有什么重要事情跟我有关。大概相持了一段时间后，我的另一位战友（好朋友姓薛）赶过来，对那个干事说："没事了，你回去吧！"我的战友送我上了火车。我不知自己做错了什么，但从战友们的表情看得出，问题似乎还有些严重。后来等我到了北京若干天后，我的好朋友悄悄写信告诉我，说有人发现我"借"了不少书而没有还，当时他们想追回并准备给我个难堪，是我的这位好朋友帮忙化解了，说人家不就是因为喜欢文学才拿走了几本书而已，何必大惊小怪嘛！哈哈哈，我听后又是好笑又是脸红……自己给自己解围道：至于这样爱好文学吗？

年轻时，我们如此热爱文学。文学又让我们有时不知好与坏、不知错与对，而更让我们明白了读书和品味书中的知识与人生经验是何等的重要！

其实，年轻的一些习惯和爱好会延续一生，今天我仍然会自觉不自觉地受其影响。比如现在，自己写的书也多了，但丝毫不会因此而停止对好书和必读书的阅读，有时读得多的连自己都会吃惊。如像前年写作《忠诚与背叛》一书，当新书出版后，重新整理为创作此书时的参阅图书，一数竟然有近百本之多！前些日子看到有人读了一个大学，便攻击和嘲笑我们那个年代因"文革"而失去读书机会的人"读书极少"。他哪里知道，课堂上的知识和学校里所读的几本书，在人的一生中只能算作人活在世上一辈子中喝的"第一口水"而已。靠喝了"第一口水"就炫耀自己，未免太可笑了。人活一辈子，活到老，学到老，这是周恩来总理留给我们的一句箴言。

有一个问题，我想问自己，也想问大家：如今到处书山书海，我们为什么不再把书当成宝贝？如今我们从事职业文学创作，又为什么许多人并不把文学当作一种神圣？这非常值得我们深思。

我的青春书香往事

助手小范拿来我30年前出的第一本书，说是从"孔夫子旧书网"上花了120元才买到的，他的脸色颇有些尴尬，怕我嫌贵了。"再多100元我也要！"手捧熟悉而又陌生的处女作，我有些激动。说真的，即使再多一点钱我也定要把这"失传"多年的书买回来，因为我早已一本也不存有它了。

这本名为《缉私大王》的书，是我的第一部中短篇作品集，由解放军出版社出版。一看版权页上的时间和定价，叫我好不惊叹：天哪，那个时候的书真便宜，才1元2毛钱！版权页的版次为1986年3月第1版。

到2016年，整整30年呵！

那个时候我从解放军北京军区调入刚成立不久的武警部队工作。当时，全国改革开放不久，沿海走私活动异常猖獗，福建省武警部队有位缉私英雄的事迹在全国传扬开了，所以我奉命去写了一篇报告文学，发表后有些影响，于是解放军出版社的编辑找到我，希望将其出版。

但那是一篇只有几万字的中篇作品,所以与编辑商量的结果是:将我以前发表的作品结集成一部书出版。那时出书不易,何况解放军出版社要为我出书,自然有点欣喜若狂之感。

于是,我便把1978年至1985年创作的7个中、短篇作品汇集到一起,凑成了这部很薄的处女作,取其中之一的"缉私大王"为书名。由于文字不多,加上当时物价低,所以定价仅为1元2毛钱。

在今天看来,一本书仅1元2毛钱,是绝对不可思议的事!我当过作家出版社社长多年,用现在的定价看,这本书即使定到24元也不算高。

转辗30年,当年印数1万册的书,结果我自己竟然连一本也没有了,未免有些遗憾。所以我托助手想法从旧书网上找找看,还真买到了,但价格却令我大感意外:1元2毛钱的原价,竟然涨到了120元!

"人家说是名人书籍,具有文物价值。"小范说"卖家"如此说。

我听后不觉有些好笑。不过,我仍然感觉它很值,尤其是对作为作者的我而言,120元买回我的第一本出版物何其合算!

捧起处女作,读其中的一篇篇文章,我眼前不由浮现起当年的一幕幕情景……作品中的许多人物,现在不知他们人在何方?处境如何?再读我自己的"后记",更是感慨万千——

十四年前,当还在上中学时,我就一直是班里的语文尖子生。那时,我经常得意忘形地瞅着那帮同学的一道道嫉妒的目光,做着一个美好的梦:将来,我还要写大部头的书!

十四年后,我的梦终于实现了!感谢解放军出版社给我这个喜欢"做白日梦"的青年,铺展了一条金色的路。

有人对我说,像你这样二十七八岁的人,正是血气方刚,喜欢织"梦"的年龄。是啊,梦有时多么美好,然而它毕竟是虚幻的,而生活才是真正充实和多彩的……

这是我当时"后记"中前面的几段话。那时我二十七八岁，推演到"十四年前"，应该是我在中学时第一次在《苏州日报》上发表小诗的时候，可见"作家梦"在我青春初始时就有了。

十三四岁的人其实不可能知道自己一生到底会朝向何方发展，但那个时候树立起的理想则能影响一生。这不，我的青春初始所树立起的"作家梦"，后来一直激励和支撑着我前行，甚至连自己都不曾想到会在后来还当上了中国作家协会驻会副主席，出了一本又一本的"大部头"！

如此而言，梦想是能够改变一个人的命运的。而青春时的选择动力，影响的可能是一生。

意外欣喜的是，小范还为我找到了我的第一部长篇小说《东方毒蛇》版本。这也是丢失本，我家中无存原版本。这部作品是我在1987—1988年创作的。当时的我，除了写报告文学，还写诗歌、散文、小说，似乎想"通吃"。当时我常用"剑铭"作为发表小说的笔名。

《东方毒蛇》是根据上海滩上的一位真实的拳王r故事写成的。我写这部长篇小说有几个背景：一是我当时在武警部队，与一批拳击手、格斗手天天在一起，为他们写教材；二是我参与了拳击运动的解禁过程；三是武打小说特别流行，所以才有了这一题材的小说创作。

书由解放军的昆仑出版社出版，王侠先生当责编，他当时是出版社的编辑部主任，老资格的编辑家，为我的长篇小说处女作花费了很大力气。书印了两万册，在当时也不算少了，竟然若干年后连我自己都没有了存书。

记得上海电影制片厂跟我谈过拍摄的事宜，但因为种种原因未果。然而《东方毒蛇》则记录了我当时的文学创作热情和水准。这本书的定价：2.85元，比第一本贵了一倍多，但仍然让我久久发笑，太便宜了！

呵，30年前的20世纪80年代，那是个多么朝气而清朗的年代！它是我的青春年代！它也是我的青春书香年代！

我的"文学春节"

中国人对过春节情有独钟,其浓浓的亲情、友情和团圆之情皆在这节日里尽显。不过,春节对于我们这样平时整天忙于工作而无法静下来写作的人来说,实在是难得理理思绪、行文动笔的好时机。一句话,别人欢饮豪放,我等敲键就文。这就是我已经养成了二十多年习惯的"文学春节"。

最早的一件事算是从我的成名作——《落泪是金》开始的。那是1998春节,我正在《中国作家》主持赵瑜的《马家军调查》一书的出版与发行工作。这一年赵瑜的这部作品把整个中国好好"折腾"了一番:从6月份出版之后的几个月中,围绕"马家军"的事着实热闹了大半年,当时由于马俊仁出来要同作者打官司,故而事情越扯越复杂,甚至中央几位领导都出面调解此事。而当时的"马家军"是国家的荣誉和形象,赵瑜的一篇《马家军调查》把整个事情翻了个底朝天,这种颠覆性的报告文学,已经不再是文学的问题了,而是一个国家的社会问题。事情就是这样闹大的。

身处旋涡中心的我和《中国作家》杂志自然格外忙乎,问题的另一个关键是：我们《中国作家》因此跟着又大红大紫了起来，读者期待值飞涨，希望有更多好作品在我们杂志上刊出来。我当时是总编室主任，实际上负责杂志的经营和市场发行工作。这份责任让我更明白"抓住时机"这话的实质含义。作为经营管理者和作家的双重身份，我可能比一般人更着急的是在《马家军调查》之后还有没有好作品推出。

记得当时我们又拿到了杨沫的儿子老鬼拿来的一部长篇，该作品发行也算不错，但与《马家军调查》没法比。这个时候我倒对一本纯文学杂志如何走向市场有了些自己的主张：原来的拼盘式组稿需要改进——整本推出一部或两部大作品，可能读者更愿意接受和喜欢。这是反常规的文学杂志操作，到底如何，得由市场和读者来检验。

好作品不是想要就会来的。可杂志是周期性的，断了粮肯定会影响杂志的印象和刚刚产生的市场效应。怎么办？有一个办法：自己动手吧！就在那个时候，我接受了一项任务：团中央李克强书记正在主持一项调查大学贫困生问题的工作，具体实施这项任务就交给了团中央学校部的邓勇部长。他们希望我以报告文学的形式将中国大学贫困生问题作一调查，并通过作品来呼唤社会对贫困生问题引起关注。

这是一项非常重要而紧迫的任务。我是有自己岗位工作的人，不是专业作家，故写作和采访就必须是在业余时间进行。这弄得我很苦，采访对象是全国的大学和众多贫困生及老师和家长等方面的人员，调查采访工作量之大可想而知。

我记得有几次到大学采访是中午——因为我不能影响学生们上课，所以只能等他们放学时或下课后去采访，那时没有汽车，只能骑自行车。因为太困，有几次我骑着车竟然打起瞌睡来……写报告文学的人相对比较少，重要原因之一就是报告文学需要花大量时间去实地和现场采访，这让许多人退缩了。

采访是仅仅一方面，而写作一部长篇的时间就更难安排了。这也是业余作家很难成为一名报告文学作家的重要原因之一。那时已经临近春节了，我必须把作品写出来。于是那一年的十天春节假期——单位提前放假三天，我就有了十天整的时间，来好好进行写作。

我第一次感觉春节真好：不用早出晚归，想什么时间起床什么时间吃饭皆由自己决定；不用买菜做饭，家人早已准备了各种丰盛的美味佳肴，想吃什么都有；不用为啥事烦恼，一心专注地敲键盘……平时因为上班，十天写不出几行字。这春节十天，我差不多将整部作品的大纲和几个要害的章节都完成了！电脑上一打"工具"栏，显示的文字数令我兴奋不已：89000字！这意味着我每天完成创作的文字竟约达9000字！

就是这春节假期，让我有信心完成自己后来定名为《落泪是金》的长篇报告文学了！作品在《中国作家》上发表后，没有想到社会反响如此巨大。有人说，何建明的《落泪是金》让全国人民掉了一次眼泪。美国《洛杉矶时报》评价《落泪是金》是"90年代以来中国最有影响的校园文学"。

其实这个评价并不意外，因为这部作品后来在社会上引发了一场对中国教育的热议，尤其是大家对贫困大学生和我提出的"弱势群体"这一概念，有了普遍的认识。中国官方部门之后推出了诸如"绿色通道""救助政策""西部行动计划"等，随即许多对贫困大学生救助的国家政策出台皆多少与我的《落泪是金》有关系。这部作品是我的成名作，使我的文学创作获得了社会和文学界的认可。团中央的同志后来告诉我，他们收到读者读《落泪是金》后自动捐助贫困生的善款就达三千多万！

这个春节让我得到和感受到了特别多的收获和喜悦。因为1998年春节的这份特殊收获，我的文学创作进入之后数十年的创作高峰……

记得印象较深的有几个春节：

有写《中国高考报告》的2000年。那一年，因为是世纪交替，我记得那一个春节我把自己关在八平方米的小书房里敲着并不太熟悉的电脑，正进行《中国高考报告》的写作。这又是一部赶时间的作品。当晚的"春晚"节目里直播中央领导在世纪坛举行隆重的世纪交替时间的仪式时，我在电脑上刚完成"中国必将翻开教育的新一页"这样的文字。

如我预言，《中国高考报告》发表后，收到的反响与《落泪是金》一样，是我个人创作上空前的高峰。那时我有些明星的感受——走在北京大街上经常被人认出来。各大报纸都在不停地转载《中国高考报告》……甚至后来它被拍成了电视连续剧。最关键的是，这部作品对中国教育提出的比较尖锐的问题引起了大家的强烈共鸣。

2000年的春节假期让我对春节多了一份浓浓的期待和情感。

2002年1月，我注意到当时中央对农民问题和党内腐败问题十分关注，正好我发现了一个好题材。那年1月20日，我刚从中央党校中青班学习结业。箱子还没有打开，我就请假到了山西采访，十天时间，我完成了对作品主人公的采访，这个人叫梁雨润，后来成为全国典型——"感动中国人物"之一。

为了赶时间，我不得不又一次利用春节来完成我的作品。这一年的春节过得很愉快，也很敞心，因为假期前后半个月，我就把名为《根本利益》的作品完成了。15万字的作品一经发表，又一次轰动全国。

中央政治局常委中三位领导对这部作品做出批示，要求有关部门向我作品中的主人公学习。梁雨润的事迹迅速传遍了全国。《根本利益》使我获得了更多的文学荣誉。这部作品成为中宣部确定的"迎接党的十六大的优秀图书"。

2003年，北京的春节被南方突然冒出来的事搅乱了，先是广州

行香之情　〇二二

的，后来席卷了全国的"非典"事件。那一年的春节本想写一部关于毛泽东的作品，后来因此耽搁了。但同年我的《北京保卫战》在全国热闹了一番，写的就是北京城抗击非典的全过程。

结束"抗击非典"战斗后，我受命写一部反映三峡大移民的作品。那时我和同事杨志广开始一起主持《中国作家》日常工作，整天忙于应付编务和改刊策划，难有时间外出采访，更不用说写作了。但三峡移民事件是国家大事，我必须完成。采访过程不必说有多艰辛，有一事可说：仅一次在巫山大昌镇采访，八天时间我没有洗过一次脸，也没有洗过一个澡……

该作品是为江西一家出版社写的，他们希望能够赶上当年中宣部"五个一工程"奖的评选活动，所以希望我能在那年的三四月份前完成它。于是2004年的春节，又是我的一个赶日子的"写作假期"。不过仍然愉快，我不仅把书名为《国家行动》的作品完成了，而且后来真的获了国家大奖，央视还将这部作品改拍成电视连续剧并且在黄金时间播出了。

之后由于"名声"越来越大，求稿者频繁，似乎有些应接不暇，因此每个春节我几乎都是在电脑前度过的。

也许有人会问：大过节的，你还坐在电脑前，烦不烦？

哈哈，也许吧，对那些平时有心情安定地坐在电脑前从事自己写作的专业的人来说，春节假如再在电脑前端坐着敲键盘，确实有些烦了，甚至是烦透的事！可我很惬意，一点儿也不觉得，反而觉得舒服、开心，因为在春节里我能够收获平时不能收获的宝贵财富——自己所喜欢的一部部文学作品的诞生！

这几年，随着自己的工作变化更多，职务也越加叠起，可利用的写作时间更少了，甚至连春节都不能安静——需要去看望老作家、慰问下属同事，还有诸多必需的应酬。然而我还是会尽可能地将春节的有限几天假期用在敲电脑的键盘上。这份愉快的假期劳动对我来说实在太难得和宝贵了，这并非虚伪，也并非假意，而是实实在在的，因为这样的结果让我比朋友间碰酒杯、聊大天有了更大的收获和喜悦。

比如我2009年完成了自己的《部长与国家》（该作品后被改编成电视连续剧《奠基者》）的准备工作；2010年春节构思完成了《我的天堂》，这部作品后来也获得了中宣部的"五个一工程"奖；比如2011年春节写成了《忠诚与背叛》的前十万字的创作……创作是辛苦的劳动，然而劳动所得到的收获又是无比喜悦的。

而2012年的春节，我则与《大桥》做伴，将创作的笔触伸向横亘在零丁洋面上的世界最长跨海大桥——港珠澳大桥和其背后的建设者，书写当代中国的又一奇迹。

现在，当我回顾自己一二十年间所度过的"文学春节"时，感到有一丝丝满足，因为它们伴我走过了一个又一个值得回味和收获的美好时光。俗话说，一年四季在于春，如果我们能够把春节假期的每一天利用好，不是比别人更早更多地迎到了那新一缕温暖的春光吗？

文学在于激情

不知别人是否这样,在我看来,一切文学皆于激情而产生的。没有激情的存在文学就不可能出现。

文学乃是人学,人学的产生来源于一个"情"字,没有"情"的文章可以是论文,可以是报告,但不会是文学作品。

文学作品离不开一个"情"字,因为有"情",所以才有文学。文学因此是"情"的派生物,激情注入文学的血脉,文学才有了生命力。

"情"为多种,有悲情、有苦情、有钟情、有喜情、有恋情、有爱情……而这一切都属于激情范畴,悲之超度便是恸痛之激情,苦之无法忍受便是反抗与愤怒之激情,钟情是执着之激情,喜情是兴奋与愉悦之激情,恋情是相倾相慕之激情,爱情是炽烈生命之激情。

因此,无论是悲剧小说还是讽刺话剧,无论是爱情小说还是反叛电影,皆因某种激情所致而使作者随其思绪完成的可以传阅与传播的文字。

激情有大有小。大的激情为人类、为世界、为民族、为国家,大的激情同样也包含一个作家内心的情感抒怀与流露，就是宇宙间的太阳可以普照大地，而滴水也能将太阳包容一样。小的激情为一草一木、一山一水、一事一语，而一草一木也代表对万千世界、芸芸众生、错综复杂的事物的理解与认识，一山一水皆可能是作者对整个世界和人类的讴歌或鞭挞，一事一语同样可以说明真理与驳斥荒谬……

微风起波是荡漾而温柔的激情，叠浪翻卷是汹涌而飞泻的激情，眼角的一滴泪是感动与思念的激情，嚎叫啼哭是欲罢而不休的激情——所有内心与表象的情感流露皆为激情的升与降、缩与张之间。

文学不能没有激情，没有激情的文学是文字玩物，作为玩物的文学不是真正的文学，只能是虚假与虚伪的叙述。

真情实感下才会有真正的激情，激情不能泛用，但没有激情绝不是文学，也产生不了伟大的文学。

激情并非凭空想象之物，生活是激情的源泉。离开了生活的土壤，激情便是一片枯叶，枯叶垒不起激情的碉堡，不是碉堡式的激情也就支撑不起擎天大柱般的文学巨著。

当然激情不能泛用，激情也需要理性，理性下的激情才是深刻而神圣的、崇高而伟大的。纵观当下文坛，我们似乎可以肯定一点：真情少了，虚情与假意的多了；激情少了，泛情与虚伪之情多了。文学需要在这一问题上认真反省——反省你的情感就是反省你的作品，同样反省你的作品也才能更深入反省你的情感。

文学需要再度呼唤激情，需要呼唤真实而强烈的激情。

青春美怀

——读《李岱宸诗文集》

我不认识李岱宸，至今仍是。以前一直有个观念：今天的新一代写作者，玩得新花样太多，似乎无法与我们老一代的文学功底和价值观相融……其实是我们错了，错在小看了新一代。读20岁女孩子岱宸的作品，对我最大的收获便是如此。

我在中国作家协会工作近30年，基本上都在编辑出版和作协领导岗位上，熟见了贺敬之、王蒙、李瑛那一代作家，也负责策划出版了莫言、贾平凹等这一代作家的许多作品，同样也见证了韩寒、郭敬明等新一代作家以及近十年间崛起的诸多网络作家的成长……似乎每个时代所涌现出的作家中都会有一些值得我们看重的优长。然而在每代人心目中实际上存在着一份相互看不上的心理，其实这很正常。

看了岱宸的诗文作品，我必须改变一下自己的观念：年轻一代中真的有一些极为优秀的人才。岱宸一定是其中之一。

她的文学素养，我以为超过了当今文坛上相当一批作家，即使他们中不少人甚至拿过文学大奖。岱宸拥有的历史知识，比她接受的高等教育所给的要丰富深刻得多——如果仅仅从文凭学历看待一个人的知识面，实际上是很浅薄的。她不一样，许多作品中透出了她"课外书"一定看了不少；她独立的"文学感觉"，让我特别喜欢她的文字，即使有的是畅想或幻想，但它们所呈现的也是一名作家内心情感和可贵精神的溢露。

　　作家之所以让人敬佩，就在于他有常人没有的"感觉"，或者说"灵感"。有些天赋旁人无法学习和模仿。但更多的"感觉"或"灵感"，其实也是一个人有独立思考和独立意识的成熟的心理历程练就的。刚刚20岁的岱宸，能有许多超越成人的思考，这是极其可贵的。她的文字里，不失一位女孩子本有的浪漫与幻想，同时又有成熟思想者的敏锐性与判断力；她的观点里，既有可爱的童真，又有高远的明辨，而抒发出的情感又很美、很真。她通过自己的眼睛将所看到的景物与人世间的生动景致，化为自己的思考和审美，就像将许多散落的"珍珠"串在一起，变成一件美丽的"思想外衣"。女作家多数有这般本事，但有的女作家一辈子走不出自己狭窄的思维通道和审美篱笆，局限在自己从文字里流露出的"似锦如画"的情感里面，这在很大程度上也影响了当代中国女性作家们的才华发挥。看得出，岱宸不是这样的人，她的视觉是跳跃的、灵动的，甚至是有些游离于自己"感觉"的专长……而这恰恰说明她极有前途，因为"不定性"，才是一个伟大作家的真正强大之处。

　　文学本身没有任何的标准。有标准的文学就不是真正的文学，就像思想不应该有固定模式，如果有了，那这种思想一定是僵化的，而不断探索式的先进思想才是人类进步的动力。一个时代有一个时代的作家、思想家和创造者。如果一个人不去从事经济和财富的行当，也没有追求权力的欲望，那么当个有丰富的思想和情感的作家不失为一个美丽人生的好选择。而这样的美的人生，它应该是有情怀且充实的

人生,是富有诗意的人生。

所以,我给岱宸的诗文定义为"青春美怀"——美的文字和美的情怀。希望岱宸一生一世如此。

棉很美，文很美，这就是文学所创造的美

极少有这样的题目，就是因为《棉都》是一部很独特的作品。它写的是棉花的事，却写出了诗意和文学性。我没见过作者是个什么样的人，但他的文字足以让我对他产生浓厚的兴趣。老实说，他的这部报告文学作品，比一些获了奖的作品要好得多。看得出，这是一位写作高手。我当了十几年文学杂志社主编和出版社社长，出版和编辑过莫言、贾平凹、铁凝等许多小说家的作品，知道何谓"小说家"和何谓"好小说"。其实小说关键是叙事和语言的魅力，能把看似普通的东西写成美得让你爱得死去活来的东西，就应该是"好小说"了。

写报告文学的难度其实远比写小说的难度要大得多，因为前者必须建立在真实的基础上进行叙事，而且有当事人"盯"着你看怎么写他呢！最要命的是写完的作品还要经过一道又一道的关口，一个又一个的单位和人来审查它的真实性。这个真实性有可能成为拿捏作家最容易，且最可能改变作品文学性的时候，故写报告文学的人被称之为"戴着铁镣跳舞的舞者"，其原因就在于此。报告文学作家获得社会和历史的尊重其实也在于此——尊重客观事实，是它的本质。然而在真实

和文学之间保持一种平衡和统一，事实上是很难做到的。现实中的许多人和事并不具备艺术性，也不太有文学性。可作品是要讲究艺术性与文学性的，这种情况下笨拙的作者是很难完成一部优秀的纪实类作品的。所以现在许多读者批评报告文学直白式叙事、新闻式的表达，缺乏艺术性和文学性，不是没有道理的，这使报告文学在读者心目中留下很不好的印象。这些年我一直在呼吁报告文学要防止和摆脱"新闻式写作"，事实上有作者写了一部又一部"报告文学"，可能连他自己都不知道他的东西事实上并非报告文学作品，充其量是"报告"的堆积。我之所以提出和指出当前报告文学创作中这些存在的问题和现象，一方面是忧心这种文体被某些"宣传需要"引导坏了，让一部分写作者陷入"文体无知"的空喜欢状态；另一方面就是读了裴建华这样的好作品的缘故，他的作品引发了我对这个话题的思考。作为报告文学的老兵，自夏衍到徐迟，再到我们这一代，恐怕像我这样40余年一直在从事报告文学创作，并写下了那么多"国家大事""凡人小事"，作品涉及那么多政治、经济、军事、社会层面及人物，人数极少。在近20年来也很少有人像我在中国作家协会和全国层面上倾注了那么多精力去重视报告文学作者队伍建设事业，因此每每发现一个优秀的新作者时，我总会比别人更加兴奋，发现《棉都》和它的作者时就是这种心境。我必须承认，在看了《棉都》后，自己甚至迅速地在网上搜索了一下"裴建华"这个词条，想看看到底是何许人也，然而得到的信息却十分有限。

但现在作品就在我案头的电脑上。我不得不被其美好的叙事风格和感人的故事所吸引，并进入欣赏和阅读……

我从小就知道棉花，也会种棉、识棉、摘花，甚至看过母亲和工厂里的人纺织棉絮，至今我的姐姐、妹妹都是与"棉"有关的企业家。这原因并不复杂，因为我的老家苏州从古至今都是纺织之乡，是真正意义上的"棉都""丝都"。这是我小时候的记忆，但现在我发现苏州的棉花少了，古时候的"棉都"和"丝都"叫法已经不复存在，为他地所代替之。

"棉都"原来跑到了山东的滨州去了！这让人极其意外，然而它又是真实的。《棉都》的每一个文字都明白清晰地告诉我们这样一个基本的事实：魏桥张士平的存在，滨州就一定是"棉都"，无他地可与此争夺！

棉花，中国自古就有。它是中国人生存的基本资料，就像粮一样，人无衣不能蔽体，不能蔽体者吃饱肚子又有何用？进入文明社会之后，人的脸面比肚子饱饿还要重要。棉，给予了人最基本和最宝贵的尊严。由此我们认识到，从事棉的人和棉的事业，是人类万千事业中一个相当崇高和重要的事业。滨州本非"棉都"，但因为有了魏桥张士平，才成为"棉都"。其实这得益于中国20世纪70年代之后所经历的一股改革开放时代大潮流，故此才让滨州这块很普通的棉花产地，转型到棉纺织工业重镇，继而发展到后来誉满全球的"棉都"……

棉花好比人体的皮肤，保护着人类的生命。而真心从事棉业的人，他的心一定会像棉花一样洁白无瑕，一定会有女人一样的心细柔软，也一定有像春蚕吐丝一样将自己的才干奉献给这个社会的精神。张士平就是这样的人。他生在种植棉花的大地上，深深地懂得棉花是什么。于是，他慢慢地把自己变成了棉花——拥有一颗善良和温暖的心。他事业的激情一旦燃烧，就只剩下一片赤诚与丹心。作者虽然在《棉都》一书中，用了大量篇幅叙述滨州这片土地的棉业如何从弱走向强、走向世界，也指出从我国棉花产业和纺织工业发展过程中所遇到的体制与机制等方面的问题，给我们展示了一幅波澜壮阔的历史画卷。然而我依然觉得《棉都》中张士平这个"中国棉人"的人品、人格

和伟大心灵，是"棉"精神的升华，是这部作品所具有的内核，也才是我们认识滨州魏桥这个"棉都"的意义之所在。张士平显然是"棉都"的缔造者和灵魂人物，没有张士平就没有这个"棉都"，而张士平影响下的滨州魏桥，以及整个棉花纺织产业和贸易皆是建立在张士平的奋斗与创业精神之上的。没有了张士平和他的奋斗与创业精神，"棉都"就像一个没有了街道与楼房的城郭，其实也就不存在城市概念了。作者是智慧的，他能将洋洋40余万字的大作，串联在张士平这个"棉人"身上，展开一场场改革巨浪的掀天之笔的叙事，所产生的震撼之回声，是气壮山河的，是催人泪下的，也是值得我们深思的……

我认为《棉都》是一部成功之作。即使这部作品在张士平已经去世多年后才写就的，其实书写和讴歌像张士平这样的平民英雄，也永远不会嫌迟，因为这叙事的对象及品质永远值得我们仰望珍视。真心期待作者写出更多的张士平这样顶天立地的"山东好汉"，中国各行各业都需要这样的硬汉柔情、好汉棉心……中国当然更需要平地而起的一个个由张士平这样的"棉王"而缔造的"都市"。张士平这样的"造城者"，才是中华民族真正崛起的内在动力。21世纪的中国，会更加需要张士平式的具有创造性的时代奋斗者。

我们期待"棉都"呈现更加夺人的光彩，我们也期待《棉都》的作者创作更多像《棉都》光芒四射的优秀作品。

"疫"中小夜曲

我知道，即使在最残酷的赛场上，有时我们也能听到美的乐曲。眼前这场突如其来的疫情，竟然也让我收获了一首浪漫而醉人的小夜曲……

"独居"生活两个多月，任务紧张艰巨，又没处吃饭，每天几乎三顿都是方便面。哪知多吃方便面很容易让人发胖，而且是有些收不住的胖，体重直线上升到190多斤……后来连续几年体检时医生总提醒我："你的血糖已经很高了！"可我没有在意，依然不在乎，一直到真的拖成了"戴帽"的糖尿病患者。

这两年，我只能吃完饭就去跑步，靠消耗热量来降低血糖。其实也控制得不好——以前我是个最不爱运动的人，但必须迈开双腿了，所以现在每天早晚尽量想法走一走，开始走3000步，后来加到5000步，慢慢可以达到10000步了。

2020年新冠肺炎疫情暴发之后，全国上下一片"宅"，我的每日"降血糖行动"成为困难。开始我还可以去酒店的健身房，后来所有的公共场所全部关闭了。煌煌大上海，平时在外走动，你看到的不是鳞次栉比的高楼大厦，就是车水马龙的大街小巷，或者人山人海的车

站和商场……但现在疫情中全民"宅"的时刻,你会感到身边的一切都变了,眼前大大小小的马路没有了人,连车子都是几分钟才出现一辆。这种变化,很容易改变我们的思绪和情感……

酒店房间小,别说跑步,甚至连多走动都觉得别扭。无奈,我只能到楼底下的一片小空地走走。但是,那里有不少野猫,估计是有人投食才维持生存的,平时大概也让它们活得很自在。我刚开始在那片空地上活动时,有五六只猫从各个方向的花丛和小树林里蹿出来,向我狂叫一通。那意思好像是说:"你是谁?""谁敢到我们的地盘来?""带好吃的没有?""没有带就赶紧走!""要不下次一定带点吃的来……"

"你们、你们……"我被吓着了!堂堂七尺汉子,竟然被这群野猫吓着了!

我无法再"走"了,它们贪婪的目光让我心惊。"你们等着!你们……"我给自己壮胆,然后拔腿就跑,一口气跑回了楼上的房间。

这算什么事?被一群野猫吓得屁滚尿流的。

连续好几天,我再也没有到后面的小空地去。正月初十左右,我想,这回野猫们该不会在了吧。于是我再度来到小空地上,开始数着我的"一圈""二圈"的设定步数——走一百步需要一圈半,我要争取恢复到一次走半个小时,三四千步数,这是降血糖的基本运动指标。

"嗷呜——"

"嗷呜——"

"嗷呜……"

天哪,野猫又来了。

只是,此次来的猫的叫声,完全变了,变得有气无力,听起来让我心底酸酸的,因为那叫声很嘶哑,几乎像啼哭……

我再一细看,先看到的是一只黑白相间的小花猫,后来发现一只比较大一点的黑猫,再后来又发现一只白猫……还有的跑到哪儿去了呢？前几天我还看到五六只野猫呢！我一边看，一边想。想着想着，我的心就揪了起来——大概它们没能挺过来，饿死了；或者它们又跑到另外的地方去了……我这样安慰自己。我再仔细看了看身边这三只猫，又发觉它们应该是"一家"的：那小奶牛一样黑白花色的是孩子，大黑猫是父亲，白猫是母亲。从来不怎么喜欢猫的我，对这个"发现"甚为兴奋：瞧它们这一家三口，"小奶牛"娇滴滴的，一边叫一边朝我靠近；大黑猫的姿势还有些凶，时刻准备着与我决斗；而白猫则躲在更远一些的地方观察着我的每一个动作甚至表情……它们的分工十分明晰，完全是"一家人"的职能布局。这让我暗暗吃惊。

"嗷呜——""嗷呜——"这是"小奶牛"的叫声，我感觉它是在向我示好。它已经充分地表达了它的乞求。就像说"我饿""我饿"……那声音跟一个无助的婴儿的啼叫与哀求无异。

它，完全触动了我，触动了我内心的那份真挚感情与怜悯之心……

"嗷呜——""嗷呜——"它在不断地叫着，而且一边叫，一边向我靠近。我心头越来越紧了，脚步也越走越快……就在以为把这只可怜的小猫终于甩掉的那刻，我的脚下突然被绊了一下，又下意识地将其踢了出去。

"哇——嗷！""哇——嗷！"一阵尖利的号叫吓得我全身冷汗直冒。原来，那只小猫竟然在绕着我脚下跑，然后被我踢了一脚，滚了个滚儿……

"对不起！对不起——我不是故意的，不是……"看着它躺在地上的可怜样儿，我的眼泪快要出来了，连声向它道歉。

"嗷呜，嗷呜……"它在地上慢慢翻滚着身子，有些摇晃地站了起来，恢复了"我饿""我饿"的乞求声，仍然用那双眼睛目不转睛地看着我。

怎么办呢？显然它是饿极了。我掐了手指一算：从上海启动"Ⅰ级

响应"（1月24日）至正月初十，已经十多天时间了，一个人十几天没能正经像样地吃一顿饭，能行吗？我待的这家酒店早已无新人入驻，只剩我等三五个"宅留者"，其他人也不可能路经酒店并且带着食物投在这块小空地上。这就是说，这群猫已经饿了相当长的时间了！

呵，天灾人祸时，人类叫苦喊悲震撼山河，可知你们身边还有无数弱小生命更加难过，它们或许早已死亡了千千万万……甚至灭绝于一旦。

一向对野猫并不同情甚至有些讨厌的我，此刻一阵特别强烈的怜悯之情涌至心头，像看到自己的孩子受到饥饿威胁一般。我弯下身子对"小奶牛"说："我知道你饿了，知道……"

"咪嗷——""咪嗷——"我的天哪！这小家伙此刻竟然对我撒起娇来，不停地凑过身体，在我双脚上蹭来蹭去，那种亲昵劲儿让人心酥、心碎、心软……

"好好，知道了，知道了……"我像哄孩子似的对它说。我越这样说，那小家伙越用身子蹭我腿，蹭得我无可奈何，蹭得我泪水直涌……

"嗷呜——嗷呜！"突然，"小奶牛"冲我几声狂叫，那架势很有些像我欠了它什么似的："知道了你还不给我弄点吃的？快去吧！去吧——去吧！"

"好！好好！你……你就在这里等着！等着我，我马上到楼上去拿吃的给你！不要动啊，别动——我马上来！"那一刻，我飞奔上酒店，把早餐时从自助餐厅里拿的两个鸡蛋——准备晚上吃的"口粮"抓在手里，又顺手抓起一根香肠，赶紧再往楼下跑去。

我跑到空地上，看到"三口之家"还在，赶紧蹲下身子，给"小奶牛"剥了鸡蛋，放在一块干净的砖上……结果发现它并不吃蛋白，于是又给它掏蛋黄。这回它拼命吃了，两个鸡蛋黄几乎是被它狼吞虎咽地吃进了肚子。

"慢点吃，慢点吃……"怕它吃噎住了，我轻声说道，可根本管不住。

"嗷呜！""嗷呜——"嗯，是你啊！专注看"小奶牛"吃相的我，突然听到一旁的大黑猫在叫。好吧，再给你爸吃点吧。我顺手把一根香肠一分为二，一半给了"小奶牛"，一半扔给了大黑猫。哪知"小奶牛"蹿起，先抢过我给它爹的半截，又兴高采烈地嚼起它的那半截……

这小家伙！我想笑，可又觉得它太可怜了——可能它实在是饿极了，连爹妈的面子都不顾。不过让我感动的是：当爹的大黑猫还真有当爹的样儿，它不去跟孩子争，而是去舔它孩子刚吃完的一点点残羹。而那只远远看着的白猫则站在一旁，根本就不过来跟爷俩争抢——那一刻，让我不禁感叹，这是一个多么和睦的家庭，那只白猫又是一个多么伟大的母亲啊。

天下为母者皆无私，皆有爱。我的泪水再度沾满了面庞……

第二天早餐时，我对服务员说："以后每天加四根香肠、八个鸡蛋，我要带走，到时一起结账。"

戴口罩的服务员一笑，说："何先生这几天的胃口大增呀！"我笑笑，没有说话。

从此，我那孤独的"宅"生活里有了一份责任和一件必不可少的事情要做。

酒店后面的那片空地上的三只猫不再是恐怖的"呜嗷""呜嗷"叫了，而是见到我就甜甜地轻声地叫着"咪哟——""咪哟——"

那声音，在我听来，就是一首"疫"中的浪漫小夜曲，它让我陶醉，让我在寒风中不再孤独。这也是我在"疫"中亲身体会到的最暖心的一件事，是我第一次从另一角度打量、理解人与动物、人和自然界的关系——这是一种相互依存的关系。

我的歌声穿过黑夜

轻轻飘向你

一切都是寂静安宁

亲爱的快来这里

看那月光多么皎洁

树梢在耳语

树梢在耳语

没有人来打扰我们

亲爱的别顾虑

你可听见窗外传来

夜莺的歌声

她在用那甜蜜歌声

诉说我的爱情

她能懂得我的心情

爱的苦衷

用那银铃般的声音

感动温柔的心

歌声也会使你感动

来吧亲爱的

快快投入我的怀里

带来幸福爱情

……

不知何故，此刻，当我再次仰望黄浦江边的那些闪着灯光的大楼和居民区时，那里仿佛一同在飘扬着舒伯特的这首《小夜曲》。那悠扬而动人心弦的乐曲，给这个城市重新点燃了生机，带来了爱的活力……

最接地气的地方和你……

文学是什么？文学是我们研究和描述人类生存状态的一种文字艺术表达。有些人的作品文辞优美酣畅，成了文化的经典被人传阅，并流传于历史的长河之中。这其中，有一批人用报告文学这一真实的艺术文体在做这样的事情，即我们所说的报告文学作家。

现在讲得比较多的是接地气的话，指的是文学工作者应当深入生活，深入生活的每一个细微之处，从而实现文学艺术的崇高的目标与追求。什么地方是最接地气的呢？我想在中国，大庆油田可以说是最接地气的地方，因为有一批伟大的铁人在那不断向地心钻探，并且给国家和人民奉献源源不断的石油，他们的工作深度、精神深度让人难以企及，他们无疑是最接地气的一批英雄。在那里，还有一群文学工作者，尽管他们身着石油服，但他们依旧以诗一般的文字在记录他们的工作和生活。

我认识那里一批优秀的这类人，朱玉华就是其中之一。

她是我2007年在北京中国现代文学馆组织《中国作家纪实》签约作家时认识的。她来自大庆，所以我格外关注，因为我是大庆的荣誉

石油人。我与大庆结下了深厚的感情，我的一部分创作激情来源于这个地方。《奠基者》与《部长与国家》等作品使我认识了大庆，也让大庆人认识了我。朱玉华便是其中之一。她在工作之余进行了作品的创作。诗歌、散文、小说等文学体裁她都写，但尤其挚爱写报告文学，这令我很感动。最近她用了九年时间所写的报告文学，结集于《标杆作证》一书，叫我写个序言，看来是不能推的，否则大庆人会说我不够意思。其实给大庆写点文字总是件高兴的事，因为我是"大庆人"，并为之感到荣耀。

朱玉华的这部报告文学集为我们展现了今日大庆油田的精彩画面，弘扬了大庆精神和铁人精神，同时展示了女性心灵世界的丰富与美好。她用朴实的文字和婉约的情怀，写出了一个个令人感动的人物以及集体，就像原油从地下喷涌而出，是那么真挚、细腻、抒情。

2018年夏天，朱玉华发来了《光耀通途的星辰》，让我看看。该作写的是大庆油田中俄原油管道漠大线林区伴行公路上的路桥建设者们的事迹；前一个月，她又发来了《中国石油梦》，再一次写李新民。与以前不同的是，李新民已成为"大庆新铁人"了。2006年她第一次写李新民时，他还只是1205钻井队第十八任队长。她仍然让我对她的作品提出批评并指正。我看到她不断地进步和成长，非常欣慰。她工作在国企，用业余时间就写出了近20万字的文字。可想而知，这对于一个肩负家庭与事业双重责任的女作家来说，该是件多么辛苦的事。

《标杆作证》属于石油的世界，在这个世界里有许多美的激情和美的文字。可以看出，朱玉华作为大庆人对大庆和石油人一往情深，尤其是对铁人的队伍格外义重。1205钻井队，是铁人带过的队伍，是英雄的钻井队，众人瞩目。女作家迈着轻盈而坚忍的步伐扑入钻塔的怀抱。1205钻井队，人与事多且杂，要做到多视角、多层次的心灵触摸和倾情传递，是很不容易的。她以钻塔的亲情、独特的手法、真切的感受，写出了一个全新的1205钻井队，尤其是铁人的继承人——李新民。她敬仰那巍巍的钻塔，融入那钢铁的身躯，流淌出了那真切的钻塔情怀。

2009年，《铁人精神的传人》获第三届中华铁人文学奖提名奖，朱玉华走进北京人民大会堂参加了颁奖典礼。《文艺报》这样评论过她：朱玉华的短篇报告文学《铁人精神的传人》，记录了1205王进喜钻井队第十八任队长李新民，在大庆二次创业中接过铁人的旗帜、踏着铁人的脚步、继承铁人精神的事迹，表现了1205钻井队在新时期的时代风貌。作品于2006年分别获中国报告文学学会、《报告文学》杂志社"先锋杯"保持共产党员先进性教育全国报告文学征文一等奖，黑龙江省作家协会纪念建党八十五周年暨红军长征胜利七十周年征文一等奖——这或许不仅是对文字的某种认可，更是对铁人及其后任者的致意。

尼采这样说过：真正的生命活动必然是审美的活动。所谓"生命即审美"，"只有审美的人生才值得一过"。从《标杆作证》里，我们读出了钻井人的石油激情和大美人生，这不仅体现在钻井人对石油天荒地老的热爱上，更体现在朱玉华热爱文学的审美追求里。文字中渗透出了她"只想让那钻塔的情怀陪伴她的一生"的生命追求，为此，她很快乐。看到高耸入云的井架，看到那淳朴、坚强、乐于奉献的钻井工人，她总会感动得落泪。她的语言是审美胸襟的熔炼和情感的浇灌形成的，能使读者获得人生的启迪、感受到生命的真谛、享受到工作的愉悦。《标杆作证》证明着大庆精神、铁人精神仍然在散发着无穷的魅力，犹如铁人还活着，因为铁人有着无数的传人。

璞玉勤琢露芳华。以花为貌，以鸟为声，以月为神，以柳为态，以玉为骨，以石油为心，是朱玉华的文学追求。愿朱玉华在文学殿堂里多情地抒写、多情地歌唱——为石油人抒写和歌唱是时代赋予作家们的一份使命与责任，我们应好好地完成。

相信朱玉华，相信大庆作家们，因为你们是在最接地气的地方。

湖州的"漾"意味深长

湖州与我的故乡苏州仅一湖相隔,亲如手足。这湖,就是太湖。太湖为什么不叫"大湖",而叫太湖呢?因为在吴语的语境中,"太"比"大"要辽阔得多,所以在我们祖先的眼里,太湖远比一般的大湖要辽远宽阔!

太湖确实大。我小时候虽然只是在太湖的一边——苏州生活与成长,但感觉真像是在天堂里一样。碧湖蓝天相连相映,大朵的白云时而在天上飘荡,时而又追随着小船落在湖里游荡。刚刚进入三月时节,那些红色的、粉色的、白色的、黄色的等各种知名不知名的花朵,便迫不及待地绵延开满了湖岸的整个春天,相继开满了夏天、秋天。尤其进入深秋十月,桂花又携带着扑鼻而来的香气,弥漫了湖岸,洒满了整个姑苏城……

儿时的那些味道与画面我现在想起来仍然记忆犹新,但是我却并不知道在太湖对岸还有一个与苏州一样宛若天堂的地方。直到长大后到了部队,有几位战友认我作半个老乡,说起他们就在苏州的对岸,太湖的另一边,与我是饮一湖水长大的湖州人,甚至后来还差点儿撮合我当上湖州的上门"女婿"呢!

　　第一次到湖州,已是30多年前了。记得那天天空还蒙蒙未亮,窗外就传来了吆喝声。我遂起床来到了马路上,满大街竟然早已摆满了各种卖鱼的篓子,大多数的鱼还都在鲜活地跳跃着。在这样的早晨,你不但不会觉得有鱼腥味儿,反而还觉得空气中飘荡着湖水的清香气息,正可谓:"闭门防惊鹭,开窗便钓鱼。"这让本来就喜欢吃鱼的我,从此对湖州留下了特别深刻而美好的印象。

　　后来有机会我又去了湖州的长兴,那里是湖州产煤和产粮的地方。长兴富矿沃田便是我对湖州的一个新认识。

　　后来我又到了德清,方知"世外桃源"原来并不只是陶渊明所言桃花源一处呵!咱江南沃地也有一个嘛!它就是杭州的后花园——德清。德清之美之秀之灵,正是属于那种"天堂里的翡翠"般令人赏心悦目。若是去得多了更会感受到,它的气质里蕴含着的其实是温厚的人文之雅。

　　因为创作一部《那山,那水》,我有幸在领略了安吉的"绿水青山就是金山银山"之后,对湖州有了更深彻的认识,那就是湖州人思想意识里崇尚自然、热爱自然、保护自然和亲近自然,着实值得国人好好学习。

　　当然,更深层的情愫很大程度上是因为南浔的关系。南浔与我的故乡最近——可谓伸一下腿,便到了吴江之地。而古时吴江与南浔本来就有同饮一河水、同赚丝绸钱的"乡里乡亲"之情。有了这样的天缘,我这个报告文学作家,对南浔也是格外有爱意的。因为影响了我们这一代报告文学作家的徐迟先生就是南浔人。身为中国报告文学学会会长的我,这些年也一直肩负着与南浔合作且致力打造"中国报告文学之乡"的使命,一年当中总是要往返于南浔几次。已经成功举办了二十多年的"徐迟报告文学奖",一届又一届都曾在那里成功举行。每一次颁奖盛

会，都是对南浔的一次重新认识和亲近，这样的感情绝非一般意义上的"走走看看"，更多的是有一种"回家的感觉"。

"行遍江南清丽地，人生只合住湖州。"认识和热爱湖州并不需要太多的理由，古人早就表达出了这种切身感受。而在我看来，湖州与其他江南水乡的不同之处还在于它在清境中散发出的那股悠然……

而悠然又是怎样的一种状态呢？它其实是人的一种心境，是安闲与淡泊，是安闲中那份自由自在的淡泊，是淡泊中又含有独处独尊的情调。湖州的这份悠然之情又源自何处呢？我以前了解的并不算多，但是近两次到湖州，游览临风一个个塘湖溪流之间的"漾"之后，才真正领悟到了"悠然"的准确意味。悠者，富足自在，天塌地陷皆不怕，风吹浪打，依然淡定自若；然，在方寸之间和广阔的天地里，皆可把握命运，同时也能创造奇迹……

"漾"，本来是一个动词，可以解释为风在水面上吹起的微波。但湖州的"漾"，则是一个名词，它基本上就是我们苏州老家人所说的河塘与小湖之间的那种水域。但将"河"与"塘"转意为"漾"后，一下子将湖州人的审美素质和生活情趣凸显了出来，而且让人浮想联翩，宛如一位仙女从你身边飘逸而过般满怀诗意与画意。

"漾"能让你沉迷陶醉，也能让你奋起直追；能让你痴迷贪恋，也能让你清醒睿智；能让你含目凝思，也能让你立身顿悟；能让你缓缓斟酌，也能让你激扬成章；能让你遥想星空，也能让你举足锦绣；能让你荡涤浊流，也能让你包容浩瀚……总之，"漾"，准确而精美地表达出了只有湖州人才有的情调与品质。这种情调与品质非他地所能及，因为它是苏州与杭州两个天堂的中点，唯湖州才特有的天造之物和人气精华，它是湖州最具本质的千年不衰的优长资源。

我们当视"漾"为湖州的灵性之魂，这个魂不可失，让我们一起祝愿湖州的"漾"，风生舞起、满塘溢金！

穿越本身就是精美的工匠精神

人类所有的活动，只要进入高级阶段，就一定与精巧和精致关联。工程与文学其实同理。

并不太长的岁月前，我们对跨越长江这样的大江大河有种畏惧感和神秘感。现在不同了，在长江上架桥、在大江底下修条江底隧道并不算什么伟大壮举。然而，大江之大，毕竟是人类对大自然的一种挑战。"穿越长江"本身就是一件很具魅力的事。《穿越长江》便是这样一部专门为修建武汉地铁8号线过江隧道而创作的作品。在这部作品中，我们有机会重新认识什么是"工匠精神"。这本身就很有意义。

有人说，工匠精神是瑞士钟表精准的品质、德国工匠严谨的态度以及日本那些一两百年前传承至今的"百年老店"。那我要说，工匠精神其实也是我们中华民族优秀品质之一。试问：绣花功夫难道不是吗？在烧瓷上绘制的锦绣江山难道不是吗？因此，工匠精神，我们本身就有一份。

在一味追求快节奏、大跳跃、高利润的时代，工匠精神和"百年老店"，以及"绣花手艺"，似乎离当代人的品质远了些。曾几何时，

"工匠精神"出现在总理政府工作报告中，让人振奋和鼓舞！有着大气和威壮传统的中铁十四局的建设者对自己一直推崇的"工匠精神"更是努力践行、初心不忘。

在武汉，中铁十四局曾经有过工地"失守"，败走麦城并被这座城市"遗忘"十年之久的惨痛经历。此后，有精卫填海那种矢志不移的精神的员工在中铁十四局已不再是一个神话。他们以"宁愿放弃三个其他工程订单，也要争取做一个大盾构项目"的决心，确定了"盾构发展战略""品牌强企战略"，一丝不苟地把工匠精神融入工程建设的每一个环节，做出了南京长江隧道、扬州瘦西湖隧道等让同行刮目相看的一流大盾构工程项目，并终于获得了江底8号线这张再进武汉的"准入证"。

《穿越长江》写的就是他们获取"准入证"的过程和进入武汉后发生在江底8号线修建过程中的那些令人感佩的故事。

报告文学的优长之处在于，作者用美妙的文字叙述现实故事。《穿越长江》，让人读到了这种感觉。

文学书写现实，从来不是件轻松的事，记述工程方面的作品很容易让人感到平淡和无趣。你得以高屋建瓴的大脑、通观全局的眼睛、展示蓝图的才智去熟悉工程、吃透工程。只有对工程产生对人同样的情感时，你的文字才有可能进入"文学"。准确表现工程在国家建设中的地位、意义以及施工过程，只是"报告"的部分。文学的作用，使"报告"产生艺术感染力并散发出艺术的光芒。只有作者文字功底、政治素养、经济学知识、哲学思辨能力，以及对工程本身的理解都高人一筹时，作品才会让读者感兴趣，才可能成为一部精品力作。

没有生活阅历和现场体验的作者，很难把握工程人员酸甜苦辣的生活以及对工程本身充满情感和爱恋的职业心理，更无法抓住工程与人之间那种充满矛盾又充满关联的特性，自然不用说如何去写好这一类的题材了。看得出来，作者很熟悉工程建设情况并很能讲故事。工程的命运一路跌宕起伏，危机重重——既有斗智斗勇的较量，也有生死攸关的考验；既有波澜起伏、峰回路转的情形，又有险象环生、防不胜防的陷阱；既有凯歌高奏的喜悦，也有陷入困境的思索。其实，这些都是人在改造自然和征服自然中必然会遇到的问题与困难。人的伟大之处其实就是体现在这种过程中。

也许是作者长期从事新闻报道形成的风格，《穿越长江》有报刊特稿"追寻文字的美，呈现复杂的真"的特色。用短句子、短段落，在加大作品信息量、加快叙述节奏的同时，提高作品的可读性；以优美流畅的语言和细致的描写，增强读者的阅读欲望；以生动的细节体现事件和人物的真实——江底8号线那些创造了辉煌的人，不是高高在上的，而是普普通通的人，甚至是曾经处于苦难中的人。他们当中，有的当初最大的理想不过是"过年的那顿肉"和做个有大学文凭并能"吃国家粮"的"公家人"；有的在重大工程挑战面前会瞻前顾后，犹豫彷徨；还有的是那些当初参加隧道建设仅只为了赚钱养家糊口的农民工……表现人物是文学最核心和基本的任务。报告文学更是如此。在文学面前，没有"大人物"和"小人物"之分，只有人物故事的精彩与否之分。故事也同样。表现现实生活中那些可敬可爱的国企工人形象是我们的基本任务之一。作者选择"穿越长江"的人的本身就是好的文学行为，当然，好的文学还需要有好的文字与情节以及闪光的思想来展现。

纪实类作品最大的"亮点"，在于真实，在于真实故事里有艺术美感。报告文学所要实现的也是这个目标。我以为，这部作品具备了这种特质，所以它值得我们推荐。它通过有张有弛的情节叙述和妙不可言的文字表达，刻画了强烈逼真的现场感和透视感，让人如临其境地去触摸险象环生的隧道里弥漫着的那种神秘、揪心，以及在大江深

处施工人员所要克服与战胜的种种困难与艰苦。合作能力和勇敢精神通常也是在这个过程中呈现出来的。

在"穿越"江底的记忆里,我们跟随作者的笔端,看沿途有被那些征拆、泥饼、涌水等工程难点困扰纠缠的那支队伍,有汛期突然降临武汉的那片"大海",有在浪高风急的长江上飘摇奋进的那些轮渡。同时,性格火暴的武汉人,散发着独特美味的热干面和带着浓郁乡土气息的武汉方言也都会扑面而来。随之,眼前徐徐展开了这样的画面:盾构机在强透水、上软下硬的复合地层艰难地掘进;刀盘在硬度高达135兆帕的岩层里飞溅着耀眼的火花;斗智斗谋的谈判在烟雾缭绕的会议室里唇枪舌剑地进行着;还有那个号称"企业家"的小包工头指挥手下到工地阻工时的叫嚣和得意的偷笑……

岁月会流逝,人会老去,再伟大的工程随着时间的推移也会不再伟大。但滚滚的长江不会变化得那么快,所以新建的8号线过江隧道更会越发让武汉人感到生活和出行的方便。这个时候,如果有人想了解一下隧道是如何"穿越"大江之底,大家一定会想起那些曾经为"穿越"江底而奋斗的人,必然有种敬意向中铁十四局的建设者们投来……

这就是这本书的意义。它让历史延伸,让一个特定时间的人的精神获得再生。

《穿越长江》,穿越的是我们的情感和隔阂。而穿越本身,更是工匠精神的铸造过程。

柔软的心透明的眼

我甚至记不起女诗人木木长得什么样，因为我们似乎只有一两面之交，而且是在他们作家协会的领导介绍情况下不足一分钟的见面交流：纯粹是礼节性的。只记得木木所在的市作家协会主席对我说：她是位很有才华的年轻女诗人，诗写得好，想加入中国作家协会。第一次就这么见过一面。第二次大概是某一次会议，也是那位作协主席说"她就是木木"。短暂得不能再短暂。作为在中国作家协会担任驻会副主席的我，与基层作家的交往通常都是这样的。所以与木木的这种认识并不意外。

但我又一直在想：中国当代一些有影响的女诗人的笔名都很"双"，比如：荣荣、潇潇、素素等，都喜欢用双字作笔名。为什么？我不知。是不是这样显得很有"女人味"？也不知。总之是个现象。这个现象说明了什么？我没想出来，下次见到同是浙江的女诗人荣荣一定问问她。

木木，是这样一个女诗人：读中学时就写出了第一首诗。但这不特别，因为我见过许多诗人都是在中学时期就写出了很多诗。作家中，多数开始并不就是写小说、写散文、写报告文学的，而是"以诗

为媒"才走上文学道路的。我也一样，14岁时就妄狂地写诗了。诗属于青年和青春，尤其是谈恋爱时的年轻人，都是诗人。木木最初的诗意识并不特别。但自2005年开始，她就进入创作"疯狂"期，一写就是几百首，而且不停地追求发表。2010年，她已经小有名气，名列当地的"女诗人"之列。2012年正式加入中国作家协会，"木木"的名字开始在全国的重要报刊上出现。"女诗人木木"已经成为浙江台州的一位不可不提的人物了！这是她的诗走向成熟的标志。其间屡有好诗发表在《诗刊》《星星诗刊》《十月》《文学报》《中国纪检监察报》《江南》《诗选刊》《扬子江》《诗江南》《文学港》《绿风》《诗歌月刊》《含笑花》《中国诗歌》《诗潮》《上海诗人》等刊物上，同时也有入选《中国诗歌精选》等年度选本。值得一提的是，她还连续出版了《陆地上的鱼》《木木诗选》两本诗集。现在这个"选本"是她的诗作。像木木这样一位生活在地级城市的诗人，在不长的时间里，迅速出了这么多成果，应该在全国的诗人中都属于优秀者。

　　我非诗评者，也非诗人，只是一个诗歌阅读者，或者说是一位"诗友"，尽管有时"诗兴发作"，也来首"习作"。但更多时候，我是自己写作品碰到难题时，喜欢随手拿起一本诗集翻一翻、读一读，会像喝一杯清爽飘香的茶，顿时精神焕发、才思奔涌。诗歌对于我的创作和精神具有不可替代的"催化剂"作用。因而我喜欢诗歌，热爱诗歌，梦想当个诗人，但命运偏偏让我干了另一种苦差事的文体创作——报告文学。我因为爱诗，所以在主持工作时，还创办了中国诗歌网，现在这个网站每天有三四十万阅读量，成为最大的诗歌平台。也因为这个原因，参加各种诗会和诗歌活动多了，我与诗界朋友也交往多了，对诗歌有了些感性的认识和体会。木木的诗，在我看来，它是一个有着一双透明的眼睛和一颗非常敏感非常柔软的心的女性写出来的诗性语言。这样的诗显然是富含生活哲学的。

我不能发出一丁点儿声音＼它很快就会被周围的话语淹没＼像撒向大海的一把沙子＼没有回声

我不能发出一丁点儿声音＼它很快会随着季节飘零＼像落叶一样＼消失

我多么想发出声音＼发出巨大的声音＼像开山采矿一样磅礴的声音＼我用大海压住这有如煤矿一样的声音＼它们把海顶起来了＼海，像倒落的雨＼涌出来

上面这首《声音》就是很独特的富有哲理意味的诗。虽然诗体很短，但我很喜欢。声音本来应该是有响声的，但在木木的意识中是不能有"一丁点儿声音"的声音，这就十分有意味，且发人深思：诗人到底意识到了什么。读到最后一句"它们把海顶起来了""海，像倒落的雨""涌出来"的时候，才知道那种压抑的声音具有何等的巨大爆发力。无论是真理的呐喊，还是愤怒的呼唤，真正的声音，一旦获得爆发与发泄，必定是"像倒落的雨"一般。这是女诗人对生活本质的一种深刻认识，带有真理性和哲学性。这样的诗才叫诗。

这首《黄昏的灯盏》则是女诗人另一种带着柔情与柔性温暖的"女人诗"：

夜色从天上流下来＼流入村庄＼流进田野＼流到每一户人家的窗前＼灯，亮起来了

有谁＼一起点亮这黄昏的灯盏＼给乡村戴上一串金黄的项链＼一串由一簇簇火苗做成的项链

走在归来的路上＼体外清凉＼体内温暖＼我的心里也住着这样一盏灯

读这样的诗，你有不同样的感觉，那就是"体外清凉""体内温暖"。什么叫好诗？其实最简单的回答就是：读了便能产生共鸣的有意境的诗。衡量一个诗人是不是写出了好诗，生活的真切表达和情感的到位流露，以及超乎寻常的语言，这是我内心的一种标准，也应该是艺术的标准之一吧！

木木的许多诗都达到了这种意境和艺术性，所以我以为她是年轻一代女诗人中非常有前途的诗人。生活中的她，给人的感觉是并不张扬，甚至有些独傲，不知我对与她两次加起来不足三分钟的见面后的判断是否准确。通常这样的人是有独立思考和别样才华的。诗是一个人骨子里流淌出的才华与精灵。她的诗也应该随着她的日渐成熟，变得更加灵动与妩媚。期待木木有更多的好作品问世。

日本人为何不愿去参观西点军校？

如果到纽约，大概有过军人身份的人，都比较喜欢去参观一下西点军校。但去过一次后你就会大呼上当了——对职业军人来说是这样的，不过对旅行者来说，依然不枉"到此一游"。

首先是西点军校的校园环境很美，有山有湖，深谷隐绿，蓝天白云，加之几分神秘，非常适合那些对军队向往而又想寻找点刺激的旅行者，乘上半个多小时的汽车，便到了这个著名的"军事秘密重地"。在这里，我们可以远远地看到一些行色匆匆穿着迷彩服的美国军人，有男有女；也可以在那个长满绿草的广场上听导游介绍西点军校的官兵是如何在这里举行训练及毕业仪式的。其实估计所有游客都没有见过真正的西点军校的学员在这个广场上训练。我看出名堂了：会做生意的美国人，现在完全把这块军校的金字招牌当作纯粹的吸钱器了！事实上，你在这里休想真正看到一眼西点军校的军事训练实景。

作为军人，我觉得美国人开辟这条旅游线路，实在是坑人。对西点军校具有特殊需求的我这样的人来说，他们把军校的核心部分瞒得

严严实实的，连瞧一眼的机会都不会轻易给你的。但对那些完全没有一点儿军事常识的孩子和普通旅游者来说，倒也不能算是太蒙人的旅游项目，因为毕竟在这里还可以看到一点儿军事"硬件"，比如老掉牙的坦克、二战时的飞机……另外还可以听到据说是美国南北战争时期的"老西点"军人的故事。

"快下车，这里有一座非常特别的教堂哟！"那个上了年纪、只说英语的美国佬导游在嚷嚷，好像他给了大家一个前所未有的惊喜似的叫唤着一车游客。

"走吧，去看看。"同行的作家朋友推着赶我下车。

"不去不去！"我坚持不下车，告诉他，"在欧洲什么样儿的教堂没去过？到这儿看啥教堂！"

我坐在车上闭目养神。十几分钟后，车上的人又满了。我问身边的朋友："咋样？"

他摇摇头："不咋样。"

我笑，笑他"笨"。

要说西点军校全是骗人的，也不对。这里有其他国家和任何地方都没有的几样东西令我开了眼界——

西点军校有个军事博物馆，不大，但内容颇为丰富。多数展品在地下室，要顺着螺旋形楼梯往下才能到达。除了历史藏品外，在这里我看到了三样与世界反法西斯胜利相关的宝贵原物：一样是德国法西斯的投降书，一样是日本法西斯的投降书，还有一样是希特勒用的黄金小手枪。

70多年前的那场让全世界伤亡了近亿人的战争，最终以挑起这场战争的法西斯们投降为终结。今天我们仍然将以不同方式来纪念这一历史事件，足以说明它给人类带来的教训太深刻！德国和日本的投降书，证明了这两个国家曾经给世界犯下的不可饶恕的罪行，以及这两个国家历史上的那不可抹掉的黑色一页。曾听说日本人都不太愿意到西点军校来,我并不明白其原因。此次到西点军校博物馆一看,原来此地除了存有当年日本的二战投降书外,更有一样令日本人心惊胆战之物,那就是曾一眨眼让日本死了几十万人的"小男孩"——原子弹实物。

1945年8月6日清晨,一架从提尼安岛起飞的美国空军B-29超级堡垒轰炸机飞抵日本广岛市区上空,机上携带一枚重5吨代号为"小男孩"的原子弹。

这一天上午9点16分,在这座拥有25万人口的城市上空,美军B-29轰炸机投弹仓被打开,"小男孩"立即从9400米高空开始了自由落体,经过了下落伴随着一系列复杂的触发过程到达了它的预定位置,距地面600米空中爆炸。这一时刻一个小的爆炸引发了64千克低临界值铀的连锁反应,这其中只有0.7千克的铀发生裂变而只有600毫克转变成了能量,这是一个覆盖几英里范围内摧枯拉朽的爆炸能量,巨大的冲击波摧平了下面的城市,淋浴般的向一切生物发射出致命的核辐射。据统计,这枚原子弹可能导致9万人死亡,这个数字约占该城市总人口的1/3。

8月9日,"小男孩"的胞弟"胖子"——另一颗原子弹在日本长崎市被投下。日本长崎市全城27万人,当日便死去6万余人……

这就是第二次世界大战最后时刻,让日本最终选择了投降的关键性一役——原子弹威力使军国主义的日本有了痛苦的末日。然而几十年过去后,日本人并没有牢记当年的痛苦一幕,时至今日仍在不断复活军国主义,这是非常危险的,因而也让邻国十分担心。日本的年轻人现在不是特别清楚他们的先辈犯下的罪孽,自然也不会太深切地感

受到被原子弹降服的那种巨大的民族创伤。他们只是内心深处惧怕去西点军校看到"小男孩"和让他们抬不起头的投降书,我倒是想:既然美国跟日本的"哥们"关系那么铁,何不把西点军校的这两件宝贝放到日本的东京都,在那里选择一处日本人都能看得到的地方来公开展示,这或许对遏制这个国家的军国主义复活起到事半功倍的作用。

  我希望这个建议能够获得美国政府的采纳,那中国人民肯定会特别赞赏"山姆大叔"的。

我在部队的十个"第一"

接到《解放军故事会》主编丁晓平写些"部队的故事"约稿，一回想：我的军人生涯距今（2015年）正好40年。

呵，岁月如此匆匆……

在当代作家中，跟我一样有部队经历的不算少。有部队经历的作家，跟其他作家不太一样：我们既注重个性的局部，也更关注时代；我们既注重情感，也更在乎原则；我们既注重荣誉，也更关切实际；我们既注重冲锋时的风采，也更不惧死亡的恐惧；我们既注重完美形象，也宁可做有缺憾的伤员；我们注重每一次奖励，但更愿做默默消失的子弹壳……总之，我们是部队里的文人，有与战士一样燃烧的热血，也有卢梭式的冷峻思考。

我们是以笔武装起来的钢铁勇士，我们把军人的热血，播撒在自己的思想与激情的纸上，让一切爱与愤抒诸笔端。

我的许多"第一"，是部队给予的——

第一次写的新闻稿在中央人民广播电台《中国之声》栏目播出时，大江南北的战友们在部队营房的广播喇叭下倾情聆听，那一刻我

像战场上的战斗英雄一样荣光——师长亲自叫我坐在他身边，新闻播放结束时他让全体官兵向我敬礼。那时我20岁。

第一次写的纪实散文名字叫《湘西探险记》。为了写好这部作品，我和专门从事战备和民生地下水普查的部队官兵转战湘西的每一个村庄、每一座山峰。那时的张家界还不叫张家界，大庸的名字是我作品里的主要探险纪行地。好峻险的山，好深险的渊，好难吃的湘西"辣盐饭"——有一次夜晚，我们投宿老乡家，天黑却没有灯火，饿极的我们坐下来吃老乡们做好的饭菜……天，这是什么饭呀？苦、辣、咸！又不止这些，还有腥、臭、酸，似乎也不全确切，总之这样的饭我从来没有吃过，欲咽不能。但是我白天野外边行军边工作，翻山越岭百里路，肚子饿啊！我的眼泪被"逼"而流，不想吃了，我悄悄用胳膊捅捅身旁的连长。他轻轻说：吃吧，要不明天怎么赶路？唉，我默默想：正如平常部队参谋长说的那样，也许是我这个机关兵，太缺乏艰苦环境考验了。于是，我咬牙硬把那碗饭吃了下去，眼泪鼻涕也跟着流了一大通。第二天我问战友们：湘西老乡的饭你们吃着真就那么香？就没有一点不舒服的？怎么全是咸酸苦辣又腥又酸的烂菜根啊？战友们听后觉得奇怪，说：不是吧，昨晚给我们做的米饭很香呀，只有菜是辣盐菜根嘛！莫非你端的那碗是腌菜料盆吧？我的天，难怪我在那碗里一颗米都没吃到啊！我突然明白过来。哈哈……战友们反应过来后，个个笑得前俯后仰，说你这机关兵确实该下部队锻炼锻炼了！第一篇纪实散文就是这样在湘西地区工作的真情实感之作。那时的湘西多险，而现在的湘西多美。

第一次写报告文学是因为我觉得写新闻报道稿似乎不过瘾了，尽管在《人民日报》头版、新华社通稿和《解放军报》等上经常整版发表作品，但总感觉主人公的事迹受到新闻稿的限制不能得到完整与尽情的表达。而那时徐迟著名的《哥德巴赫猜想》便起了催化作用，我决意也将人物写成报告文学。后来把三万字的稿子从湘西寄给了北京的一家由茅盾当主编的杂志,之后的日子是天天盼着北京的信件,那时,若收到报社和编辑部的回复信,激动的心情远胜于女友的情书。但是,很久都没有收到这个杂志社的回信,直到后来我想,或许人家根本就没拆我的信,稿子应该早被扔进了废纸篓……我发誓永远不再写"报告文学"。但是,几天后却突然收到这个杂志编辑寄来的一个大信封,那一刻我的心跳得咚咚作响,连吃午饭的军号都没有听见。我急切地拆开信封,翻开杂志,在目录上迅速寻找自己的作品题目和名字,找到了!然后我认认真真地开始一字一句地读"何建明"的作品,仿佛那个作者"何建明"是个遥不可及的他人,是个我曾经极其羡慕的他人,是个高不可攀的他人。当时就是这样有趣,我心里想:现在终于可以朝作家的方向前进了!那一篇报告文学,后来被杂志社推荐去参加一个全国文学奖项评奖,竟然还获了奖。那是我走上文学道路的第一个台阶,它对我一生都产生了重要作用。那年我23岁,傻小子一个,北京文学圈里没有谁认识我。

第一次,也是至今唯一一次写遗书是1979年的冬天。当时南方中越边境战火正急,我所在的部队也已整装待发,只等上级的出征命令。对于从来没有经历过战争的年轻官兵,"上前线打仗"既让我们心底紧张,又有更多豪情满怀。面对战争,我们是军人,不会选择后退。大家默默拿起笔给父母、亲朋、女友遗留下了书信。把遗书寄给父母是绝对不行的,那不是让父母伤心吗?在矛盾中,我一次次地写,又一次次地撕毁,最后我的"遗书"在赶往前线的途中被扔在了悬崖下的山谷间,也许被风吹走了……

第一次在几百人面前发言,是我在北京参加全军基层新闻报道工作会议上。其中有项内容是请几位部队基层新闻先进工作者介绍经验,我是发言人之一。记得那次发言时,我紧张得连军装都湿透了。

发言结束后，那些认识和不认识我的人都过来向我祝贺——原来我是团级新闻报道员中上稿率最高的一个，一年内在省级以上报刊电台上稿达120多篇（次）。我自己也是会后才知道的。那时，部队特别重视新闻见报率，我成了全军的新闻先进工作者。回到部队没几天，我就接到通知，让我去北京报到，说是要调我到《解放军报》工作。我的命运第一次搭上了"直升机"。到北京报到后，我先进了兵种总部，结果一进去，就被宣传部的首长"扣"住了：你不能去军报，我们也需要新闻骨干。就这样，我被留在了兵种总部。后来由我们部队的另一位报道骨干顶替我调进了军报，那一次调动改变了我的一生。假如当时我到了军报，也许今天完全是另一个"何建明"了，而绝不会是现在中国作家协会的何建明。

第一次我被动离开北京工作，是因为遇上了"百万大裁军"。我所在的兵种，70余万人被裁掉。我选择了继续留在部队，但是不能留在北京了，驻京的各个兵种和部队正在经历山雨欲来风满楼的大裁军风暴。我被调到了塞外内蒙古自治区首府呼和浩特的北京军区某部。我是南方人，去的那时，正值冬天，到呼市的部队后，当晚就想逃离——寒风呼啸刺骨，山上一片白茫茫，床铺前的玻璃窗是破的，雪儿透过缝隙飘进来将我的被子湿了一片……我这才知道什么是边防部队！其实，呼和浩特离真正的边防部队还有上千里远。真正的边防部队有多苦，我或许根本不知道，只顾暗自在心里感叹着自己的"悲惨命运"。就在那段时间，我熟悉的一个"新闻"朋友也调过来了，我们曾一起参加过那次全军基层新闻工作会议。算是投机，我们坐在床头，彻夜聊天，他给我讲部队在沙漠上工作的事情。我被感动得热泪盈眶，彻夜辗转难眠，伏在雪花飘拂的床铺上写啊写。有篇题为《大漠觅泉人》的散文，我到内蒙古的第一个星期里就写完了，就寄往了北京，后来发表在《新观察》杂志上，还被内蒙古自治区政府评为建国35周年征文一等奖。从那时起，我更体会到了生活对文学是何等的重要。从这个意义上看，在人生道路上，遇到任何苦都算不了什么，也许恰恰是最好的人生新境遇呢！

第一次重回小说创作是参加武警部队的第一个创作班。1983年，我被北京军区某部从内蒙古调回北京，到了武警部队。没几天，我就接到了通知，要参加武警部队创作班。记得创作班是在嫩江畔的富拉尔基，那个小镇很美，我们创作班就在当年苏联专家住的楼里上课。有30多名武警部队的战友们在此创作。当时武警部队刚成立，我们都是从各兵种调来的，谁都不认识谁，所以都憋着一股劲儿像要比赛的架势。总部创作室的陈淀国和刘秉荣两位老师负责创作班，他们要求我们写小说，一个星期内交稿子。老实说，当年压力都很大，除了初次办班都想表现一番外，主要大家对武警部队的情况都不熟悉，怎么写、写什么，心里完全没底。硬着头皮写吧，苦思冥想，最后不得不调动我在塞外一年的野战军经历，构思了一个短篇，竟然在小说创作组得了"状元"，后来被收录在武警部队第一个文学作品集《这里有片橄榄绿》（解放军文艺出版社出版）的头篇。现在想来，这个创作班虽短，但对我以后的创作影响很大，至少有两点：一是创作有时是被"逼"出来的；二是竞赛状态下可以催发出人的潜能。

第一部我的电影作品，是1987年我根据武警部队参与1983年"严打"（严厉打击刑事犯罪的简称）活动，从北京武装押解数千名犯罪分子到新疆等地的事件而写的一个电影题材。最初写的是一个中篇报告文学，题为《大押解》，原发在《芙蓉》杂志上。后来它被珠江电影制片厂看中，让我改编成电影。江浩先生后来介入一起作编剧。正式拍摄的时候，恰遇1989年的政治风波，最后电影在1990年正式公映，后被评为优秀故事片。连同上面的小说和这个电影，应该至今仍是武警部队的两个"第一"。30多年后的一个春节，我代表中国作家协会

党组去看望老作家，其中就有陈淀国老师。几十年没见，我们异常激动。陈淀国老师在我探访他后不几日就专门写了一篇短文，讲了我们几十年未了的情谊，令我非常感动。

第一本我的文学著作的出版时间是1987年，由解放军出版社出版，是一部中短篇报告文学集。其责任编辑是王伟，十几年前他就病逝了，很让我心痛。之后我连续有三部书是在解放军出版社出版的。有一次到解放军出版社开会，我说这里是我的"文学摇篮"。此话没错。我至今对解放军出版社心存感激，对那些帮助过我的编辑们心存感激。

第一次与老部队的战友们重逢是2012年。那些我在湘西当兵时的老战友、老首长从四面八方赶到北京，他们听说我当了"部长"，非要一起叙一叙。盛情难却，当去赴宴。北京饭店里，几十年不见的老战友，模样还认得，但都已不再年轻。其中有我最敬重和亲切的战友、曾经很长时间里当过我直接领导的褚勇军，他对我的文学影响很大。当时我就是在他的影响下，每天起来补习文学经典阅读课。记得印象最深的是我们俩为了去书店买名著，时常一清早从部队营房出发，最早一天深夜两点就起床，赶十来里路，到新华书店去排队。但当买到新书后那股兴奋劲儿，早把一切都扔在脑后了。回到部队，我们俩就上营房后的山上晨读——背唐诗宋词，那是我们每天的必修课……回忆当年爱书惜时的情景，很是怀念。

如今我已经离开部队很久了，但身体里流动的热血仍然是军人的，文情里涌动的也总有些军人的性格与气度。所有这些，我不想改变，因为我没有感觉还有哪一种感情和气度是比中国军人更好的。

潇洒走纽约

2015年5月28日上午,我率中国作家代表团应邀参加了亚马逊公司与人民文学出版社共同举行的"中美作家对话"活动,地点在贾维茨书展中心的E103会议室。巧合的是,27日我的《南京大屠杀》英文版新书首发式也是在这里。

对话现场几乎坐满了人,其中有不少美国人。作为中国作家代表团团长,主持人邀我上台讲几句。这是自然的事。

我上去的开场白是这样的:"今天我特意穿了比较休闲的衣服,是想告诉美国的同行和所有关注中国的世界各地的朋友们,沉默和胆怯了很久的中国作家,今天已经能够非常自信和潇洒地来到你们面前了。这份自信和潇洒源于我们中华民族积累了五千年的文明和改革开放30多年来国家的强大,以及我们中国作家在文学上的努力和毫不逊色于他人的实力,因此我们来到纽约这个世界舞台的中心,期待获得你们同等的了解。其实,中美两国作家之间相互了解是很不对等的,因为中国作家对美国作家的了解,远远多于美国作家对中国作家的了解,而美国包括其他世界的文学同行甚至普通的读者,除了知道一个

莫言外，几乎对中国的其他作家知之甚少，甚至一无所知。这是不公平的，当代的中国文学群星璀璨、精品迭出，无论是小说、诗歌，还是我们独具特色的报告文学作品，其水准绝不比别的国家差，甚至超过了多数国家的水平，尤其非虚构的报告文学创作成就，可以说是很多国家所不能比及的。因此，我们认为，今天的国际环境下中美两国作家的相互了解比任何时候都更重要、更迫切……"

这段"休闲"式的开场白，获得了场上一阵热烈的掌声。

此次中国作为"主宾国"应邀参加在纽约的书展，可以看出中国出版的国际影响力和所拥有的实力。在现场，我看到"老外"特多，他们都是排队买票进场。尤其是书展的第二天——28日，来到现场的美国人更多。我是时隔17年后再次来到纽约。美国朋友问我今天的纽约与17年前有什么不同。我不假思索地回答说：外观变化不大，原来是"两栋楼"（纽约双子楼，"9·11"事件时被撞毁了）、现在是"一栋楼"的关系——这"一栋楼"是指在"9·11"事件遗址旁新建了一栋摩天大厦。美国朋友笑了。

从外观看，纽约确实没有多大变化。然而，变化的是中国在美国的影响，包括我们这些人在美国所发生的今非昔比的变化：17年前，我也是个作家，但那会儿，我是借着朋友的机会，坐着朋友开的车，从加拿大边境，怀着特别复杂而好奇的心情，拿着一本红皮图书——我记得拿的是当时在国内影响极大的《根本利益》。在办旅游者签证时，美国一位海关人员在我与书之间看了又看，以确定我的作家身份，我想她一定对"红色"的书有些反感。不过最终她还是对我放行了。那次的美国之行我是这样进入的，一路上住的也是汽车旅店，基本上像流浪汉一般。17年后的今天，我依然是作家，是应美国政府之邀来到纽约的，手持"红皮"的外交护照，一路畅通无阻。自然住得也是比较好的，在曼哈顿最繁华的中心地段。

27日开幕式上，中国派出的政府官员主持仪式，显示了本次"主宾国"的地位。显然，中国作家们也获得了少有的尊重——他们的座位被安排在中美官员后面的嘉宾席上。我回头的那一瞬间，看到了苏童、刘震云、毕飞宇、雪漠、冯唐、赵丽宏、曹文轩、蓝蓝、徐则臣、邵丽……这些熟悉的作家同行。这一天，他们如宙际的璀璨群星，格外引人注目。

谁说中国作家无人理睬？谁说中国文学无人问津？

仪式上，和我前排就座的有国家新闻出版广电总局的吴尚之副局长、中国驻美国大使崔天凯和我国驻纽约总领事馆总领事章启月，他们都是我的老熟人，我们在纽约相见分外开心。

仪式结束后，我到了国际展区的英国新经典出版社的展位。在这里，我收获的喜悦自然格外多：该出版社竟然把我五本新译作品全部亮相于此，它们分别是《国家》《江边中国》《南京大屠杀》《生命第一》和《红墙警卫》。作为一名中国报告文学作家，能在国际书展上一次展出五本英文版新作，还有比这更高兴的事吗？

在书展现场的一个来小时，我接受了几位外国媒体记者和作家同行的采访。印象最深的是加拿大的一位杂志主笔、女记者的提问。她提出的问题之一，基于对作为一名"官员作家"的兴趣。她的问题是："中国发展极快，令全世界关注，现在大家的目光都盯着你们中国。作为作家，你为什么不用小说这样的文体来表现当代中国，而是用非虚构的纪实体作品来表达呢？"我明白清楚地回答她："中国的发展以及发展过程中呈现的人、社会和制度方面的种种变化，连我们中国人自己都感觉有时不太适应，可以说每天都处在兴奋、激动甚至亢奋的状态中，许多事情我们还没有理解和认识透彻，它们便来到了我们面前。因此，我作为一名纪实文学作家，必须把中国人这种在大发展中所呈现的人和社会包括制度在内的变化以及变化过程中所发生的感

情与思想、观念与过程写出来。这一方面对自己的国家历史是一种贡献，另一方面也能帮助世界直接和准确地了解中国。关于这一点，虚构的小说和其他文体是做不到的。"

和加拿大女记者的对话，因为旁边有翻译在，所以很快引来其他"老外"的兴趣。总部设在纽约的全球可持续发展基金会的文化主管罗奇女士，对我的回答频频点头赞同。她说："中国的发展令全世界注目。你们那里发生的事情，尤其是一些大事情，都会影响到其他国家，所以我们特别愿意看到那些深刻地、客观地、生动地反映当代中国情况的写实作品。何先生的作品，比如像《国家》，我看后特别感动，也明白了原来除了小说以外，还有一种在中国独特的报告文学也是如此精彩地吸引着读者。"她很喜欢这种文体。我表示深深的感谢。

我注意到，"老外"读者对我的几本书都比较感兴趣。大部分"老外"尤其对反映2008年"5·12"汶川特大地震的《生命第一》和毛泽东形象的《红墙警卫》。而那些新闻记者出身的"老外"则比较喜欢反映中国现实发展的《江边中国》和外交题材的《国家》等作品。

当天晚上，我们参加了纽约州立大学孔子学院组织的中国作家与读者和学生的对话。会议厅基本坐满了听众，当然中国面孔占多数。这一点能够理解。我们去了八位作家，除我之外，有刘震云、毕飞宇、赵丽宏、曹文轩、徐则臣、蓝蓝、冯唐。年轻的医生出身的冯唐很受欢迎，他可以直接用英文说话，也可以自己阐述观点又自己翻译成英文。进学院后，组织者给了我们每个作家一个提纲，算是让我们准备。我所要回答的是：关于数字化阅读进入当代社会后，文学和纸介读物还有多少生存可能？一看这个问题，我就有些痛苦，因为同样的问题，在中国讲课时时常被问及。从我应邀到下至中小学、上至国务院机关讲课时，都会遇到这类问题，看来大家对此已经有很大的关注度了。我以为这是我们中国目前存在的忧虑，没想到世界都面临着同样的问题。我这样简答道："虽然时代的发展使我们很多时候已经被高科技所支配和影响，我们出门可以随意选择高铁、飞机或高速公路，一眨眼的工夫到了千里之外。但大家是否与我有所同感：无论我们走多远，无论我们坐什么样的现代化的交通工具，回家的路我们仍然得一步一步地走……而文学和阅读，则正如我们回家的路一样，它需要细细且深怀感情地品味。"在回程的路上，我看到《侨报》中引用了我上面的这段话。

那个夜晚是我们中国作家与在场读者和学生交流最活跃的一次。两个小时，我们每个作家都回答了两三个问题。作为中国作家协会副主席，我还不得不回答一些"作家制度"方面的问题。记得到美国之前，我们作家访问团顺道造访了墨西哥。在墨西哥大学"中美交流中心"的一个活动中，现场坐满了墨西哥方的学者和学生。对话内容的范围也非常广，有些问题甚至很尖锐。比如，"你们中国为什么对莫言特别好，而对高行健就一般了，可他们都是获得诺贝尔文学奖的呀！"我看到现场的中国外交官有些紧张起来，他们担心我们是否能回答好。显然这样的问题需要我来回答。几乎毫无思考，我就说："据我所知，我们国家的人民包括我们作家同行，对莫言先生获诺贝尔文学奖后，自然特别的高兴，因为他是我们自己国家的作家；关于高行健，我们对他也是尊重的，祝贺他获奖，但他是法国籍作家，自然无法跟我们对自己国家的作家的热爱程度相比。"

交流会后，大家热议我的回答聪明、机智、准确。我坦言道：自己全部说的真心话。回想2012年莫言获奖时的情景，当时中央电视台《新闻联播》直播莫言获诺贝尔文学奖消息后，主持人直接连线到我的手机上，问我如何看。我当时正在江苏老家休假，是这样回答央视的提问的："对莫言获奖，作为同行和朋友，我和中国作家都由衷地

向他表示祝贺。其一，诺贝尔文学奖给了中国作家，既是莫言先生本人的喜事，也是全中国作家一百多年来的一个梦想成真的大事，所以我们都很高兴。其二，莫言能获此殊荣，是因为我们国家强大了，文学繁荣了和文化强大了。"老实说，不是中国作家协会新闻发言人的我还真不知道自己的回答是否"越位"。几天后回到北京，见了党组李冰书记，征求他的看法。李冰书记非常肯定地说："你回答得非常好。"这时我才把悬着的心放了下来。

这样的事经历多了，我自己有个体会：与外国人打交道，遇上"外交问题"和"敏感问题"时，你的回答只要真诚与真实，只要心系国家和民族，只要有专业水平，什么问题都不会难倒你的。自信非常重要，智慧自然也是不能少的，而更需要的则是说话的艺术。

最令人开心的是，28号晚上我应邀到中国驻纽约总领事馆与留学生和总领事馆的外交官们交流。原因有二：一是因为我与总领事章启月大使是老朋友，她是我国外交部著名的女新闻发言人；二是因为她是我写的外交题材《国家》的主要经办人，我们见面后特别开心。在未到纽约时，章启月大使得知我到纽约的行程后，就特意征求我意见，看能不能到总领事馆来给留学生和年轻的外交官们上一课。我欣然答应。

讲课的现场坐满了人。我的题为"国家"的讲演，整整用了两个多小时，现场的气氛非常热烈，对话的内容十分丰富。用与我同行的作家朋友的话说："何团长你的演讲越来越精彩，这一场是最棒的。"我听后有些得意。事实上，我写《国家》时以及在几十年报告文学创作中所知道的爱国故事，实在太多，随便拿些出来给大家交流，都是很精彩的。当然，演讲的技巧也十分重要。一般情况下，我从来不用讲稿。"全民阅读节"前一天，我给中南海的国务院机关讲课，两个多小时也是脱稿讲的，发现这种效果更好一些——用心、用情、用文学艺术交流。

如今，中国正以昂扬的姿态多频次地走向世界，包括文学和出版。在与世界的交流和交往中，我们既需要实力，更需要内心的强大和自信，当然也特别需要专业水平。这就要求我们不断熟悉外面的世界，改正我们自身的问题。这样的交流与交往才会达到预期的效果。

不知何时再赴纽约？但我坚信，下一次我们中国作家的风采会比以往任何时候都更加引人注目。

他改变了很多人的文学基因

2014年10月15日,是中国新时期报告文学的奠基者和开拓者徐迟先生的百岁诞辰日。作为报告文学作家,我们无不以感恩之心怀念徐迟先生。

毫无疑问,徐迟先生发表于1978年1月的《哥德巴赫猜想》是他一生中最重要和最闪耀的代表作。曾记得,当年《哥德巴赫猜想》给因"文革"而沉闷和压抑了十余年的中国所带来的那股尊重知识、尊重知识分子的"科学春天"之风是何等强劲!从某种意义上讲,中国后来以昂首阔步的豪迈步伐走向四个现代化建设的伟大征程并取得了举世瞩目的辉煌成就,徐迟的《哥德巴赫猜想》这首叫人无法忘却且激励中国走入新时代的战斗曲功不可没。它通过奔放浩荡、感情丰沛、入情入理的艺术感染力,让多少年来那些躬着腰为共和国拉车却得不到起码尊重的知识分子扬眉吐气;让人类用自己独有的聪明与辛勤劳动锤打出的知识,从臭气熏天的垃圾堆的最底层,被重新抬到了神圣的殿堂……让整天撕着课本打架的学生重新回到了安静的教室,让牢监农场里的工程师、科学家重新回到了实验室和科学院,让千千万万

"臭老九"们再度感觉自己有了生的希望和活着的价值，一个文明古国的伟大历史从此也就绘就了全新的时代画卷，而这个时代画卷上所呈现给世界的是中国式的波澜壮阔、风起云涌。于是，一个文学家所塑造的名叫陈景润的"哥德巴赫猜想者"，向我们扑面而来，成为民族的榜样和知识分子的代表。文学的力量何其之大，大到了我们整个社会在一天之内以惊天动地、惊心动魄之势，完成了对科学、对知识、对知识分子评价的彻底颠覆。这——就是《哥德巴赫猜想》，一部报告文学作品在30多年前所带给我们中国的伟大贡献；这——就是我们今天为什么要以感恩之心特别感谢和纪念徐迟先生的原因之所在。

中国改革开放以来，我们每个人、每个家庭、每个单位、每个行业所发生的翻天覆地的变化，对世界和整个人类发展所作出的推动与影响，与一部由中国人写的《哥德巴赫猜想》的报告文学作品和一个叫徐迟的作家有没有一点关系？回答是肯定的。而这份肯定对同样是一名报告文学作家的我，由衷感到无限的荣耀，体会到了文学的崇高尊严。

《哥德巴赫猜想》和徐迟先生对一名普通的作家的影响同样是深远而巨大的，这种深远和巨大有时无法想象。大家都知道，人的基因是父母遗传给予我们的，我们的生命基因无法改变。但徐迟先生和他的《哥德巴赫猜想》，则改变了无数人的人生基因和事业基因，我便是其中之一。许多人现在都称我为"报告文学作家"，而我自己也从来没有否认过这样的职业称谓。其实，大家并不知道，我最初的文学之路，是从诗歌和小说开始的，而诗歌写作又是因为美好的爱情而激发出的。我的小说创作，是源自20世纪70年代末我与我的战友们经历了在南方中越边境上的那场自卫反击战争。我曾在20多岁时写过和出版了第一部名为《东方毒蛇》的长篇小说。我的最后两部中篇小

说《第二道战壕》和《橄榄绿》，分别发表于1982年和1984年。然而之后的30余年里，我再没有写过小说，为什么？因为有一个人动员和鼓励我去做了另外一件事，并且因为这件事，让我的人生基因彻底发生了变化。这就是徐迟先生和他的《哥德巴赫猜想》，引领我走上了从此再也没有改变的报告文学创作之路。我这一写就是35年。在生命最重要、最宝贵的35年里，我几乎没有停止过一天因报告文学而活着的创作空间；35年里，我几乎没有停止过一天与报告文学结伴而行的悲喜之情；35年里，我几乎不知道还有哪一种音乐、哪一个画面、哪一个人，能像报告文学作品一样吸引我、感动我，甚至是摧残和迷失我！没有。真的没有。

35年！因为您——尊敬的徐迟先生，为了继承您以讴歌伟大时代为己任的报告文学事业，我从一个军队的年轻小伙子，写到了两鬓斑白的老人！因为您——尊敬的徐迟先生，为了学习您充满激情而又有文采的《哥德巴赫猜想》，有无数个夜晚，我突然会从梦中醒来，迅速爬起来，坐到书桌旁去完成一次又一次的创作以及对文体本身的攀登与实验；因为您——尊敬的徐迟先生，为了弘扬你的报告文学价值观，我跋涉了35年，从湘西的古老村落开始，走向荒野的矿山、冰冷的雪地、酷热的沙漠，甚至是可怕和要命的十几公里纵深的煤井坑道，乃至跑到战火纷飞的非洲苏丹的达尔富尔、利比亚的的黎波里海岸……想起那些岁月，我的眼前会立即重新被"5·12"汶川特大地震那地动山摇、血流成河、尸体遍野的景象所包围，会立即浮现"非典"现场人们在窒息和死亡时的那一幕幕惊恐与悲惨的情形，会立即回到那个独自一人在深山老林里跟在一个残疾农民身后，屁颠屁颠地跑了十几里路去听他讲述自己如何送儿子上学的故事……那一刻没有人把你当作家，更没有人把你当什么局长、部长，甚至连一口饭、一口水有时可能都吃不上、喝不上。报告文学作家高尚的时候，比所有高尚者都要高尚,否则你无法抵达高尚者的灵魂深处;报告文学作家勤奋的时候,比所有的人都要勤奋,否则你无法听到一个低微的社会弱者的真实呐喊;报告文学作家勇敢和伟大的时候,要比任何一个战士和水手都要勇敢和伟大,否则你的任何努力都可能半途而废。报告文学作家,还必须具有特殊的忍耐力,意想不到的官司、善良和恶意的讽刺打击,都可能是毁灭你意志与信仰的炮弹。为报告文学而活着的人,是钢铁和柔情凝练成的,是汗水和火焰交织成的。喜悦和痛苦、思考和张扬,陪伴着我们的一生;荣耀与心酸,注定了我们的命运是如此起伏与反差。

作为一名报告文学作家,我有时也这样责问自己:为什么非要干报告文学这个苦差事呢?为什么非要坚持这个常常吃力不讨好的文体创作呢?当一个个"为什么"在自己心中滚动和涌出时,您——我们尊敬的徐迟先生便会出现在我的面前。您的《哥德巴赫猜想》,以及这个"猜想"之下作为一名时代讴歌者的伟大精神和崇高品质,就是一个榜样、一面旗帜,它令人立即产生一种新的更高层次的前进动力,人生有了更清晰的方向。可以说,是徐迟先生给予我个人的成长和事业的基因改变后,我的人生轨迹才发生了重大变化。

中国,是一个伟大的国度,已进入一个能让文学彰显五彩缤纷的时代。社会大发展、大变革,人民多彩的生活……给予了报告文学格外恩赐,几乎每一片土地、每一项事业、每一个变化中的人及其活动,都是报告文学创作的丰富素材。我们没有理由放弃和自我贬低报告文学文体的价值,要尊重它早已被主流社会所广泛认可的客观性。事实上,还没有哪一种文体在记录、表现改革开放中国所取得的成就上,可以同报告文学相比。尤其在今天,当一些明明是正能量的人和事,却被"小道消息"和网络丑化之后成了负面传闻,被传播得越来越广的时候,报告文学的作用必然对消除和打击这样的歪风邪气起到

其他文体形式所不能替代的作用。有人说，今天的报告文学面临死亡的边缘；也有人说，它将被非虚构写作所代替。我在这里明确地告诉大家：在中国，在只要继续沿着社会主义特色的道路前行的当下和未来，报告文学不仅不可能被边缘化，相反，它比任何一种文体更具生命力，更易绽放出光芒，更有市场和读者，更被主流意识所认可。原国家新闻出版总署在前几年每年所进行的年度出版与阅读调查结果，一次又一次地告诉我们：喜欢和热爱纪实类作品的读者人数，远远超过非虚构类的读者人数。在座的朋友们应当知道，中国的主流媒体如《人民日报》《光明日报》，过去曾经在头版发表报告文学作品的只有两次：一次是20世纪50年代魏巍的《谁是最可爱的人》，另一次是1978年的徐迟的《哥德巴赫猜想》。但如今，我们的《人民日报》，每年至少要发表20篇报告文学。尤其是《光明日报》，仅以党的十八大以来的一年多时间里，在头版甚至头版头条先后发表了多篇报告文学，其中有我的两篇、李春雷的一篇，还有一篇是年轻作者王国平写的。事实上，《光明日报》在10多年前的2004年7月26日就在头版和二版也发表过我的另一篇名为《永远的红树林》的报告文学。10多年前的"非典"期间，上海的《文汇报》也曾有过非同寻常的壮举，连续用8个整版发表了当时我写的报告文学《北京保卫战》。近两届的中宣部"五个一工程"奖中每一次都有超过三分之二的获奖图书是报告文学作品。更可喜的是，在上一届的"五个一工程"奖获奖的十几部电影中有三分之一的电影也是根据报告文学作品改编而成的。这些事实，都很好地说明了报告文学不仅没有死亡或边缘化，反而充满了无限的生机和活力。

近些年，总有一些人在说非虚构写作将替代报告文学。在我看来，作为丰富和充实报告文学创作的一个写作现象，我们对非虚构写作将给予更多的关注、支持和包容。但，这里有一个学术概念必须加以澄清：所谓的非虚构，其实最早在国外提出的并不是我们今天一些人所理解的非虚构概念。它是由法国著名小说家左拉，针对当时的小说家们所倡导的新自由主义写作而提出的一个创作观点。作为当时法国小说界的领军人物，实在无法接受那种坐在家里、远离生活的同行们的胡编乱造，左拉因此提出小说创作必须尽可能地接近生活本真。为此，他自己身体力行，为写一部铁路工人生活的小说而不惜用十几天时间亲自趴在火车的车厢顶上，去细致地观察铁路上的人间万象，从而形成了他后来被人称之为的"非虚构"写作风格。这就是国外流传已久的非虚构写作的真正起源。近几年来，以美国一批新闻记者为代表的写作者所引领的新自由式写作风尚，在西方世界较为流行，其中最有代表性的就是前几年翻译到中国的那本由雪莉·艾利斯的写的《开始写吧！非虚构文学创作》。这本书的作者其实是一个创意写作培训师，就像我们中国的广告设计师，但是是自由写作者。她所倡导的所谓非虚构写作，好比我们中学里的写作课一样，是专门培训那些缺乏基本写作经验的初学者，如何按照自己的心理感觉进行文字表达而提供的一种课堂写作教学方法。这种创意写作，自由度大，不像小说可以完全虚构，也不像传统报告文学那样必须对真人真事有严格要求，自由和随意，尤其注重和倡导作者的自我感受的表达，因此受到一部分因在小说创作中不能很好地艺术虚构、作品越来越没人看而带来巨大苦恼的小说家们的欢迎；同样，这种非虚构写作也受到了一部分因从事传统报告文学创作那种必须遵循对真人真事不能有半点虚假的文体要求而束缚手脚的写纪实作品的作家的欢迎。因为这种新的非虚构写作，时而可以写到五百年、三千年前的事，也时而可以将一个白宫的真实事件搬进文中，时而又可以将自己内心完全虚设的故事放入其中，这就是非左拉时代的今天西方国家的非虚构写作。中国是一个文明大国，包容和吸纳他人的优秀文明成果和文学经验，一直是我

们的明确态度。然而，像雪莉等人倡导的所谓现代式的非虚构写作，其实在中国早已非常成熟了，说白了就是纪实散文写作。即使如此，我们中国的文学家，依然谦虚好学，对西方写作者的那种灵活、自由和开放式的写作经验，也从不拒绝。但是必须指出的是，中国有中国的传统与习惯，中国有中国的文体之美和与积累的成功经验。中国自20世纪二三十年代以来，瞿秋白、夏衍；新中国成立之后的魏巍，包括巴金、丁玲、徐迟等为代表的老一代作家们，他们继承了司马迁创作《史记》这种优秀纪实作品的经验和中国人对待历史真实的那种毫不留情的严谨的治学态度，同时又吸收和发扬了世界现代报告文学奠基人基希先生的报告文学文体创作特点，形成了中国报告文学的独特风格。这就是将时代性、新闻性、现实性、批判性和文学性融为一体的，早已被广大读者所接受和喜爱的，一个充满生机与活力且有其独特的文体要求的文学种类。

非常巧合，就在前些天的国庆期间，我在上海与上海高校的几位曾经是非虚构写作重要推手和倡导者的年轻学者们，一起进行了较为广泛深入的交流和讨论，还了解了他们如今正在努力推行的"创意写作"行动。据我所了解的，这类写作实验，其实并没有超越报告文学文体和中国传统的纪实创作范畴，只是加进了写作的灵活度和自由度以及个人化。而这些，我们现有的报告文学文体创作也并不排斥。同时我们也仍然坚持着报告文学固有的对客观事实反映的严肃性，因为我们在宣传和传播中国精神与时代风貌过程中，不能有半点儿虚构和虚假，否则就完全失去了报告文学文体的严肃性和客观性！真正优秀的报告文学，追求的除了写作的自由与形式的优美外，更多的是内容要经得起历史和社会的检验等。这正是报告文学文体所具有的特殊性。所以，所有从事报告文学写作的人必须要具有不可不崇高、不可不严肃的写作态度。任何企图绕过这一文体所特有的要求，都是对这一文体认识上的偏差,其结果必定会误入歧途,从而造成对报告文学文体本身的伤害!

今天的中国,整个社会都呈现在开放和进步之中,我们的报告文学文体也在接受和吸纳所有新鲜的空气,包括非虚构在内的诸如个人化写作、心灵史叙述、口述回忆录、传记创作、纪实体散文等。它们的创新写作经验,为丰富和发展报告文学创作提供了有益的养分和广阔的空间。

面对一个全新的飞速发展的时代,在纪念徐迟先生诞辰一百周年的时刻,作为一名报告文学作家和现任中国报告文学学会会长,我愿意与所有同行们,誓志将徐迟先生开创的中国新时代报告文学的文体和他所倡导的文学价值观、文艺观及其文学精神继承与发扬光大,努力实现中国报告文学创作的新纪元,以满足时代和人民对我们的要求和期待。

永远不老的是青春

密林中,树在答问——
什么是生命
健康的灵肉,有思想、会呼吸
什么是生活
心脏的跳动和地球的旋转,合为一体
什么是美
不要修饰,赤裸的身体是站着的真理
什么是幸福
滚烫的泪,滚烫的血,支撑着挺立的
什么是骄傲
让每天的太阳攀着肩头升起
什么是渴望
从头到脚献出自己,甚至影子
什么是欢乐
让星星和小鸟营巢,给它们甜蜜

什么是理想

生活该永远是一支绿色的火炬……

这是我近期读到的诗。这是我近期读到的一位88岁长者的诗。这是我近期读到的最年轻和最青春的诗。它像流水般潺潺地流淌在我的心中，它像花儿般绽放在我的思想里，它像海潮般激荡着我的心灵！

谁说中国没有好诗？谁说老人不再年轻？他和他的诗是艘永远不老的航船，足足在中国诗坛扬帆了半个多世纪，而今依然闪烁着灿烂光芒……

这是今年这个春节我收到的一份最喜欢的礼物——著名诗人李瑛的新作《比一滴水更年轻》。整个假期，我如饥如渴地咏读着这部诗作。它胜过节日的美味佳肴里的营养并润泽着我的情感世界。

一年前的春节，我前往李瑛先生家里探望他老人家。我们一见面的话题便是当前的中国诗歌问题，而且一谈就是几小时。当时老人家给我的感觉是其思想灵敏和反应迅速——我指的是诗人的那颗心和那个心境。当我知道老前辈虽年事已高，但几乎仍在天天写诗，颇为感动，于是相约给他出本新诗集。现在——365天过去了，李瑛先生把新书寄给了我，同时附了一封深情的信——这是我熟悉的笔迹：有些抖动，却依然流畅；有些苍老，却依然刚健。他说我是他新作的第一个读者。他是我的前辈，却用"您"来称呼我，令我百感交集。老诗人在信中关照我在从事作协日常行政工作之余，"也能关注一下诗歌"。这既是一份信任，更是一份期待，我心头颇为感动。

我喜欢读李瑛先生的诗——称他为"先生"，是因为我在内心敬重我的这位文学前辈、部队老首长及诗坛常青树。不知是受李瑛先生的影响，还是我读了他的诗后总有一种冲动的缘故，近年我也跟着写些诗歌习作（我视自己的这种行为叫"诗界票友"）。是的，我很喜欢

李瑛先生的诗，读他的诗从不感觉与他有年龄上的差距，更没有情感上的差异。他的诗永远有种向上的力量，永远有股奋发的朝气，更有年轻人般的激情，是青春式的，甚至读起来有童音般的清澈与嘹亮。他是一个革命者，他是一个老军人，他的诗里洋溢着钢铁般的战斗豪情，然而更多的是细柔的倾诉，如水如流，如歌如笛。他是一位长者，他是一个智者。他的诗里不仅饱含着对世界的深刻理性的认知，更有万般温情的明智思辨。说先生的诗影响了几代人一点儿也不为过。我记得有次在中国作协代表大会上，时任国务院总理的温家宝在人民大会堂言及"我是读着李瑛先生的诗成长起来"的话后，又问了"李瑛先生来了吗？"当李瑛先生从几千名的代表中站起来示意的那一刻，多少人的眼睛里流露出对他的无限敬仰和崇高敬意啊！

这是一个杰出诗人的荣耀。这是一个杰出人格的崇高展现。我们都为李瑛先生叫好。无论是部队官兵还是一般的读者，都喜欢李瑛先生的诗。他已经影响了新中国成立后一个时代的人，这是毫无疑问的。然而像他能一直在笔耕的诗人并不多见，尤其他的诗永远保持着那种青春激情的韵律更是罕见。从1942年开始发表作品，至今漫漫70余年，光出版诗集就达60部，而且永远保持着广泛的传播力度，这也许只有李瑛先生一人！这样的诗人，我们谁不敬重他？

他是一个纯粹的诗人。尽管名气超人、官职显赫、德高望重，然而当我们与先生在一起时，你听不到一丝的杂音噪声，他纯粹得像个婴儿，他干净得像个童男，他的思想里、他的眼睛里只有诗和诗的朋友。然而他的诗里却有鲜红的血，有带火的炮弹，有燃烧的火焰，更有万般的柔情、千丈的深情、万丈的豪情……

《比一滴水更年轻》诗集，是李瑛先生近两三年在十分高龄的情况下所作的新诗，共142首。先生的勤奋和高产，在中国诗界罕见。试问：还有几个人能在85岁高龄之后能诗意不止、激情依旧？李瑛先生应该算其中的一个。纵观新作，皆是一位长者对人世间的深情回望与温暖性情，是一位长者对当下的理性思考和捕捉到的独特心得，读起来意味深长、百味交感。

"可以和任何一颗星谈话/可以和任何一棵树谈话/但不要和孩子们谈泪/生活中有许多苦难和辛酸/但不要和孩子们谈血/涂满时代面孔的血/快乐的翅膀会折断/在他们不会辨认红色和白色之前……否则有一天/发生在他们床边的事/会使他们在惊恐中/迷失"（《把真实生活告诉孩子》）这是一位历经沧桑的长者的深刻教诲，或许也是他一生积累的人生经验。现实生活中，我们多少人不愿将真实告诉孩子，却常用谎言欺骗自己的下一代，结果肯定是可怕的。一位诗人及长者，既告诉了我们人生经验，又道出了他所担忧的心思。是啊，人生复杂而错综，真理是什么？真理在何方？"它如此精致和完美/无畏地袒露在阳光里/静静地站着，静静地……""它不喧哗，也不哭泣/右边是谬误/左边是美/对它，无论赞美或诅咒/它始终不发一语/没有爱的真理是孤独/从容地站着，从容地/真理/透明，像水晶/锋利，像剑/发光，像太阳/飘扬，像风中的旗帜/是我的哲学和宗教。"（《真理》）难道不是吗，我们这些俗人有几个真正知道真理为何物？

"当手杖/成为我世界的一部分/我却比一滴水更年轻/因为这个时代/因为我的祖国……"显然，这是一位长者的心声。在这心声里让我们深切地感受到了岁月的无情与有情——无情的是苍天留不住生命，有情的是时代和祖国让留不住的生命"比一滴水更年轻"。是的，水是清新的，像露珠般；水又是活泼的，像生命一样永远流动着；水更是有温度的，像血液般。水是有生命的，比水更年轻的生命一定是有理想、有志向、有信仰的生命，一定是有爱、有义、有情的生命，这样的生命永远年轻。"现在，我就是这样/生活在我的祖国/在崭新的思想中/在成熟的渴望中/在燃烧的激情里/前方，我们所追求的/梦的现实和现实的

梦/就是我们飘扬的精神的旗帜/因为对复兴的渴盼/因为这个时代/因为我的祖国/今天，虽然我已经年老/却比一滴水更年轻。"李瑛先生的诗，是他的生命之歌。其诗篇里荡漾的皆是激荡的青春呐喊和对中国梦的强烈渴望，这样的生命能不"比一滴水更年轻"吗？李瑛先生的诗一如既往地充满了理想主义和浪漫主义的情调。他的诗始终是温暖的阳光和清新的春意。向上，健康，有情，有力量，是它的主调；青春，活力，是它的躯干。他的诗常常以细微的事物观察来撬动时代和人生的大主题，常常以"小我"的情思撼动灵魂的天宇。正如他自己所言："一件作品，若能跳出'自我'，超越个体生命的有限存在而复归于人生世界的整体，着眼于追求超功利的境界，追求审美理想和某种深刻的哲思、自由的人格和积极的生活态度，达到情与景相汇、意与境相融的美学境界，才是上乘。"他又说道："在我的写作中，我努力追求意境的高远，希望每首诗都能尽量传出一种思想内涵，并营造出一种特有的韵味，使读者透过强烈或恬淡的画面感受到透彻空灵、华美圆融、'意随象生'的美丽境界。我力图使我的表现对象，一水一石，隐含天地间生命的顽强和静穆；一草一木，历数时空往复的流转，阅尽风雨中的飘零与生机，使之具有更广阔的美学背景。""我也越益追求天然、节制、简洁和生动。'天地有大美而不言'，许多话都已融在自然万物的意境之中，大与小、虚与实、浓与淡、含蓄与显现，我更看重它深刻的艺术表现力和容量，它的朴素、率真与灵动之美，它的韵律与节奏的和谐之美。"

  读完如此精辟的诗论，我才真正明白了为什么写了七十多年诗的李瑛先生永远比"一滴水更年轻"的生命真谛。

  呵，亲爱的诗人，正如您自己所言，是时代、生活和诗把您变成了孩子，而我们也因为您的存在才同样可以学习着"比一滴水更年轻"的心境与生命。祝永远年轻的您诗作频生。

刻骨铭心的记忆

——写在《落泪是金》出版十五周年之际

写了30多年文学作品,每一本书后面总有许多鲜为人知的未公开的故事,但很难有一次能同写《落泪是金》时留下的记忆那么令我刻骨铭心……

2013年了,15年前的我还是一个血气方刚、激情澎湃的"青年作家"。当时任团中央第一书记的李克强同志正在主持一项类似"希望工程"的助学工作,以解决我国高校出现的贫困大学生学业难以为继的问题。这项战略的实施功在千秋。他们派了一位书记处书记约我写一部这方面的作品。于是,我开始了一次漫长的采访和写作过程。我先到了北大和清华,不曾想到这两所中国最高学府中,竟然会有数千名学生因为家庭经济贫困而面临学业难以为继的事!当两校学生处的老师把那么多贫困大学生写的一袋袋沉甸甸的"家庭贫困情况"材料给我看时,我震惊了、心颤了。那一份份血泪书般的陈述,让我泪眼婆娑——想不到啊!我只有用这4个字来形容自己的内心感受。

后来,我又到了中国农业大学和中央民族大学,其贫困大学生的

真实生活再一次刺激了我,让我情难自已、泪流满面。我见到了一个个因为身无分文而饿着肚子念书的孩子。他们中有的一天只能啃一个馒头,但仍然在坚持学习;有的怕饥困影响上课而围绕着操场跑十几圈后,再进教室学习;更有极端的,想通过自杀来抗争现实的不公……

开始我是心疼,是同情,后来觉得确实应该为这些孩子做些事。我扎扎实实地埋头采访、认真细致地调查了解,花了近一年的时间,走访了300多位当事人和40多所高校,一气呵成地写了30多万字的《落泪是金》。

作品出来后,第一印象是从未感受过的轰动:记得《北京青年报》转载了一个整版内容的当天,我所在的中国作家杂志社热爆了棚。整整一天单位的几部电话全被各地读者打爆,谈的都是书的内容,其中有大学老师,有学生家长,甚至还有退休在家的老革命家。他们几乎都是流着泪对我说,说他们想不到今天的大学里竟然会有那么多可怜的孩子念不起书。"国家发展了,大家的生活提高了,家长们好不容易才把孩子送到大学读书,他们是中国未来的栋梁啊!我们是社会主义国家,不能让这些孩子因为家庭经济困难而辍学,丧失对前途的向往……"说这话的是清华大学的一位女教师,她自己有两个儿子也在念大学。这位女教师专程到我单位,买了两本书,说要让她的孩子好好看看,让他们珍惜自己的学习机会。

那些日子里,《落泪是金》被全国几十家报刊转载、连载,形成了一股阅读热潮。不光国内各家媒体的记者相约采访我,就连美国、英国、日本、澳大利亚等外国媒体也不断来采访我。

团中央学校部对推进《落泪是金》的影响力起到了积极的推动作用。他们随即在各学校展开了"看《落泪是金》助贫困大学生"活动。记得那时我天天要去大学讲课、做报告,前后讲了100多场。记忆最深的是在天津南开大学做报告的那个晚上,光签名发出的《落泪是金》就达850多本，那种场面让我至今难以忘怀。

有人说："何建明的一部《落泪是金》让全国人民跟着掉了一场不大不小的泪雨……"事实与此差不多。那时，每天读者的信件如雪片般飘落到我手上，那都是一封封带着滚烫热度的信，带着对贫困大学生怜悯之情的信，带着关爱心愿的信。最让我感动的是，许多善良的读者纷纷提出要为贫困大学生们捐助和提供救济，希望我给他们牵线搭桥……

向贫困大学开辟绿色通道、设立专项基金在各大学迅速启动。清华大学做得最快，他们很快筹措了一亿多元基金，团中央和全国学联及相关大学收到的善款仅在一年多时间里就高达几千万。值得一提的是，这些善款都是读者们看了《落泪是金》后自发捐献的。我听说后，万分欣慰。一部作品，能有如此热烈的社会反响，还有什么比这更能说明问题的呢？常言文学的社会效益，这难道不是最好的证明吗？

《落泪是金》带出的故事太多，我书里写到的那些贫困大学生的生活都有了翻天覆地的变化，有的人最多能收到社会捐款几十万元——当然这些学生都做得非常好，他们给自己留下必需的生活费后，将大部分都交到了学校，以使更多的贫困生同样得到及时的帮助。

但在这个时候，我也遇上了一件哭笑不得的事：某大学一位接待过我的老师非说我"抄"了他的"作品"（事实是我摘用了他们学校党委给我提供的一份介绍学生贫困情况的材料）。于是，这位老师跟某个学生说我"抄袭"，先是在某个电视台节目里攻击了我一通，后来又到法院告了我一状。那些日子，北京报摊上的报纸几乎天天有我的新闻。这一闹不仅大大伤害了我，更严重的是影响了正在全国形成的为贫困大学生捐款献爱心的热潮。为此，团中央、全国学联和中国作家协会出面，专门召开会议，为我伸张正义。

我特别要感谢时任团中央学校部部长的邓勇、中国作家协会党组书

记翟泰丰、北京市人大常委会主任张健民等领导同志及我所在的中国作家杂志社同人，还有大法官罗豪才先生，他们在行动上、精神上和法律上给了我诸多帮助，最后那场官司用了一年多时间才胜诉。二审最终给摘掉了"抄袭"的帽子。《落泪是金》后来获得了国家级文学奖——鲁迅文学奖。

我一直说，《落泪是金》是一部叫人落泪的作品。它首先是让我自己落泪的一部特殊作品。打官司期间，疼爱我的奶奶见我遭人攻击，气得一病不起，很快就去世了。为了在法庭上给自己洗清不白之冤，我没能回去参加她老人家的葬礼。这场官司让我明白了许多事：你做好事并不一定能让所有的人都理解，你的善良愿望也并不一定会让所有的人感动……

15年了，我感到安慰的是，至少有近千万贫困学生因为这部作品及后来国家推出的各种救助政策而得到了直接的帮助；许多读者至今依然清晰地记得当年阅读我作品时的感受，像我写到的天津白芳礼老人最终被推到"感动中国人物"的榜台上……最让我高兴的是《落泪是金》里写到的那些贫困大学生，如今他们都已经走上了工作岗位，成家立业，有些甚至当了优秀公务员和人民解放军军官及科学家等。

是金子永远会发光。好的文学也是如此的。《落泪是金》的社会影响力和文学感染力说明了一切。它是我创作历程中的里程碑，一直鼓舞和支撑着我在文学创作的道路上坚忍不拔地行进。这些年来，我写了30多部中长篇作品，其中2部获得鲁迅文学奖、5部获得中宣部"五个一工程"奖、7部被改编成电视电影作品。

作家是要靠作品来说话的。现在这个世界，我们的人民特别期待能够看到更多更好的作品，我是如此自勉的：少说话，少说废话，多写作品，多写对得起自己、对得起这个时代和对得起我们的人民的作品。

陕北安塞"好汉坡"

这是一个山坡的名字，很硬朗，很英雄，很有气概。

"好汉坡"在陕北安塞。这里是典型的黄土高原，群山起伏绵延，沟壑纵横。它曾经是革命圣地延安红色根据地的一部分，毛泽东当年率领队伍在此与敌军几番周旋，留下无数的传奇故事。这里还是中国石油工业的发源地，东汉班固和北宋沈括皆在此发现了石油。而一百多年前中国陆地上打出的第一口油井——延长石油官厂那口油井的井架也在此，今天它依然挺立在这里一所希望小学校园内。

"哎——黄黄的那个山峁峁哟，黄黄的沟壑，数不清的川道爬不完的坡，自从来了咱石油的汉哟，满山山踏成了'好汉坡'。"

"油井井建在高岭岭上哟，伸手手敢把星星摸。一座座小站云里头落，一井井石油汇成河，忽雷雷朝天，一声声吼，齐声声唱起'好汉坡'……"

这是我足涉陕北安塞油田时，远远从那望不着边际的山峁峁里传出来的一首激昂的信天游。其声音雄浑中略带沙哑，豪迈中夹着几分沧桑，于是它强烈地吸引着我——

"你看，这就是'好汉坡'"。在走进数里峡谷深壑之后，安塞油田的主人用手指指着正方向的一座大山。我顺着望去，只见那大山的崖端上赫然有三个巨大的红字"好汉坡"。

真有"好汉坡"啊！

"我们安塞油田的油井大多在山高路陡的峁顶或坡壁上，这个王三计量小站管辖的10多口油井都在1300多米高的大山之端。采油工每天要从这条无人沟底部顺着陡坡爬上去检查巡视油井。你看，这坡陡吧，70多度，当地百姓原来称这坡是阎王坡。十年前，我们采油人到这里后，每天背着十几斤的工具在这片山沟间顶风冒雨、爬上爬下，忘我工作，大家相互鼓励，从不言苦，久而久之，阎王坡在采油人的脚下被改名为现在的'好汉坡'。"这就是"好汉坡"的由来！听着石油人娓娓道来的浪漫传奇，我心头顿时对眼前的这座刺天峭壁产生了由衷的敬畏。

"好汉坡"啊，你如一块磁石，又似一面镜子，所有来到你面前的人都想顺着那弯曲的石阶坡道往上攀登，去感受一下采油人的艰辛，去抚摸一下山峁上的那一口口油井……于是我跟在小站的女采油工小高后面，顺石台阶向上而行。

太陡了！不出百级台阶，我便腰累膝疼、气喘吁吁。

"我的师姐师兄们刚到这儿的时候，这里没有石台阶，他们走的路要比现在难得多，你看，就是那种道……"22岁的小高，一身红工装，猩红猩红的在我前面闪动，她那轻盈矫健的身姿在台阶上健步如飞，令人羡慕。驻足喘气间，我看到了几米外那条采油工们最早在此留下的巡工小道，它蜿曲如蛇地在杂草和松土间向山峰延伸。可以想象，当年的采油工是何等艰辛！回首下俯，那陡峭如削的深沟里冒出啸啸风声，顿时体会"上了阎王沟，十人九哆嗦。从上往下看，吓得魂魄落"的绝境滋味。

好不惭愧，平时缺乏锻炼的我竟然在"好汉坡"上半途而废。一路轻盈的小高带着清脆的笑声仅用几分钟时间便从"好汉坡"直上直下，并且爽朗地告诉我，北京来的石油战线上的一些领导都上去过，王涛老部长曾两度到此，并充满激情地题写了"安塞油田出好汉，好汉坡上好汉多"的诗句。

在"好汉坡"采油站的小陈列室里，我们可以看到十年来在这里战斗和工作过的所有好汉的名字与他们的身影。那都是些青春的脸庞和一团团燃烧的火焰，"'好汉坡'上好汉多，风似钢刀雨如梭。让那青春来拼搏，莫将岁月空蹉跎。"全国五一劳动奖章获得者、"好汉坡"第二任站长马金玉，还清晰地记得九年前他刚到"好汉坡"时的情形："当时正值严冬，小站显得格外阴森寒冷。那时条件很差，不允许在站内做饭，于是每天上班前我们都得带足一整天的干粮和水，再用电饭锅热一热便是一顿美餐了。如果遇到停电，我们只好在站外石坡草丛里生野火吃烧烤了。一旦刮风下雨下雪，我们就只能啃冷食了，日子过得有点像当年红军在长征路上那样。这还不是最苦的。有时大雪封山，一连几天只能挨饿受冻。但攀坡巡井的任务必须坚持不停，那个时候我们的石油人真的就像冲锋陷阵的勇士，好汉形象也在'好汉坡'上彰显无遗。"

"好汉坡"上英雄辈出，"好汉坡"上传奇绝伦。

而当我来到"好汉坡"采油小站时发现，这里的好汉们多数已换成了那些英姿飒爽、穿着颇时尚的姑娘们了！

"对啊，在我们安塞油田，一线的几千名采油工中至少有一半以上是我们女同志担任了。你看，我们'好汉坡'五名职工中除站长外，其余四名全是女的。"快言快语的小高非常自豪地告诉我。

"你们天天攀七十多度的千米峭壁，能行吗？"望着刺天陡壁的"好汉坡"，我不由为采油女工们担心。

"当然行嘛！不信我们比试比试？"小高拉着我就要往上冲，这也让我确信她和其他采油女工早已不把"好汉坡"放在眼里了。

"常年在山窝窝里工作，你们不害怕吗？"

"说一点儿不怕那是假的，但我们已经习惯了。"快活的小高没等我再问她为什么，指着耸立在小站院内的一块石板说，"这首小诗是'好汉坡'人自己写的，代表了我们采油人的心。"——

采一朵"好汉坡"的山花回去
这一生就会拥有蓝天
掬一捧"好汉坡"的黄土带走
生命就会获得永不熄灭的光焰……

"'好汉坡'精神现在已经成为我们十万长庆油田人的一种标杆精神。它鼓舞和激励着每一位在西北石油战线工作的同志，是为了祖国富强多找石油的豪迈战斗意志的体现。正是这样的"好汉坡"精神，昔日荒凉的西北高原上，正在崛起一个新的'大庆油田'……"在西安的长庆油田总部，冉新权总经理这样充满信心地说道。

呵，一个新的"大庆油田"正在西北崛起，这是多么振奋人心的消息！为这，我向屹立在黄土高原上的千千万万座"好汉坡"和战斗在"好汉坡"上的这些中国石油好汉们致敬！

劳动人民的孩子爱劳动

我很荣幸，作为新中国成立以来作家中唯一的全国劳动模范，颇有诸多感叹，一者感谢这个伟大时代；二者感叹人生一个道理：劳动是人的生命的本质，人的一切成功也在劳动之中……总有朋友问：你怎么总是不断地在写作，而且每一部作品总能产生不凡的影响。想想与我一样的千千万万业余写作者，于是脑海里跳出这么个题目，仔细品味自我感觉还有些意思，权作一些感悟向我的朋友和读者袒露一下我的文学心路吧——

2009年，我的业余创作之路正好走了30年。这30年里我出版了40多部书，其中有8部被拍摄成了影视剧，如大家比较熟悉的《落泪是金》《中国高考报告》《根本利益》《部长与国家》《国家行动》《警卫领袖》《永远的红树林》等等。

30年，40多部书，如果把它们叠起来，快到我的胸口那么高。我自己都有些吃惊：这么多书是怎么写出来的？而我是一个业余作家！从1978年开始创作第一篇报告文学作品到今天一年可以出版两三部书，我从来就不是一个每天可以自由支配时间的业余写作者。在我的

记忆中，我最长的写作时间是在几个春节长假和国庆、五一长假里。于此，我太羡慕那些整月整年都可以由自己支配时间的专业作家们，甚至非常妒忌他们，期待有一天自己也能够拥有这样的好事。然而追求和争取了几十年却从来没有实现过这样的愿望——看来只能等退休之后——这让我有些悲哀。

我父亲在2006年就去世了。劳动了一辈子的他在临终时还关照我"不要再写了，看你每次回家都不能安宁，天天坐在电脑前写个没完"。我告诉父亲：回到北京更没有时间，所以只能回家写几页纸。父亲不再说话了，他用留恋的目光看着儿子因为接受了一项新任务去几十里外的地方继续采访、写稿。

然而，就在这一年，我的父亲永远地离开了我……

收获是幸福的，但收获前的劳动是艰辛甚至是痛苦的。有些收获本身也是非常痛苦的。

这30年里，我数不清自己到底采访过多少人。1000？10000？我想肯定是有的！一部《落泪是金》跑了40多所大学、采访了400多个当事人。一部《东方光芒——东莞30年改革开放史》，仅采访本就有6本，前后去了5次东莞。采写《国家行动——三峡大移民纪实》，光走一次三峡工程沿线就得用10天时间，我去过三次，见过的移民不下百人，而且还到过上海、广东、山东、江苏移民安置点……《根本利益》的主人公只有一个人，但采访与他相关的百姓达70多人，座谈会就开了12次……今年中宣部评出的"五个一工程"奖中我一人占了两部，算是创纪录。其中一部《我的天堂》是写我老家苏州三十年发展与变化，用去了我三年多的所有探亲与出差南方顺道而行的全部空余时间。

我不知道40多部书、100多篇作品的采访总人数和总时间是多少，只知道自己在这30年里，特别是在近十年中，没有完整地休息过两天时间。电脑、采访本、手机，成了我的"情人"、伙伴和工具。

我的朋友甚至带着爱惜的口气骂我：你不要命了这样写？我知道他们是心疼我，可我不知道如何回答他们……除了有越来越多的题材要去完成，欠别人的写作账太多等原因外，还因为自己是个业余写作者，上班之后我可自由支配的时间太少太少。偶尔出差能顺道进行采访，另外我还能有什么方式可以完成必须"行走"的报告文学创作呢？

我当然也怨自己，因为我常常感觉写作之后有些气短、出虚汗……但我无法停止我的写作，写报告文学，写那些需要我去表达和叙述的当代生活与当代人物。

活该。谁让我爱上报告文学！谁让我老是想当名出色的谁都知道的作家！谁让我出了名又推不掉那么多人来找自己的好意！

可后来我发现，以上这些都不是真正的原因！

原来我停不下写作和"报告"的原因，除了这个时代和身边所发生的诸如地震、非典、冰雪灾害、航天飞机上天等等必须去写之外，我其实骨子里就闲不来……为什么？我在想。

噢——我终于想出来了：原来我生来就是一个劳动人民的孩子，从小养成了劳动的习性。

很小的时候，我们没有书读，半天劳动，半天念《毛主席语录》——这半天念语录中大部分也是需要去劳动的，因为"五七指示"中最主要的内容就是教导我们去劳动……那时当小干部的父亲受难，他在农村劳动，母亲也在农村劳动，所以我不能不去农村劳动。现在的孩子不能想象一个6岁的孩子要去参加职业性的体力劳动——每天干8个小时苦力，挣两分工分，折合人民币1毛2分。这就是我的童年。

7岁时，我参加生产队仓库搬家，一个方块物体砸在我的额头上，当场流的鲜血染红了我的小衬衣。

8岁时，每天放学回家后，我必须再干3个小时左右的活儿，同成人一起锄地或者摘棉花、割水稻。我最恨在玉米地里扒玉米了，那

温度高达50多度！你不相信？你当然不会相信，因为只有参加过真正劳动的人才会知道我说的话不是假的。当年农业战线在我们南方被号召种植"三熟粮"，即冬天一季麦子，夏秋两个季节播种双季稻或种植玉米。收获玉米正好在六七月的盛夏时季，南方的室外温度一般在40多度，而不透风的玉米地里50多度的温度是常温。有一次，我亲眼看到一个老太太在扒玉米时昏倒后没被抢救过来而死掉了。我惊恐万分，期望有朝一日再也不用钻玉米地。

9岁时，生产队已经允许我们在暑假和星期天跟着大人乘船到几十里的外乡去割草。那时农业学大寨，双季稻需要有机肥，普天下的社员们把自己地盘上的每一根绿草都全部收割掉，河岸和田埂都如秃子的头一样光光的发亮。于是，我经常不得不跟着大人们到很偏远的城乡交界地去割草。我的家乡在江南，夏天最容易下雨。外出割草，大家常常被雨淋得浑身透湿，可谁也不会轻易躲雨去，因为我们都是有任务的：大人每天得完成300斤草，像我们这样的小孩要完成200斤草。200斤草是个什么概念？应该是堆起来至少像课桌那么高吧！有一次因为被大雨淋感冒发高烧没能完成当天的任务，我伤心地哭了许久许久……

10岁、11岁……一直到十四五岁的时候，我已经是生产队上的插秧能手了。我一天能插秧得30个工分，等于能挣1.8元了！大人们夸我聪明手巧，为了保持这份荣誉，我每年差不多把小腰都累弯了。

14岁时，我考上了高中。在全苏州的一次语文摸底考试中得了第一名，这让我扬眉吐气了好一阵子。老师从此对我特别关爱：每次作文我总是得高分，这助长了我想当作家的梦想。如今，我还真把这梦想变成了现实。我因此特别感谢"白卷先生"张铁生——是他让我在那个不读书的年代里成了另一种英雄。

如同我这30年当业余作家一样，在我的童年和少年时代，参加农村体力劳动看起来似乎是业余的，但一年却总是要挣到2000多个工分。这可不是一个简单的数目,要知道,一个称为壮劳力的大人每年努力干也才不过挣到4000个工分,而我,不过是一个少年,一个还要读书的孩子哟!我一直对此感到自豪。但同时,我也知道,为了这份自豪,我不知吃过多少苦。

记得十几岁的时候,我经常腹部疼痛,赤脚医生总给我打针,打的药总是B2药剂,说是补的,专门为肝脏医用的。成人后我没有发现自己的肝有什么不好,可少年时代确实我的腹部总是隐隐作痛……高中和高中毕业后的三四年里,我的劳动达到了顶峰——已经可以毫不含糊地也能挣上4000多个工分了。为这,我与壮年男子们一起在冰冷刺骨的河底挑泥,跟在壮年男子们后面一肩挑起近200斤的谷担或麦担。那时我正在发育,母亲看到我捂着腹部支撑着挑重担而默默流泪的情景总在我眼前浮现……那是我最艰难的岁月,我不想让比我劳动强度大几倍的母亲为我伤心。那个时候我也很无奈,更感绝望。工农兵大学生报送不会有我的份,因为我父亲是下台干部,还有一个"现行反革命分子"的姑妈,所以我只有参加和面对这样的繁重劳动的折磨,并在这种折磨中挣扎着、期待着……

现在的伙伴们不相信我当过纤夫。我告诉他们:我当过数十天的纤夫。

我们那时经常要摇着水泥船到上海装氨水(一种农用肥料化工水)。到上海的水路100公里,摇船需要两天时间。这是我少年时代所经历的最浪漫,也是最艰辛的日子。说浪漫是因为水路上有时非常美妙,比如我们路经太湖、阳澄湖时,白帆一扬,乘风破浪,这时船后的鱼儿跟着我们的船欢跳着,晚霞照映在脸上,那种感觉让我知道了什么叫陶醉。

但多数时候纤夫的生活是极其辛苦的,一天弓着腰,拉着几吨重的船只,要行走几十里路……我的肩膀开始是流血,后来只能用棉布垫着，最后只能把纤绳绑在腰上，但那样肚子会非常的疼，然而船要逆流而上，我必须使出全身的力气才行——这就是纤夫的生活，绝没有《纤夫的爱》里所表现出的那种浪漫、甜美。有一次，因为同上海船帮发生打架事件，我差点被扔进滔滔奔涌的黄浦江里。如果那一次事件照严重势态发展下去，今天就不会有一个叫何建明的报告文学作家了……

童年和少年的我就是这个样子的，我是劳动人民的孩子，劳动成为我生命中的重要组成部分。学习和读书倒是有些业余了。

后来，我到部队当兵了。因为部队首长见我喜欢写作，所以让我当新闻报道员，后提拔成新闻干事。谁知劳动人民出身的我，特别勤奋，干了三四年，就成为全军写稿、上稿最多的一名新闻干事，因此领导把我从湘西的一个部队调到了北京总部机关，我成了一名职业新闻工作者……从此不安于现状的我开始写作，从写小说、诗歌，到后来发现比较适合写报告文学，这一定性，就再也没有停止过。写了40多年，直到今天。

有人问我为什么能写那么多作品，问我为什么获得那么多奖了还是不停地写，问我为什么要不知疲倦地写……我不知道自己该如何回答他们，因为我的写作速度比有些专业写作者还要快，而且作品的影响力也不比他们差……这是我过去没有想到的事。

大家总是在问，于是我不得不想一想：这到底是为什么？

我突然萌发出一个结论：原来我们劳动人民的孩子就是不怕劳动，命里就该劳动呵！

嘿嘿，想完这个结论后我自己有些嘲笑自己起来：现在谁还记得劳动人民是什么样的人？！

我联想到了自己的30年的写作劳动……其实我不是什么英雄，也可能永远不会成为英雄。但我很在乎一个人是真正依靠自己的努力劳动而获得的任何成果，哪怕是自我满足一下的成果。

令我自慰的是：我还有那么多读者。

不过从另一种角度思考问题的话，我有些悲伤：现在许多作家同行，许多年轻人，许多同我孩子年龄一般大的孩子没有那么爱劳动了，他们喜欢投机取巧，喜欢一步登天，喜欢一夜成名。一个社会，一个依靠创造才能获得进步的社会，如果不提倡和尊重真正的劳动，忽视真正劳动者的劳动结果是非常危险的。于是我想大喊一声：劳动人民的孩子，你们应该重新认识和正视劳动本身的意义！劳动是人的本分，劳动是幸福的，我们人类就是通过劳动才有了从猿猴进化到今天的文明历史。我们任何时候都不要忘记自己应当成为这个社会进步的真正劳动者，尤其是像我这样的本来就是劳动人民孩子的人。

我还想告诫后辈：一个真正的劳动者会有许多辛苦，许多辛酸，许多你意想不到的折磨——我自己就是这样，因为劳动过多和忘我，劳动让我丧失了许多爱和被爱，丧失了来自亲人的关爱及本该对亲人的付出与奉献。这种丧失有时还会续伸到伤害自己的亲人——我们不顾世俗而埋头劳动的结果会发现，亲人已经远离你而去，只留下你一个人，孤独而疲倦地徒步着，直到死亡来临……

然而，我仍然坚信：劳动人民的孩子因为诚实和正直以及辛勤的劳动，最终会赢得包括亲人在内的所有人的尊重。

因为我是劳动人民的孩子（虽然我已经早不是孩子了），所以我依然会努力地在文学战线上诚实地劳动着，为这个国家、为这个民族、为这个时代而尽一份自己的热情与才情，去创作出更多更好的作品。

故乡水韵

都说姑苏美,然而什么是故乡苏州的最美之处呢?

有人会说是沃土;有人会说是这块沃土上的历史遗韵和人文胜迹,尤其是春天桃花与菜花并开的田野风光;还有人会说是苏州的女子,尤其是那些垂发挥针的绣娘……干脆也有人说是阳澄湖的螃蟹、太湖的鲜鱼和飘香的桂花黄酒……其实苏州的美物,可以写下千行万句,但在我看来,苏州之美,乃是天造的江湖河塘之水。

"小桥流水人家",这是人们对姑苏的永恒记忆。"川曰三江,浸曰五湖"。故乡吴地在远古时就有"三江五湖"。"三江"是指松江、娄江和东江,这三条大江是吴地最早的排水干路,是吴人身上的主血管。"五湖"指的是贡湖、游湖、胥湖、梅梁湖、金鼎湖。其实"五湖"是泛指太湖流域一带所有的湖泊,古"五湖"是吴人最重要的胃、肝、脾和肠……

苏州人要感谢的祖先很多,其中最需要感谢的是那些造水、治水和利水的英雄。大禹不用说了,他在太湖降龙的治水传说给吴越先民留下了宝贵的治水经验;其后的伯泰、仲雍是以身作则带领土著人破除了"水怪"的骚扰而平定了这块荒蛮之地的野性;最早开凿的"伯泰渎"给这里的庶民带来了灌溉、航运和饮水等多方面利益;还有像秦朝的秦始皇、三国的孙权、主张开凿大运河的隋炀帝、吴越小国王钱镠、宋朝的范仲淹,以及明朝的钦差大臣海瑞和清朝的林则徐等,他们都为吴地做过造田、治水的巨大贡献。新中国成立之后的前20多年里,"水利是农业的命脉"成为父辈一代人的旗帜和战斗号令。我坚信:江南水乡假如没有那十几年的兴修水利,就不会有现今依然"稻谷香、鱼儿跳"的好风景。

"人语潮喧晚吹凉,万窗灯火转河塘。两行碧柳笼官渡,一簇红楼压女墙。"宋代范成大的这首《晚入盘门》,勾起了我当年在长江大堤参与治水战斗的悲喜交织之情……那时我虽然只有15虚岁,但在那个年代,别无选择。然而,现在的我却常为自己曾经有过的这段为家乡水利建设所做的贡献而感到自豪——因为当下的年轻人是不可能有我们那个时代的磨砺了。

苏州是水育之地,苏州人的治水本领与生俱来。苏州人还把与水搏杀的本领活脱脱地运用到现实生活之中。比如众所周知的苏州经济在20世纪80年代的亮点是乡镇企业,90年代之后的亮点是开放型经济,两者似乎具有机制和体制上的巨大差异,甚至是断裂的、对立的。然而苏州人只经过了几年光景,就将这种"断裂"与"对立"很快统一起来,像他们从祖先传承下来的那种利道治水的本领一样,将两股完全不同的江与河之水融合在一起,形成巨大的湖塘之流,为整个地区的社会发展积蓄了巨大的发展力量。尤其是近年来,当地政府和人民在正确思想的指导下,对水的保护意识大大加强,并且卓有成效。

江与河,看起来不同。江流终日汹涌澎湃、奔流不息,是为了奔向大海;河流之水有时涌入大江,有时流向塘湖。但江水如果没有了

千万条河流的汇合，便没有了自己；河水如果只向湖塘流淌，其生命也将变得衰弱。江与河既有差别，又有相同之处，两者渗透了相互依存的关系——河是江的母亲，江是河的后嫡，湖塘则是江河歇脚与蓄力的温床、准备远行的驿站。保护水，就是保卫自己的家园。我的父老乡亲都深深地懂得这一点。

欲说苏州之水，不能不言太湖。因为八百里太湖的90%的水面属于苏州。太湖之水有如苏州母亲"胎盘里的羊水"。没有了太湖之水，就没有了苏州的生命及其成长的可能。

2000年，国务院对苏州城市总体规划的批复中明确苏州是"长江三角洲的重要中心城市"。如何理解这一定位，学问很大。

苏州人将自己摆在以下两个圈层中的位子：一是苏州在环太湖城市圈的位子；二是作为环太湖城市圈城市在整个长江三角洲区域中的位子。太湖以水为媒，使姑苏大地成为中国最活跃和极具创造力与财富蓄力的经济快速发展板块。毫无疑问，上海是这一区域的龙头。那么苏州在这一区域里充当了什么呢？是龙身还是龙尾？龙身便应发挥其壮实而巨大的能够影响整个中华民族这条巨龙发展的能力，苏州似乎还达不到；是龙尾？龙尾便应能左右巨龙前行后退的方向，这似乎也不是苏州所长所能。那么苏州到底是什么？

"我们苏州要在太湖区域中发挥走在先、走在前、走得最好、走得最可持续的典范。"苏州干部们这样说。经过反复酝酿，苏州人最后将自己定位在与"龙头"上海的对接和错位发展之上。苏州要永远做上海的"乡下"，才会有自己的发展空间，才永远不会落伍于环太湖各个城市的强势之中。苏州人这样清醒着，一直紧盯"龙头"上海，一直埋头干好自己分内的活儿……

"你们是龙眼啊！闪闪发光的龙眼啊！"突然有一天，一位中央领导来到苏州，当他在环太湖走完一圈后，欣喜地对苏州人如此说。

"龙眼"——多么准确而形象的比喻！是的，苏州是"龙眼"，苏州是环太湖高速经济发展区域的"龙眼"，苏州是屹立于世界强林之中的中国巨龙身上的"龙眼"。

江河湖塘，形成了苏州人独特的性格。那性格既是豪放的，又是柔美的；既是开放的，又是含蓄的；既是粗犷的，又是细腻的。是豪放中的柔美，是柔美中的豪放……

江河湖塘组合在一起，既可是一种张扬，又可是一种吸纳；既可是一种选择，又可是一种决断；既可是一种冒险，又可是一种避险。是理性下的激情，是激情中的理性，是激情和理性交融后的理与智、亲与情。

与苏州人打过交道的人都说苏州不是一个专横跋扈的地方，即使是那些名闻天下的园林与世界文化遗产，也只是含蓄之美。苏州人恪守中庸之道，凡事绝不会太过分。这——皆是江河湖塘交融、混合的水性文化所致。

苏州的水与其他地方的水有时很不一样，常理上理解"江河东去归大海"，这流动的水总是往一个方向奔涌而去。其实在我故乡的江河之中常常会出现江河之流逆向而行。这是为什么？原来，这些江河离大海近，月亮和地球间发生的引力诱发了潮去潮落而形成江河之流复去复回的特殊景象，而这使得水非常活泛，充满灵性。

苏州是水的世界，苏州是由水组成的灵性之物，因此可以游刃有余地面对复杂纷乱、景象万千的来自自然与人为的较量、搏杀，当然也有和善的让步与敌意的诱惑。

水，是我故乡苏州大地永远搬不掉、罩不住的灵性，是我故乡苏州大地的生命之根、生命之魂！

清澈、奔涌且富有灵性的水，依然在我故乡长流……

温州人的成长记忆

我与温州人的交往很有限,但他们却给我留下了深刻的记忆。

最早认识温州人是在20世纪80年代初的北京街头。那时我也刚刚到北京工作。当时的北京,虽然也是中国人民很向往的伟大首都,但街头绝没有现在这么繁华和现代化。大部分北京人夏天穿的是塑料凉鞋,冬天穿的是皮鞋,常常掉跟的那种,是很低廉的皮革类,且容易坏。于是,那个时候北京街头就出现了许多修鞋的温州人。这是我开始认识温州人的第一个阶段。

我记得那时的温州人,可以说是北京街头最勤劳的一批人。他们每天早早地就在大街小巷的路边或十字路口摆摊,基本上都有一台补鞋机,有的是手摇的,有的是脚踩的。后来我到温州采访,才知道这种补鞋机就是他们温州人发明的。我还见到了当年发明这些机器的"元老们"——他们中有的后来成为世界著名的"缝纫机大王",也有的像现今非常出名的"汽车狂人"李书福这样的人(李书福是台州人,是受温州人的影响而成为中国民营大亨的)。我住的地方就有几个温州修鞋匠,他们有老的,也有少的;有男的,也有女的,很年轻的女人。夏天似乎见他们的影子少一些，后来才知道夏天他们大部分回家做农活或到了东北地区去补皮鞋了——补皮鞋要比补塑料鞋多赚一些钱。

温州人会算账也是从那个时候开始的，那是一分钱一分钱垒起来的资本积累。冬天，温州补鞋匠是当时北京街头一道绝对独特的风景线——也不知怎么搞的，是那时的鞋子太容易坏了，还是人们买不起新鞋穿，反正我觉得补鞋的人特别多，常常要排着队等在温州补鞋人的面前。好像那个时候的温州人也很吃香，谁要是跟他们熟悉一点，就可以获得补鞋"优先权"——这很重要。那时大家都很忙，上班时间特别重要，人们的自觉意识也很强；街头也没有那么多汽车，只有公交车，上下班主要靠公交车和自行车。在"时间就是生命"的年代，温州人已经先一步意识到了"时间就是金钱"。虽然当时大家的工资都很低，就连我这样的军官也就几十元一个月，但温州补鞋匠的收入已经不少了，粗略地算了一下，他们一天能挣十几元，一月下来就是个不小的数目了。

可他们非常辛苦，这也是他们给我留下的第一个深刻印象：无论刮风下雨，他们总是在街头巷尾，好像牢牢地"钉"在那里，从不轻易离开，像汽车站的牌子一样。令我感动的是，每每遇到下雪天刮大风，大街上不再有人时，你透过窗口，看到大街上几乎连公交车都没有时，那些温州补鞋匠却依然坚守在他们的补鞋机旁边——像一座劳动的丰碑，让我几十年难以忘怀。后来我问过一个温州补鞋匠：下那么大的雪、刮那么大的风，零下一二十度的冰天雪地里，也没有什么人来补鞋，可你们为什么还不到房子里躲一躲？他笑笑告诉我，这就是他们温州补鞋匠赚钱的秘密：你是服务于大家的，你不知道需要补鞋的人啥时候得空。他得空的时候可能是上班前，也可能是下班后，或者是节假日，或者就是下雨下雪天。这个得空的时间他要补鞋，却

一下子找不到你了，人家咋想？如果我一直在那里，人家想啥时来就啥时来，这叫信誉。信誉到了，生意自然就不会断，我们也就会积少成多。原来如此！我听后恍然大悟。

从温州人的第一桶金开始，就知道了什么叫服务、什么叫信誉！我们大多数人是不知道的，不知者想赚大钱肯定是不太可能的。所以温州人比我们会赚钱是有道理的，人家老早就有这悟性了！

第二阶段认识温州人是在20世纪90年代末，温州经验已经非常成熟了，全国都在宣传温州经验了。那个时候我去过温州，作为一名作家身份去采访采风。我看见温州大小街道上都是温州人自己开的小店，以服装为主。许多外地客人喜欢买那里的服装，时尚而便宜。但我这样不太喜欢买衣服的人，有一次被朋友硬拉着去转服装店。走了一家又一家，温州朋友还不断向我介绍说谁谁都是百万富翁了、千万富翁了！那个时候有些温州人脸上已经有了些骄傲的神色，但大多数人还很谦虚，服务态度也很好，十分注意听取别人的意见。走了十几家服装店，我发现了一个问题：温州人很会做自己的衣服，但很少有自己的品牌。我曾问过几个老板，他们立即会红着脸朝我笑笑，说：哪能做得了品牌嘛！我们就想赚点钱，有的衣服是自己做的，有的衣服是从朋友手里转来的，还有的是从其他地方批发来的，没想过做自己的牌子。我一打听，他们多数以前是农民，品牌的概念对他们来说确实很陌生，可以理解。

但在另外几个老板那里，我看到了他们的服装品牌，说是自己起的。不过名字很土，不是"秋艳"，就是"红绫""春丽"什么的。有个男装店，他也有品牌，但起的名字也十分俗气。"你是作家，你给我们起个名吧！"这个老板很聪明，把球踢到我这边来了。为了不丢份，我硬着头皮给他起了一个：男人嘛，不是英雄，就是才子，你朝这个思路试试看！"好！好！我一定重新起个'英雄'或'才子'

牌！"老板一听很高兴，连连向我道谢。

若干年后，在电视广告中我看到了"才子"男装的广告，我还开玩笑地对家人说："这是我起的品牌名字哩！"当时也就说说而已，知道是现场的一次调侃，并没放在心里。可也就是在这个当口，有一天邮局给我送来一个包裹，打开一看：竟然是几件"才子"服装，还附了一封信。信中写道：谢谢何作家，我是温州某某人，当年你给起的"才子"服装，后来我已经做成自己的品牌了。我现在生意不错，"才子"牌男装的生意更是火爆。为了表示答谢，特意送上几件"才子"男装给您……我一看，乐开了嘴：温州人真行！温州人真能干！温州人干啥就是能干成！那次我还给其他几个小老板起过商标名字，他们现在每年过节时都要向我问候什么的，很讲义气，不忘点滴之恩。这是我对温州人的第二个印象。

第三阶段认识温州人是在2003年"非典"过后的一年多时间里。那时我应著名导演谢晋之邀，到温州创作一部农村教育题材的电影。我和谢导在2003—2004年多次去温州。那一次，我对温州人有了全新的认识，起因是在我和谢导为了拍摄这部反映乡村女教师题材的电影筹款而与温州老板们的打交道过程之中。谢导坚持认为一部800多万元投资的电影，在温州寻求投资和搞点赞助不成问题。于是他老人家多次来到温州，甚至与温州企业家们屡屡接触。我也曾跟着谢导再次来到温州，与那些亿万富翁们交流和介绍我们的电影，然而令我和谢导意外的是：竟然我们没能实现筹资计划。原因是温州老板们对我们的电影及投资项目一次次地论证着。后来不巧的是谢导因故意外去世，随之我们那部反映温州山区女教师的电影也就没能如愿拍摄。

这也是谢导最后留下的遗憾。可那一次我对温州人的印象并非因为没有筹到电影款而大打折扣，相反我对温州人有了更好的印象：他们已经成熟了！他们知道什么事只有想通了才可以下决心去做。他们

已经是财富的主宰者了！

　　这就是我记忆中的温州人的成长史。他们的成长过程，代表着中国改革开放后的中国人的成长史，值得我们去记忆和歌颂。

第二辑

父亲的体温

一路自由，一路惊心动魄

在电脑和汽车成为中国人生活中必不可少之物的20世纪90年代，我曾经十分害怕这两件事：第一件是学电脑打字。因为我根本没有学过拼音，读小学的时候是"文革"时期，老师不教拼音，所以现在我写文章、说话有个小毛病：有些小学生都会读的字，而我也常用的字，却并不知道怎么读，惭愧得很。前些日子见了那个读错字的北大校长，我对他说：换我也会读错。我们笑着一起说了句：都是"文革"害的。不会拼音，想在电脑上打字，就只有一条路：学五笔输入法。可这个方法实在太难，一个全是英文字母的键盘，怎么可能打得出我所要的字呢？可后来我竟然学会了"五笔输入法"，现在差不多闭上眼，也能打字了。这让我的写作省了不知多少力气呵！

第二件是学开车。我一直认为自己属于那种完全缺乏动手能力的人——那种只会用脑、动嘴而不会太动手做事的人。比如家里灯泡坏了、洗衣机出了毛病、线路断了等等，我马上束手无策，连个孩子都不如。对于这一点，我也感到特别惭愧。但后来我居然把开车也学会了。我因此觉得自己"太神"了，并且认为这是一生中比写书还要牛的事。写书算什么？就是闭着眼可能也会弄出本畅销书嘛！但开汽车，让四个轮子动起来，行驶在人潮汹涌的马路上，有那么多来来去去如潮水般的车子，还有警察和红绿灯……反正我觉得让我开车，就是让我去犯罪一样。我不敢，这也太难了！

然而，我竟然在一个夏天里把车学会了！学会之后的那股兴奋劲儿比写几本书、赚许多稿费还带劲儿！

因为我可以自己开车——自由自在地生活和工作了！

老实说，如果不是因为单位某种原因逼着我去开车，我是不会去学开车的，或者可能至今仍然不会开车……

那时我在中国作家杂志社工作，第一个岗位是"总编室主任"，相当于行政负责人。社里那个时候穷，就一辆车，负责接送两位副主编（主编当时空缺）上下班和日常发行送货等，基本上这辆车其他人是不可能沾上边的。

后来我当了副主编，因为原来的副主编年岁大，所以用车仍然基本上为他服务以及社里发行需要送货等。

再后来我当了主编，成了一把手。那时《中国作家》开始扩充为"一社两刊"，比原来的工作量大了一倍，用车量特别大，不可能将车子专门用于接送我。大家都知道办杂志社最艰难的一件事是缺钱，编制不能随便进人。这可怎么办，主编同志？我自问。最后自答：努力为单位赚钱，再买辆车！

"桑塔纳"买来了，可又有一个问题：谁来开？显然，再找一个专职司机，杂志社就得多付一笔工资。可怜的杂志社实在很难负担得起！再说，买了新车，再雇个专职司机，我这个正厅局级主编当得太那个"腐败"了吧！群众肯定会这么说。

怎么办？我一时无计可施。

学开车呗！有高人指点我。

这、这事能行吗？我能学得会吗？我怀疑自己，比学电脑打字还紧张！

先找驾校。怕学不会，再找驾校的熟人。

然而，我竟然按规定时间把驾驶证考了下来！哈哈，从那一刻起，我不仅能学开车，而且特别喜欢开车嗨！

那种手握着方向盘，目视着远方，在他人的身边风驰电掣地闪过……感觉太好了！最根本的问题是：想什么时候"行动"，车门一开，油门一踩，"走了！"到达目的地后，找到车位，油门一熄，哐的一声车门一关，昂首就去见什么人、办什么事……哈，那感觉很牛！

开车让我重新回到了青春岁月，回到了在部队工作的时候：坐着战友开的解放牌车在湘西的盘山公路上翻山越岭；坐着首长的吉普车，在草原上追赶山羊；坐着作战部队的战车，穿过阵地的硝烟……呵，那叫带劲儿！那叫雄赳赳、气昂昂！

自己开2000型"桑塔纳"，在2003、2004年时，还不算丢份，但绝对也不是什么豪华，因此在京城的车流中，极为普通，所以可以同人"比赛"、同人论"技术"。我发现自己一开车就很"年轻气盛"，对那些冷不防抢道的车子特生气，因为常常被这种疯狂者吓得半死，随后会生气地追赶他们一阵……其实这很危险。不过从来没有出过事，还是因为自己最后克制住了不良的情绪。

令人记忆犹新的是，在没有开全自动的车之前，由于车技不行，手动挡非常麻烦，我最害怕的就是上坡。每一次驾驶上坡我总是一身冷汗，因为掌握不好油门、离合与刹车。记得从昌平开会回城里经过高速路收费站那一次，真的差点儿把自己吓死：想想，那路上一到收费站时的车队排得有多长啊！在浩浩荡荡的车队中，所有的车重新启动往前走时，我突然发现自己的车子在"往后退"，而且"退"得越来越快……这可怎么办？这可怎么办？我看着前面与我一个道上的车子离我越来越远,而我的车似乎马上又要与后面的车撞上了!马上要撞上了!完了完了!今天麻烦大了!

车上的我六神无主,不知所措!

"你怎么啦?出毛病啦?"这时,突然有人敲我车窗。我赶紧手忙脚乱地开启车窗,哭腔般地对他说:"对不起对不起!我错了!是我错——"

"你!你错啥了?你为啥不踩油门启动呀?停在这儿干什么?"那人吼道。

啊?我、我没有踩油门?没有启动?顿时,我无地自容……一个低级错误让自己吓得半死!原来我在原地根本没有动——两边和前后的车流让我一下视觉上出现错乱了,以为自己刹不住而在猛烈"倒车"呢!

那一次吓得我几个星期不敢开车。

后来,我到了作家出版社任社长。好家伙,出版社真的家大业大,社长、总编和六七个副手们都有车——公车!加上发行等部门的车,近十来辆车子!这是什么成本!一辆车、一个司机,一年20万元成本打不住呀!200来万元钱要卖多少书啊!

当社长的我不能不思考这样的问题。按规定,当社长的配司机没问题,合规。但如果社长这么做,所有副手们也这么干,出版社的群众不对社领导有意见才怪!

我又下了狠招:从我做起,不配专职司机。这一招堵住了至少再配备几个司机的成本。但这也给我自己增加了一个负担:出版社可不像杂志社那么简单和清闲,用车比当年骑自行车的频率还要高。但让我感到方便和自由的是,可以随时"冲锋陷阵"——

刚到出版社,许多人认为一个作家来当社长,非搞砸不可。老实说我也压力不小,过去都是单打独斗和领导一个二三十人的杂志社,

好应付。这作家出版社"笼"大,"鸟"也多,不好搞。于是我经常对选题和策划某本书特别上心,时常半夜想到后就睡不着,无数次在深夜三四点的时候就独自开着车往单位走……好处是,此时的京城马路上"畅通无阻",开车太爽了!平时堵车,感觉能把人憋坏。

四点来钟到单位,那大院子铁门牢牢地关着,值班的门卫也在美梦之中。怎么办呢?我就打开车前的大灯,然后使劲按喇叭……

"哟,社长来得这么早啊!"最初几次,门卫开门时非常吃惊,走到我车前关切地问:"您不是从家里生气出的门吧?"

"我是来上班的!"我对门卫说。后来习惯了,门卫一听喇叭声,就知道我来上班了,马上按下电钮,给我"放行"。

那个时候,很值得自己怀念:我每天四点左右上班,干到八九点时,大家才来上班,而我时我已经把一天重要的事情全部办完,看着同事们在那繁忙地工作着……

在出版社我干了不到三年,为单位赚了不少钱。当时我对社里的编辑采取了奖金不封顶,最高的一年可以拿七八十万元!那是我社长全年工资的三四倍。

那可以说是一段流金岁月,也是我开车开得最爽的一段时期。

但后来不行了,职务一大,竟然不能自己开车了:有规定,"首长"不能自己开车。其原因是一旦出了事,影响不好。

也对。既然有规定,再手痒也最好不违反规定嘛!

可真的是没有自由了,天天有司机跟着。好在我也不会喝酒,也几乎不出去应酬,加上司机是老熟人,相处得还不错。但时间一长,我觉得自己的动手能力又在退化。

大节假日到了,司机要回老家了。太好了,我让他把车钥匙留下。我觉得我恢复自己能力的时候又到了——重新熟悉车技。

爽!加上过节时,平时堵车严重的京城马路上也变得好行进多了，于是我又"神气活现"地当司机了。这个时候的我，既是司机，又是"领导"，心里有些满足。

但，风险还是来了：有一次家里人住院，每天我必须准时送食物去。车子一上路，我心里就会急，一急方向盘和油门就把握得不是太好，再加上路上的车子其他人开得也不是都很文明。就这样，有一天上医院的半道上，红灯一过，就在拐弯时，我的车突然一下与一辆出租车"擦肩"相遇……

坏了！看样子是我的责任。

看过多少街头为了一起撞车事故而闹得不可开交、大打出手的情景，我真的有些害怕。不能干这类事，咱是什么身份？

得赶紧下车向人家检讨：对不起对不起，你看是不是……当时一看，发现是把人家的车小"蹭"了一下，因此就用商量的口吻问对方：朋友，我有急事，你看我赔点钱给你，行吗？

那师傅看我这么"实在"，就说：给300元吧！

阿弥陀佛！300元，不多！我赶紧掏出300元，然后上车就踩着油门飞驰而行，像是逃亡似的……

还有一次这样的"逃亡"，明明是对方的责任，而我竟然也爽爽地跑掉了，最后弄得对方不知所措。那是在一个拐弯处，一辆车抢道，结果把我半个外车门蹭掉一大块"皮"……当时我想，这家伙，要是一停下来，两人争执半天，又要叫警察，警察来了还不知道是不是又要到交通队询问什么的。这一扯不知要费多少时间，而我下午还有会议要参加！怎么办？根本不用考虑，我瞅了一眼，踩上油门，嘶的一声，一溜烟把车开走了……

"哎，怎么回事？"我开走的一瞬间看到那个撞我车的司机，正用十分惊诧的目光目送即将消失在车水马龙中的我。估计后来他一定笑着在心里狠狠地骂了一句：傻×一个！

我还真当了回"傻×"。

职务大了好吗？大家肯定认为好啊，至少有人为你开车。其实并非如此。

有一年的某一天，我的司机突然不见了，谁也找不到他，手机打不通，宿舍里没人，给他家人打电话，也说没有回家。最后我找遍了北京城，没有一个人知道。回头查问中国作家协会门卫，说前天一早来了一辆警车，下来几个"便衣"，我的司机跟着他们进了一下司机他自己的宿舍，然后又被押走了……

好家伙！警车押走的，而且警察不让门卫靠近他们问一句话。这是什么情况呀！严重得很！严重到已经有很多人在"嘀咕"这回"何领导"完了！为啥？因为巡视组还在单位巡视，他的司机已经被"抓"了，所以他"何领导"离进去还远吗？

上帝啊！最急的还是我和我的家人！那个时候我的老母亲正在在京城。她见我急得团团转，她两眼看着我，问：你不会有事吧？

老母亲这一声问，差点让我把憋在眼眶里的眼泪决堤似的泄出来……

没事！我有啥事嘛！我这样对老母亲说，可看到老母亲的眼里满是泪光！

这个狗东西！他到底干什么去了？那几天，我一边骂司机，一直在检讨自己：这些年里真的犯过什么错？吃过谁的饭？拿过谁的钱？占过公家什么便宜？……就是想不起来。最后得出结论：没有啊！完全没有的事呀！

但司机不回，司机不见，我就是"可能有问题"，还"可能有严重的问题"！

那几日，我在机关上下班时，总见那些熟人的目光与平时很不一样，令我内心极其痛楚，可又必须强装笑颜——那是一段非常痛苦的时间，烧心！十分的烧心！感觉能把一个正常人烧焦、烧烂，甚至烧死……

我没有死。因为我没有事可害怕的。

再者，司机也在第四天有了消息：他晚上喝了酒，去商场跟人吵架，对方报了警。警察来了后，他竟然跟警察吵。后来上了派出所，他在派出所又跟警察打……这还了得，气得警察将他关了起来！

这谁还找得到他嘛！警察也是成心不让这小子有人救他——因为他清醒后在里面"交代"是"给领导开车的"。警察心想：你犯了混，你就老老实实在"局子"里待着吧！

他这一待，外面的我可就苦了好几天——最主要的是，此时此刻，那些看热闹的人格外兴奋，因为他们在等着中国作协也出只"老虎"……

唉，车啊！等司机从里面出来后，我跟他第一句话是：要不是你给我开车，我就不会这些天活得不像个人似的！

司机吃了处分，走了。后来换了新司机，我对开车的兴趣也从此消失了。

现在从工作岗位上退了下来，可以自由地开车了：开自己家的车，开到自己想去的地方……这才叫自由。

因为年岁的关系，以后尽量开得少一点、稳一点。

是这样吗？车友们！

亲人不哭，而我热泪盈眶……

2008年春节，我在北京，没有回老家苏州，想集中还我欠下的诸多"文债"。可是有一天，我突然接到母亲的电话："你姐姐和妹妹家的厂房塌了许多，不得了……"母亲后来有些抽泣地放下了电话。我顿然一阵揪心，眼前一下呈现出亲人在突如其来的冰雪袭击中，面对轰然倒塌的房屋和巨大的损失慌乱而无奈的身影与眼泪……

但我暂时还不能回去安慰和帮助我的亲人，国家有更多、更严重的灾区——中国作家协会正在组织全国的作家们深入一线采访，而我和我的单位也要完成组织交付的一项特殊任务：尽快与一线采访的作家取得联系或者组织作家到需要去的地方进行突击采访。当我带着任务、带着牵挂顺道回到受灾地区之一的江苏老家时，这里的阳光与和风正在吹起，但走出上海虹桥机场的一路上，我依然看到了道路两边厚厚的积雪……

亲人们告诉我：这是五十年都没有见过的大雪！

在我生命中所有的记忆正好也是五十年，我想了又想：确实没有见过能压塌房子的大雪。可是春节前，大雪下了大半个江南，连我在

"天堂"苏州的故乡也遇到了少有的大雪。亲人们告诉我,大雪下得突然,下得让人措手不及,下得能转眼间把高速公路封冻了,下得把机场跑道变成了滑冰场,下得把河湖变成了冰上世界……办厂的姐姐和妹妹家的厂房,就是在这顷刻间下的大雪中倒下了——"那地震似的塌下吓死人了。"母亲用最朴实的话形容惊心动魄的那一刻。"好在当时厂里没有人……"余悸未消的母亲嘟囔了一句。

我以为,辛辛苦苦创办起的私营企业被大雪无情摧毁一下损失了几百万元的姐姐和妹妹见我后的第一反应是痛哭流涕、悲切恸天。可是,她们竟然没有哭,而是非常动情地向我滔滔不绝地讲述灾后的那些事——

厂房倒塌的第一时间里,市里的领导带着机关干部和消防队员是如何连夜帮助抢救厂房内残余的机器设备的;

第二天保险公司的职员是如何主动热情地赶来帮助她们申报损失理赔的;

第三天政府慰问团是如何为留在厂里的外地民工送来过节的棉被与娱乐节目的……

姐姐和妹妹还在不停地讲着我故乡的干部和政府为她们做的一件件事,一直倾听着这些似乎"不太可能"的故事的我,眼睛开始变得潮湿……

后来,我走出亲人的家,走到更大范围的亲人中去——他们都是我故乡的亲人,他们给我讲的故事更多、更生动——

在上海通往南通的沿江高速公路上,突然的封路,让一辆半道上坏了车的苏北司机在封冻的高速路上不知所措,后来他只好守在车里准备与车一起"同归于尽"。沿江公路旁住的村民老俞吃喜酒回家时无意间看到了这辆冰冻在路上孤独的车子以及司机,便立即赶回家里,抱来被子,提来热水壶,当然还带来了热腾腾的年糕。老俞走了五六里路，照顾了这位苏北老乡两天，没有收一分钱，没有收一个"谢"字。他只说："咱这社会，谁遇到了难处，都会有人去帮的。"

老俞说得没错。在大雪纷飞、天寒地冻的时候，著名的阳澄湖上无数渔民养殖着数万斤的虾种、蟹苗和幼鱼。在这个面临灭顶之灾的危急关头，政府组织湖上抢救突击队连续奋战十几个小时，帮助渔民保护住了他们在水中的发家致富之源，而干部们却忙得没有吃上一口饭。中共苏州市委的一位领导这样对我说："共产党要让百姓说声好，就是在这关键时刻多想着为他们做点好事。"

长途汽车站上，我看到挂着一个牌子的地方簇拥着不少人。走近一看，原来这里正在提供免费的热水和稀饭。在市场经济环境下，天下很少看到专门赚别人钱的地方会摆出一块"免费"招牌来无偿提供吃的东西给那些过路的人。不要以为一个个体户经营的长途汽车站内能够连续十几天免费提供热水和稀饭是件不值得一提的事。当我看到那些远道而来的安徽姑娘、风尘仆仆的苏北小伙，捧着茶杯、端着粥碗，喝得津津有味的情景时，我心头渐渐热了，眼眶也渐渐湿润了……

我的家乡在这场大雪中也成了灾区，虽然它比起贵州、湖南等省区损失要少得多，恢复得也更快，但我仍然被灾后所看到的一点一滴感动不已。亲人不哭，而我热泪盈眶。

父亲的体温

男人之间的爱与恨,莫过于父子之间;父子之间的爱与恨,其实是同一个词组、同一种感情——透心痛骨的爱!我与父亲之间的感情就是这样的。

我在童年、少年甚至是青年时代,有时觉得父亲是世界上最让我恨的人。

第一次记恨父亲,是我童年的第一个记忆:那是20世纪60年代初正值自然灾害的年份。我刚刚懂事,却被饥饿折磨得整天哭闹。有一次,因为食堂的大师傅偷偷给了我一块山芋吃(北方人常叫它红薯),当干部的父亲看见后便狠狠地将我手中的山芋摔在地上,说我是"贪吃囝"。为此,他还在"三级干部会议"上作自我检讨。因为年幼,那时我并不懂得父亲绝情的背后是多么彻底的廉洁。

第二次记恨父亲,是因为我家宅前有棵枣树,结的果子特别甜。每年枣熟的时候,总有人前来袭击枣树,摘走一颗颗又甜又脆的大红枣,我为此怒气冲冲。有一天,邻居家的一位比我小一岁的男孩子在偷袭枣树的时候,被我抓到了。为了夺回枣果,我与他大打出手。不

料被父亲发现，他竟然不训斥"偷枣"人，而是操起一根很粗的竹竿将我的腿肚子打得铁青，并说："你比人家大，凭什么跟人家打架？"我无法理解他的逻辑，于是瞪着一双永远记仇的眼睛，在心底恨透了他。

第三次记恨父亲时，我已经20多岁了，并在部队扛枪保卫边疆几年。记得那是第一次回家探亲，本来几年不见，家人很是兴奋和开心。哪知，到了晚上，父亲瞪着眼睛瓮声瓮气地冲我说："人家比你读书少的人都提干了，你为啥没有？"这、这……我气极了！本来我对没提干的事就有些想不通，父亲这么一说简直像针扎在我心尖儿上，我恨透了他。

此后，我对父亲的恨有增无减，并发誓要做个有头有脸的人。后来我终于也算混出个人样了，在部队提了干部，又成了一名记者、一名作家，再后来在京城也常常被人在身份之前冠以"著名"两字。但与父亲的"账"一直没有算清——因为以后每次我回老家探亲时，父亲的脸上总是笑眯眯的，与他年轻时相比像换了一个人似的。我有点纳闷儿，父亲变了性格？还是真的老了？但我一直没有细细去想，就在这忙碌中度过了一年又一年……

在2007年末的一天，姐姐和妹妹相继打电话来，说父亲肺部长了一个肿块，而且是恶性的。一向对父亲满怀恨意的我，那一刻心猛地颤抖起来：怎么可能？！当我火速赶到上海的医院时，父亲见我后眼圈红了一下，但即刻便转为笑呵呵的，且扬起他那明显瘦弱的臂膀对我说："你看我不是还很有劲儿嘛！哪有啥病！"我尴尬地朝他笑笑，转过头去时，不禁泪水纵横……

父亲啊，你知道自己还有多少日子吗？几分钟前医生告诉我，说父亲最多还有半年时间……太残酷了！无法接受的残酷——一个好端端的人，一个才过七十岁的人，怎么会说没就马上没呢？

陪床的那十天，是我成人后的30多年里，第一次全天候与父亲在一起，白天除了挂吊瓶还是挂吊瓶。于是，父子之间有了从未有过的漫长的交谈……

为了分散父亲对病情的恐惧，我时不时地提起以往对他的"记仇"。父亲听后常笑得合不拢嘴："你光记得我对你不好的事，就没有记过我对你好的时候？"

"还真没有。"我有意逗他。

"没良心！"父亲笑着冲我说道，然后仰天躺在床头长叹起来，仿佛一下子回到了他久远的记忆之中——

"……你刚出生那几年，我每年都带着民兵连在几个水利工程上干活，那个时候一干就是十几个钟头，大跃进嘛！干活干死人的事也有，我的病就是那个时候落下的。（父亲到闭目的最后时刻，仍坚持认为自己的绝症是当年拼命干活受潮引起的。）你小时候几乎天天尿床，记得你当兵前还尿湿过床吗？"

我点点头，脸红了。

父亲问："你小时候因为这，挨过我不少打，这你没有记过我仇？"

我摇摇头，说："这事我一点儿也不怪你，是我理亏。"

父亲摇摇头："开始你一尿床我就打你，后来知道这也是一种病，就不怎么打你了。不过你尿得也玄乎……"

父子俩对笑起来。如今七尺男儿的我为小时候的毛病羞愧不已。对那事我记忆太深刻了，母亲不知想过多少办法，其中不乏晚上不让我喝稀吃粥之类的招数，可我只要一进入梦乡，就总会做那些跟小伙伴们穷玩傻玩的游戏，然后又累得个半死。那光景里又急着找地方尿尿，最后一着急，就随便找个地方痛痛快快地尿了——等身子感觉热乎乎时，便已晚矣：床被又让我尿了个通湿……

父亲在病榻上侧过头，问："还记得你尿床后我给你做啥吗？"

我忙点头:"知道,每回你把我拉到被窝里,用你的体温暖和我……"

父亲又一次长叹:"算你还记得!"

"当然记得!"我忙说,"爸,还有一次我印象特深。那年你成'走资派'后,我正好放寒假,我们俩被分在一个班次里摇船到上海运污水。半途上,跟上海人打架,我们的船被人家撞破后漏水了,结果舱里全湿了,晚上没地方睡,最后是你上岸到地头抱了一捆稻草,让我光着身子贴着你睡的……"

"唉,那个时候也难为你了,才十五六岁,要干一个壮劳动力的活儿。"父亲扭过头,闭上双目,似乎在责备自己因"走资派"而害了他的儿子。

其实,现在想来也没什么,我记得那一夜自己睡得特别香,因为父亲的体温真暖和……我沉浸在少年时代的那一幕,虽然有些悲情,但却充满温暖。

突然,在我稍许转过头向父亲的病榻看去时,见他的眼角边正流淌着一串泪水,便不由急叫道:"爸,你怎么啦?"

父亲没有张嘴,只是闭目摇头,许久才说:"为啥现在我的身子一点也不热乎了呢?"

"是吗?"我赶忙跃上父亲的病榻,用手摸摸他的身体,"挺热的,而且发烫呢!"

"不,我冷……"父亲突然像失足掉入深渊似地一把抓住我的胳膊,于是我只好紧张地顺势身贴身地挨着他……我马上意识到,父亲的内心在恐惧死亡……"没事没事,治两个疗程就大体好了。"我找不到更合适的话语来安慰他,只好说着这样的假话。而且之后的几个月内,无论在父亲身边还是在远方的电话里,我都对他说着这样的假话。

我注意到，父亲的体温始终是发烫的，还烫得厉害——那是可恶的病魔在无情而放肆地袭击和摧残着他日益干枯的躯体。

之后的几个月里，我多次从京城返回老家看望被死神一步步逼近的父亲。我依然注意到父亲的体温一直在上升，有时我甚至感觉他的肌体是一个燃烧的火球——烧得父亲不能着床。如今每每想起他生前那钻心刺骨的疼痛情景，我依旧胆战……

2008年国庆前夕，父亲的病情急剧恶化，开始是每小时输一次氧，后来根本就不能离氧气了。最后，我和母亲不得不决定再次将他送进医院。那个国庆长假，是我与父亲诀别的最后日子，也是他生命的最后几天。以前听人说那些患肺癌者最后都是痛死的，我有些不信，但经历了父亲的病情后，我才真正感受到那可恶的肺癌，真的太可恶、太恐怖了——它能把世界上所有的疼痛聚集在一起并最终摧毁一个人的生命。

患此病的父亲太可怜。他一边艰难地大口大口地吸着氧气，一边则要忍受着全身如蛇啃噬的疼痛。我和家人守在他的病榻前，心痛万分，却无可奈何。我想帮助他翻身，可刚手触其肤，父亲便会大声叫疼……躺着的他又不能着床；着床片刻的他既不得翻身，又不能动弹，一翻身则筋骨皮肉更疼。我想用手轻轻地扶起他靠在软垫上躺一会儿，可父亲说那软垫太硬——他的骨架已经被病魔噬空和噬酥了。

"来，靠在我背上吧！"看着父亲这也不行那也不行的痛苦，我拭着泪水，突然想出了一招——与父亲背对背地蜷曲在床头，让他靠在我的背上歇着……

"怎么样？这样行吗？"我低着头，将身子蜷曲成45度左右，轻轻地问父亲。父亲没有回话。一旁的妈轻轻告诉我：他睡着了。

真是奇迹！多少天又叫又喊的父亲，竟然会靠在儿子的背上酣睡了！我的泪水又一次淌湿了衣襟。

十分钟、二十分钟……一小时、两小时……先是我的双脚麻了，再是我的腰麻了，后来是全身都麻了。但我感到无比幸福，因为这是我唯一能给父亲做的一点点事儿了。那段时间里，我感觉到了父亲那么熟悉而温暖的体温，同时我又深感神圣——我意识到在我们爷儿俩背对背贴着的时候，是我们何氏家族两代人的生命在进行最后的传承……

那是热血在从一个人的身上传流到另一个人身上，从上一代人传承到下一代人血脉里……那是一种精气的传承，一种性格的传承，一种文化的传承，一种魂魄的传承，一种世界上无法比拟和割舍的父子之情的传承！

作为儿子，我觉得即使永远地以这种姿势陪伴父亲，也便是一种必须的责任，一种必须的义务，一种必须的良心，一种必须的品质，一种必须的人性，一种父与子之间才能够有的情！

与父亲背贴背的感觉真好！

它使我真切地感到了什么叫儿子，感到了为什么父母都希望有个儿子，同样也感到了父子之间传宗接代的全部规程……

啊，父亲，儿子真幸福，能如此长久地感受父亲的体温，尽管它那么微弱，但那是自己父亲生命的体温！因为这熟悉的体温，曾经让我摆脱过恐惧，曾经让我摆脱过尴尬，曾经让我在屈辱和徘徊中增加过勇气，从而迅速成长，直至也可以撑起一片天空！

"你累了，下来歇一会儿。"父亲重新躺下时脸上竟然露出一丝极其满足的笑意对我说。

我伸伸胳膊、伸伸腿，浑身有些酸疼，但嘴里说着"没事"。

这天中午，许多年没有见面的几位战友邀我去吃饭。我本不想离开父亲，但他劝我走，说你们一起当兵多年，分别后又难得一聚，应该去。

约两个小时后我重新回到医院时,推开病房的那一瞬,我一下惊呆了:父亲的病榻头,瘦小干枯的母亲竟然学着我的样子,也蜷曲在床头,与父亲背靠着背……看着两位相依为命的老人,尤其是七十有三的老母亲那蜷曲下垂的身影,作为独子的我当时不知有多么心疼……我一边擦着泪,一边赶紧上床替下母亲。

当我与父亲重新背靠背的时候,只听身后的父亲舒坦地叹了一声:"还是你的背宽……"

泪水再一次模糊了我的双眼。父亲呵,除此之外,儿还能为你做什么呢?

国庆长假结束,单位要我回京。无奈须向父亲告别,我意识到这可能是与父亲的诀别了。父亲见我流泪,拉住我的手,放在他胸前,安慰道:"我的身子还是热的,上班去吧,没事。"我噙着泪珠朝他点点头。

四天后,父亲走了。那一天是农历九月初九,我得讯的那一刻,心如刀绞,泪如泉涌,直奔机场。我不相信父亲在没有我在场的时候会闭眼,可他确实闭眼了,永远地闭眼了……

下午两点,当我赶回家时,父亲被一片悲恸的哭声包围着。我双膝跪下,不由放声号哭,因为我发现,在我双手抚摸父亲脸庞的时候,感觉他的体温已经冰凉,我的心彻底地碎了……

父亲呵,你的体温一直那么温暖,可是,离我而去时为什么竟会这般冰凉?

永远的"铁姑娘"

母亲2013年到了北京,第一次有那么长久的时间跟儿子一起生活,这对我来说是一份幸福。而在这份幸福感里多少潜藏着我内心的几分疚意,因为老人家现在已经80岁了……人活80不易,尽管现在许多人远远超过80寿命,但在我看来这是个很高的人生峰岭——我的父亲和我的爷爷都没有完成这个任务,相反我的奶奶则活到了90岁。

女比男长寿,这在我的家族里获得验证。不过,我最想表达对母亲的一份敬意是,她比我奶奶更具有铁一般的女性形象。奶奶一生都是个细声细语的人,小脚,长相完全像个大家庭出身的贵族太太,但她的娘家是离我家不足五百米远的一户纯粹的农户。人不能貌相。母亲则相反,她纯粹是一个"街上人"(苏南话,意思"城市人")。我的外公是位商人,做布匹生意,往返于上海和苏州、常熟之间,这也许是我舅舅后来有了一位上海籍妻子的缘故。外公生意做得好的时候,我的出生地何市镇上有半条街是他的,但他最终没有出息,赚了钱就赌博和抽大烟(鸦片),最后把家里什么东西都卖光了,连孩子也卖给了乡下人家——那个孩子就是我母亲。母亲半岁时,穷困潦倒的外公病逝，无奈外婆把我母亲卖给了成为我后来外婆家的一户乡下人家。"街上人"的母亲，从此也就成了一个半农半城的人。这个后来的外婆家有我的三位姨妈和一位舅舅，生活不是一般的穷，房子全是茅草铺垒的。据母亲自己讲，她懂事后就经常回到生母身边。相比之下，"街上人"的生活要好一些。可我印象中，我的亲外婆住的地方也很破落，两个房间似乎是被劈开的侧房而已。

舅舅是个小职员，与我那上海人的舅妈生了好几个孩子，所以小时候我经常把表哥们认混，至今依然不记得他们到底谁是谁。舅舅、舅妈对我很好，他们都叫我"明明"。但舅舅、舅妈的晚年过得不太好，听母亲说他们年龄大了得病后身边没有人照顾，一起双双自尽谢世，这对我刺激很大。一个不争气的外公给一个家庭带来的命运是非常悲惨的。我的大姨妈叫江瑞娥，但大家都称她为"江大大"，大概是因为她是江家的"老大"吧。也许是外公遗传的原因，姨妈生来有股天不怕地不怕的精神。她年轻时正值中国抗日烽火硝烟四起的时候，参加了地下抗日力量，给新四军和地方武装做事。但新中国成立前，大姨妈参加地下革命，却被人当作"女土匪"。

新中国成立后，由于她天然的革命性，总是与那些说假话的干部对着干，"文革"前又总喜欢讲刘少奇、王光美一家如何如何好（王光美曾经在我们家乡那里搞过1964年"四清"运动蹲点，大姨妈对王光美颇有好感）。但是"文革"中因为这个原因，她被打成了"现行反革命分子"。造反派将她屡次吊打，使她断了一条腿。她曾一度被逼疯，光着身子到处乱跑……那时正值我当兵年份，武装部因为有大姨妈的这些"政治问题"，我的应征入伍也便成了问题。这是后话。对这位大姨妈，我心中一直很内疚，因为她曾几次托信于我转交王光美同志，但我没有完成任务。现在王光美同志已经去世，为此我深感对不起大姨妈——她一辈子受苦太深。

还是来说说我的母亲。

母亲就是生活在这样的家庭里,她原本应该有很不错的出身,却注定要彻底变样。年轻时代的母亲什么样,我没有多少印象,只见过一张她20多岁时的照片,齐耳短发,洋气中有股不一般的力量。母亲嫁给了一个人,离开了那个姓"王"的家。她嫁的那个人就是我的父亲。不过也可能是因为嫁给父亲的原因,母亲这个满身"街上人"气息的女人,后来则有了一生的"铁姑娘"形象。

父亲是生产大队大队长。听父亲说,"大跃进"时他带领民兵营在很多当地有名的水利工程上显过威风。其实在我们家族里,当干部的父亲最没有力气,我爷爷和叔叔才是扛几百斤不吱一声的大力士。但父亲是大队长,年轻时肯定要以身作则,时时处处要冲锋在前。我知道父亲为此一定非常痛苦,因为他只有一般男人的力气,却要干出超过一般男人的力气活儿。那是绝不能做假的场面。过去的水利工程,其实只有一件事,就是用力气挑泥——将河心底的那些死沉死沉的泥土挑到岸头。那种苦力,作为他儿子的我也干过,所以知道其苦力之苦。做父亲那类小干部的妻子,除了面子上光彩一点外,其他实惠根本沾不到边儿,只有更卖力的份儿。母亲就是在那种条件和时代下慢慢成为"铁姑娘"。

"铁姑娘"是"农业学大寨"中的中国妇女形象,她们是一支干男人一样的活的突击队。大寨大队的郭凤莲就是最典型的"铁姑娘"。

何谓"铁姑娘"?就是那些在"农业学大寨"的运动中表现出与男人一样干重活、干累活甚至比男人干的活更重、更累的年轻姑娘。当年由于农村被"农业学大寨"运动,搞得农活太繁重,许多地方的男劳动力已经无法完全承担,于是就由妇女来承担一些,然而能够与男人一起拼打的只是少数或年轻的妇女,于是"铁姑娘"队伍就这样诞生了。

其实像我母亲这样的"铁姑娘",不是生来就是。她那一代年轻妇女,除要操持家务外,争强好胜的脾气从某种程度上说是被环境逼出来的。我记得小时候,父亲等男人们一到冬天就去外地搞水利建设了,留在生产队的妇女们就得顶起男人的活儿,比如挑河泥、挑大粪、抗旱等重活。母亲那时身为大队长的妻子,她丝毫没有半点儿"官太太"的习气,有的只能是比别人更卖力的可能。母亲太要强了,我记忆中母亲一生都在干男人们干的重活、累活。尤其是"农业学大寨"的时候,她和队上的几位年龄相仿的妇女们一直是生产队的顶梁柱,甚至连男人们都不愿干的事、胆怯的活儿,她们也都担当起来。夏天在炎热的气候下插秧、收割,她们冲在最前面。尤其是到了"抢收抢种"的双抢时节,母亲每天只能睡四五个小时。早晨三四点钟她就得起床为我们一家人做好饭菜,然后便披星戴月去割稻子了。白天她除了几十分钟的吃饭时间,全是干活,晚上也还得干到九十点钟。想想她一天哪有多少休息时间。

这就是母亲。这就是"铁姑娘"。

以前父亲患绝症,我回家探望。宅基地后面还有一块菜地,平时浇水一类的事由父亲完成,从河边挑一担水即使半满桶,也有八九十斤重。有一天我陪父亲在院子里晒太阳,父亲突然说:"你去帮你娘挑担水。"我回头一看,瘦小的母亲,竟弓着腰,从河边挑起两桶水,颤颤巍巍地朝岸上走……我赶紧过去抢她肩上的担子,却被她一手挡住:"还是我来。"这怎么行?我抢过担子接过来,却直不起腰来。

"看看,还是我来吧!"母亲讥笑我无能。那一刻我深感自愧,又对矮小我一个多个头的母亲肃然起敬:她都七十二三岁了,竟然还能挑得动近百斤的水担!

不是母亲有超人的体魄,也不是母亲身体格外健康。母亲的个头一般般,年轻时也属中等,她的身体一直不怎么好,有偏头疼病,

一到夏天就头晕；冬天也怕热，一热又要晕倒，很可怕。我到北京工作不久，曾经让她到北京小住，哪知第一天进门就倒在床上起不来了……她说她受不了屋里的热度，大冬天的零下十几度，她却要穿着单薄的衣衫在外面吹风，看得我们直心疼。她却说这样好受些。转过头她就咳嗽，咳个不停——她的气管有病，也许就是这样生成的。在老家也是这样，冬天和夏天都是她难过的季节，然而母亲年年都要经历这些苦难。可她竟然一年又一年地苦熬过来了。

顽强地、从无怨言地、不折不扣地这样负重，这是母亲一生留给我最大的精神财富。

或许所有的人生下来就有一种懒惰的毛病，能少干一点就少干一点，这几乎是每个人的天性。但我母亲骨子里似乎就没有这种懒惰的毛病。无论对自己家里还是公家的事，甚至在外人家，她是一刻都闲不住的人。不干活对她来说是一种罪孽，甚至是痛苦。她的这种"铁姑娘"作风甚至遗传到了我的姐姐和妹妹身上。与她们三个人生活在一起，我这个"公子"是最幸福的，因为什么活都不用我插手。对此我有时深感惭愧，但又常常心安理得。在母亲面前，我经常想：一个人为自己或自己家里人干多少活、多干些活，不会有怨言，能自觉自愿，可以理解。但为公家而干、为别人而干，没有啥报酬情况下也能做到这一点的人，到底是什么精神在支撑呢？

我问过母亲。母亲只说了一句："反正有人要干的事情，你搭一把手就干了。干了就不要去计较。"这是她的话，也是她一辈子的人生哲学。这是一个新中国锤炼出的"铁姑娘"的内心世界。

这就是我亲爱的、苦命的、永远值得我学习和敬仰的母亲！

母亲的泪光

母亲2016年已经八十又五,身体还算硬朗。身在京城的儿子很惭愧,一直没能给个舒适一点的地方容她老人家安度晚年,所以母亲一直在我江苏老家妹妹那里居住。

从妹妹家到我何氏老宅居,约有四五里路。如果是现在的我,要走这么一趟,颇感腿累,所以一般回家总是由妹妹用车接送。但母亲不,她坚持自己走,十几年如初。她80多岁后,我们几个子女都站出来反对母亲再靠双腿走回家了。母亲提出要辆电瓶车,妹妹拗不过她老人家,便给她买了一辆。

一个80多岁的老人,骑着颇有些"奔驰"之速的电瓶车穿街行路,其实挺危险的。现在路上"野蛮车"太多,"实习司机"更不讲路规,所以我一直很担心母亲,可她总回答"没事"。有一次回老家时她甚至让我坐她的车,吓得我当场就想掉头往北京赶……母亲就是这样一位"任性"者。当我和家人劝她"这么大年纪再不能骑这样的车"时,她总是固执地说她年轻时如何健步如飞地带领同龄妇女们响应毛主席号召去"战天斗地夺丰收"的。

唯一可以制止老太太行为的，就是由儿子的我带她到北京来住——这才能断了她再骑电瓶车的可能。

母亲极不情愿地来到北京，一则我不能提供像老宅基那样宽敞而又有那么多自然风物簇拥着的居住环境；二则因为单位分配的房子一直没到位，我长期在外租房居住，条件极其有限。母亲虽内心不悦，但经妹妹和姐姐总以"老了就得跟儿子过"的话，来影响和迷惑年迈母亲的"认识观"。最要命的是，南方生活习惯了的母亲怎么也不习惯在北方生活，冬天嫌屋里的暖气太热，夏天又嫌房子里太闷。住高楼，母亲说一开窗往外看就头晕……于是我这三五年中搬了四五个地方。

搬多后总算发现：老人家竟然勉强也能安顿了！真的不容易。

但很快发现，母亲又有了新问题：每每好不容易动员她来一次北京住，可用不了一两个月，她就坐立不安，整天日不思食、愁眉苦脸。开始我以为是不是照顾不周，吃的东西不舒服，于是千方百计改换方法，寻找周边所有好吃的饭店。"不去不去！"母亲一听要到外面吃饭店，使劲摆手。

"那你到底想吃点什么嘛？"作为儿子的我有些烦了。

"啥都不吃，在家泡点白粥就行。"母亲阴着脸说。"您这一辈子就粥、粥、粥……知道儿子有糖尿病最不能喝粥吗？"我的声调高了。

母亲一听便会紧张地站起身："那、那……就随便弄点啥吃就行。以你为主……"

我再也没辙了，只能叹气。

这时的母亲会在一边叹更多的气，甚至偷偷抹泪……当看到这一幕时，我的心又彻底软了，并自责起来：老人家辛苦一辈子，与父亲一起白手拉扯大三个儿女，才到你这个儿子身边"享福"几天？

怎么办呢？愁得比我写一本书还难！

目视独自坐在黑暗中看着无声电视的苍老的母亲，我的心时常发颤——内疚与无奈：为了让写书的儿子安静，母亲看电视从不打开声音；年轻时因劳动过度她患了一种怪病，眼睛不能长时间见灯光……

得想尽办法让母亲过得比较舒服些，如此强烈的愿望总在我心头涌动。

于是，我不断搬家、换地方，好让母亲有种新鲜感；于是，我每每出差不在家时，找学生、找熟人来陪她聊天，给她做好吃的；于是，我甚至极力挖掘没有任何爱好的母亲的爱好……但最后都不成功。母亲仍然愁多于乐，神情很是忧郁。

"妈，您到底哪个地方不舒服，说出来嘛！您就我一个儿子，有啥非得憋在心头呀！"我真急了。

母亲紧张地睁大眼睛，很无辜地看着我，连忙说："没有！没有不舒服的。很好，都好……"

听她的话，我有种彻底败下阵来的感觉！

母亲见我坐在书房里久久不乐，便过来默默地站在门边，欲言又止。

"妈，有啥事您只管说嘛！"我赶忙问。

"我、我想回家……"她说，看起来很是胆怯。"是我这里不如妹妹家？是她照顾得比我周全？"我十分沮丧。"不是的，不是的！"母亲连忙纠正。"那为啥？"我的目光直视母亲。

母亲那双忧伤的眼睛顿时垂下去……稍后，她说："住在你妹妹家，平常隔三岔五都要回一趟'老房子'去。""那老房子有那么值得您放不下心的？"我弄不明白。母亲摇摇头，说："你不懂。"

我不懂？母亲的话刺伤了我的自尊心。是我真的不懂？噢——还真是我的不是呀！我突然明白了：母亲是在惦记魂留家中的父亲，因

为父亲去世后的骨灰盒一直放在家里。

明白过来后,我再无理由将母亲"扣"在京城,只得"放行"。

一听说可以回老家了,母亲的精神立即倍增,每天至少要翻三次日历,时常在那独自掰手指数日子。

"您一直惦记着家里的老房子,现在还能住人吗?"我漫不经心地问母亲。那老宅基对我来说,似乎早已是一件与我没有多少关系的文物了。"好着呢!与你第一次从北京回家时一模一样……"母亲一听我提老房子,声音都不一样,脆而有力。

我暗笑。

母亲心头惦记的那栋老房子,就是我出生时的老宅。最早时,是爷爷手上留下来的一排五开间平房。20世纪90年代,父亲与我共同合力花了十来万元钱,翻盖而成如今的这栋两层小楼。它环境不错,独耸于四周围墙中间,上下各四间并有廊厅。小楼建好后,我记得带孩子回家乡在这栋小楼里住过几次。十年前父亲去世后就再没有在那里过夜。妹妹告诉我,母亲也在父亲去世后就搬到了她家住。我能理解,让母亲一个人独守老宅,颇为寂寞和冷清,尤其是父亲生前就嘱言不愿去墓地,所以他的骨灰盒一直放置在家。母亲选择住妹妹家是有道理的,开厂的妹妹家里条件好,给母亲的居室安排得舒舒服服的,冬暖夏凉,五星级水平。尽管如此,我知道,母亲却每隔两三天都要往老宅去一次,且回去一次就是一整天。

"又没人住了,您回去有啥可忙乎的?"我听说后,便问母亲。"你不懂。"每每这时,母亲总是朝我摇摇头,半笑的脸上有一双忧郁的眼睛。我不再说话了,知道她舍不得父亲的灵魂独守老宅……

如此年复一年。母亲年至80,我便一次次劝阻她:"您还开着电瓶车来回,实在叫人担心,以后别总回老房子去了吧!"

每每此时,母亲依然睁着那双忧郁的眼睛,摇头说:"你不懂……"

我真的不懂啊？几次我想冲她说：您儿子都几十岁了，大小也是个人物，怎么就不懂呢？您那点心事，不就是舍不得父亲，感到孤独呗！但我没有把这话说出来。

2016年中秋节，是我父亲逝世十周年的祭日，我必须回去祭奠一下。赶上那天在上海有个文学活动，我回到妹妹老家已是当晚六七点了，天也全黑。因为第二天又要回京开会，所以我只能晚上赶回老宅去祭奠一下父亲。

"天太黑了，还去吗？"姐姐妹妹劝我，并说她们在我回家之前已经举行了一个小规模的祭奠仪式。"要去，做儿子的已经很不孝了，今天是父亲逝世十周年的祭日，儿子一定要给老爹点支烟、上把香……"我坚持道。

我看母亲对我的话是满意的，见她随手从桌上拿了一个手电筒，对我说："走吧！"

姐姐和妹妹说用车送，母亲坚持说要走回去。这让我有些感动，因为她的提议正合我意！离家四十年，我已经很多年没有靠双腿回老宅了。

故乡的小道尽管都变成了柏油马路，但走在那条熟悉的路上，即使夜色早已笼罩大地，但我依然能清晰地说出每一段路旁住户的名字。这大概是童年留下的一份"永不褪色"的乡愁吧！个别说错时，母亲则在一旁指正，然后告诉我某某已经不在了，某某全家搬到城里去了，云云。从她的话语里，我深切地感到岁月如此无情，许多比我年轻的熟人已去逝，还有些则或病或灾，生活坎坷。世道便是如此凄苦呵！

当然，一路上，我的脑海里浮现最多的莫过于自己家的那块老宅基……

这块由爷爷与奶奶、父亲与母亲靠汗水耕耘和岁月积累出来的家园：前后有六七十米，四周是围墙。与其他苏南独栋宅基一样，宅前是一条我小时候游泳玩水的小河；宅后是一片郁郁葱葱的竹林和父亲种下的十几棵高高的松树，那松树几年前就长得比屋顶还要高。关于这些松树，我曾与父亲有过争执。应该是在小楼刚建时，父亲当时身体很好，他提出砍掉一些竹子，换种成树。我听说后表示不同意，说：竹林多富有诗意！父亲摇头，说："竹子不实用，且一刮大风，竹竿容易把瓦片打碎，造成漏雨。干脆不留竹园！"我立即表示反对，觉得父亲没文化、没品位，但家里的事由他说了算，我只能说说而已，几年不回一次老宅，在京城哪管得了老家那点事儿。父亲如愿地按他的设计将宅基建设成现在这个样子：前面的围墙与小河之间，种了一个"口"字形花圃；围墙内的房屋南侧，是一片桂花树和梨树。后院是松树林，仍为我留了并不大的一片竹园；主宅小楼与厨房中间有30多平方米，另外还有一个小花园……主楼上下各四间，儿子一家在楼上住，父亲与母亲在楼下住。后来因为我极少回去，所以提出让老两口搬到楼上住。"楼上采光好，太阳又能照到主卧室与客厅，你们住吧，空着也是空着，何必呢！"我觉得父母太注重风俗了——儿子成家后，老一辈就得让出最好的房子，好像"交班"似的。"那不好，是你的房间就永远是你的房间，不能动。"没想到母亲特别坚持，父亲也这么说。

　　在这事上，我发现根本说不通父母，于是每回临到离家时，我就做个鬼脸，冲他们说：反正我在北京也看不到，你们就睡我的房间嘛……

　　但事后发现，他们从来也没有睡过儿子的主卧，甚至连我第一次带着孩子回家住过的啥床铺、啥被子甚至用过的所有东西，无一不整整齐齐地放在应该放的位置，并如此年复一年地放在那里，等待我的下一次回家，而我知道，这些事都是母亲做的。

在父亲活着的时候，老两口做的这些事，每每回家我看到这光景，甚至会嘲笑父母大人：你们也太死板了吧。

父母不言，也不改初心，在此事上显得特别固执。

我只能苦笑，但内心却十分感激老两口。

十年前父亲患绝症，发病当年便永远地离开了我们。没有了父亲的家，再豪华壮观的院庭也没那么吸引人。此后的我也不再像以前那样愿意每年回到这座围墙内的小楼里。母亲一人独守这空荡荡的房子也不合适，妹妹便将她接到自己的家里住。

日子就这样过着。

然而，母亲虽住女儿家，却总是隔三岔五地要回老宅去。每次回去，她都要待上一整天。开始妹妹告诉我母亲的这种情况后，我就打电话劝母亲，说别跑来跑去了，家里已经没人，也没啥事值得做的，您就踏踏实实在妹妹家好吃好喝，活上两百岁！这些话既是宽慰母亲，其实也是我做儿子的真心话。

"她不听的！该回去的时候，从来不落下，风雨无阻！"妹妹经常在电话里告诉我。

听多了，有时我就会假装很生气的样子，在电话里"责令"母亲不能再没完没了地往老宅基走了，尤其是不让她开那"碰碰车"（后来改成电瓶车）。但母亲根本听不进去我的话，依旧我行我素。

……夜幕的暗淡灯光下，随母亲姗姗而行在故乡的小路上，观现忆往，别有一番滋味在心头。

到了，到了我自己家的院子。

母亲掏出钥匙，很用力地将"铁将军"拉开——那大门太重，母亲用力时整个身子都往上"跳"了一下，有点"全力以赴"的感觉。我暗暗心痛，忙伸手帮忙，却被母亲阻止："你挪不动的！"她的话，

其实更让我心痛,我大男人一个挪不动,你85岁的一个老太太怎么能挪得动呀!

想到母亲每一次独自回老宅时那"全力以赴"的情形,我的眼眶彻底湿润了……

"这么香啊!是桂花飘香啊!"刚踏进院子,迎面而来的一片甜甜的香味,简直让我即刻置身于一个芳菲庭院之中。

太香太醉人了!

"都是我们家的桂花树!你来看看……"母亲一边骄傲地说着,一边领我到院子南侧的那片桂花树旁。

"天哪,这桂花树长得太盛了啊!你看看,树叶都快流油似的。"借着手电光,我为两排密密衔接而列的桂花树长得那样旺盛而吃惊。自然,这样的树上开出的桂花也飘香十里。

"好香好香啊!"我把鼻子和脸都贴在桂花枝丛中,尽情地吸吮着它的芳香……母亲则在一旁幸福而满足地微笑着看着她的儿子。

那一刻,我感觉自己的家比世界上任何地方都好。

"到后院去看看。"母亲挪动着她那一高一低的步子——我猛然发现老人家的脊梁怎么变成那么明显的"S"形了啊!

我嗓子口猛地"噎"住一口气,两行泪水顺着脸颊而流,于是赶紧偷偷用手抹去。

"这几棵柿子树熟透了,也没有人吃。你看看……"母亲用手电照了照几棵挂满小灯笼似的柿子树,又让我看树底下掉落了一地的果子,惋惜道。

"我吃我吃!"我忙不迭地又是捡又是摘地弄柿子吃,但怎么也吃不过来,反倒弄得满嘴黏糊糊的。

母亲笑得合不拢嘴。

转身看去,是那片高高耸立在小楼旁的松树林。它们像我的家丁一样,默默地忠守着自己的岗位,365天天天在此为我守护家园……

我不由仰起头,怀着感激之情,默默伫立数秒,向这些卫士致敬。

看完前后院的花木果树,母亲带我进了屋。

母子俩事先没说一句话,却不约而同地进了楼下后一间放置我父亲骨灰和遗像的房间——

"阿爹,小明回来看你了!"父亲依然含笑地看着我们,只是那笑一直凝固的——那是他相片上的表情。我面对着他,心头说出了这一句话,也是每一次回家首先要说的话。呵,十年了,仅仅是一转眼的工夫!那一年,我带着中宣部交代的新的采访任务,顺道赶回家看望病入膏肓的父亲,当时他无力地朝我挥挥手,说:你的事不能耽误,快去写吧。就在那一年,父亲走了。

三鞠躬后,我为父亲点上一支香烟,再插上一把母亲点燃的香放在祭台上……望着父亲的面庞,我忍不住泪流满面。我想告诉父亲:儿子几十年在外,努力工作、勤奋写作,没有干过对不起别人的事,但为什么不三不四的人总是不绝?为什么这个世界变得越来越弄不明白?我也想告诉父亲:我累了烦了,我想回到您的身边,回到故乡来……

我感觉父亲在说:你应该回来了!这里的家才是你最安稳的地方。

我无法不哽咽,像少时在外受了委屈后回到家一样。

"走,看看你的房间。"母亲以为我太思念父亲才如此伤感,便一把拉我上楼。

其实从进门的第一眼,我已经注意到:所有的房间内,无论是墙还是地,无论是桌子椅子还是沙发,甚至电话机,都与我以前在家里看到的一模一样地放在原位,且整齐而洁净。母亲是个爱干净又闲不

住的人，从地砖到厕所和洗澡池，都擦得光洁闪亮，好像天天有人用似的。而我知道，即使是母亲，也基本不用这些家什近十来年了！

"还这么干净啊！是您经常擦洗的？"我不得不惊叹眼前的一切，便如此问母亲。

母亲含笑道："我隔三岔五回家就干这些事，把所有的地方都擦一遍……不要让你爹感觉没人理会他了，也好等你们回来看着舒服。"

真是悠悠慈母心呵！我这才明白母亲为何隔三岔五要回一趟这座老宅来，一则是想让魂在家中的父亲不孤独，二则等着我们儿孙回来看着不嫌弃。为这，她十年如一日！

母亲最后把我领进我的房间，这是我最熟悉而又已经陌生了的地方：

一张宽宽的床上，上面盖着的是我熟悉而陌生的黑底花被面，与窗帘的布色一致，使整个房间显得素雅温馨。被子的夹里是土布，那土布是母亲和姐姐亲手织的，摸上去尽管有些粗糙，但它令我脑海里立即闪出当年母亲与姐姐在织布机上日夜穿梭的情景……

床边是一排梳头柜，也叫书桌。书桌上面是我熟悉而陌生的镜框与相框。相框内是父母引以为自豪的他们的儿子在部队时当兵、当军官的照片，以及我与他们的合影。那个时候，我们全家人多么幸福，好像有我这个当小连级干部的军官就知足了！

"看，里面全是你的书……"母亲拉开一个个抽屉，让我看。

嘿，竟然全是我前二三十年中每次带回的一些杂志和书籍！令我意外惊喜的是，它们多数是我早期的作品，有的我早以为遗失了的。

"好多人来要这些书，我都没给他们。"母亲颇为得意道。"真要谢谢您。这些书我在北京根本找不到了，很宝贵的。"我说。"知道。"母亲一边嘴里嘀咕着，一边弓着腰，开始翻箱倒柜。"这是你的衬衣，没穿两次。""这是棉衣，那年你冬天回家，特意给你缝的。""看,这是你爹让你从部队拿回来的解放鞋,还是新的,他没来得及穿……"

"还有……"母亲已经从衣柜里搬出一大堆衣物放在床上和旁边的沙发椅上,还在不停地往外搬……

简直不可思议!快二三十年了,母亲竟然一件不少地将我曾经用过和我孩子用过的衣物,一样一样地保存得如此完好啊!

"你看这个……"母亲从一个包袱里拿出一个我熟悉而陌生的暖水袋,说,"还记得那一年你们第一次春节回家,遇上特别冷的天,外面又下着雪,刮着北风,我给小孙女买的这个暖水袋吗?"

"记得!怎么会不记得呢?"我一把抓过暖水袋,摸了又摸,眼睛很快模糊了……我清楚地记得,那一年冬天,我带女儿回家探望她爷爷奶奶,遇上特别寒冷的天气。南方没有暖气,屋子里跟冰窖似的,当晚女儿就冻得不轻。她奶奶急得直跺脚,半夜打着手电去镇上敲商店门,硬是让人家卖给她一个暖水袋——就是我现在拿在手上的这"保温器"。不想回途上,雪路很滑,母亲连摔了好几跤,卧床几天后才康复。

"倒上热水还能用。啥时你带我孙女她们回来?"母亲顺势拿过暖水袋,然后认真地看着我,问。

"嗯……她们肯定会回来看你的。"我十分内疚地说,不想母亲的脸顿时像菊花一样绽开。"她们都回来你也不用担心,我这里啥都有……"母亲像变戏法似的,又从柜子里拿出两个暖水袋,还有电热毯、铜热炉和夏天用的凉席、毛巾被、竹扇……一年四季所用物品,应有尽有。"妈,这些东西有的过去都用过了,你怎么到现在还放着呢?"看着堆积如山的眼前这些熟悉而陌生的用品,我的嘴吃惊地张着不知说啥好。几十年了,母亲竟然把它们保管到现在,而且件件如初。我有些弄不懂。

"你不懂。"母亲又一个"你不懂"后,喃喃道,"你们要回来,这些都能用上。"末后,看了我一眼,似乎明白我想说什么,便道,"你不要嫌弃它们,我每年春夏秋冬四季都要拿出来晒几回,不会坏的。你摸摸……"

母亲抱过一床棉被和床单,放在我手上。

是,柔软软的,绵温温的,像刚从太阳底下收进屋似的……我顿觉有一股巨大的热流涌进我的身体,然后融入血液,一直暖到心窝。

"妈,您太好了!"我的双腿不自然地软了下来,本想跪下给母亲磕三个头,又怕吓着她。于是我只好掏出手机,对她说:"您坐在床上,我给您拍张照。"

母亲没有坐,只是立在床边。

"咔嚓"一声之后,再看看母亲的照片,我发现她身后的一切景物,皆是我20多年前所见到的模样,它们还在原来的位置,还是原来的色彩,丝毫未变。而且整个房间里,依旧是我熟悉的那种温馨、平和与温暖的气息……

呵,我终于明白了,终于明白了母亲为什么总不舍这老宅基,除了对亡夫的那份惦记外,她是在等待和企盼我何家的后人来传承她坚守了几十年的这个家园。尽管她没有在她儿子面前提出过这样的要求,然而母亲用自己默默不言的行动,告诉了我这件事。

就在这天晚上,我异常庄重地对母亲说:"妈,我现在懂了。"

母亲惊诧地看着我:"你懂啥了?"

我说:"明年我就回家来!"

母亲有些不安地笑了。这时,她的双眼闪着泪光……

老宅过新年

15年多了,每一次回到老宅都是匆匆而来、匆匆而去,不为别的,只为父亲去世后对"家"的概念产生了心底深处的某种缺失与惆怅。一个完整的家是不能缺少父母的,父母中少一人的伤痛与失落,让人心里空荡荡的,更何况父亲离别人世时的那一幕刻骨铭心,以至于许多年我都尽量避免再回到老宅。

这是我内心的痛,说不出的,时常又有些惭愧——当然主要是对母亲的一份歉意。然而母亲则以为是她没有将老宅"管理"好,所以让她在京城的儿子不太想回家了……可哪是这么回事嘛!

父亲走后,母亲更是一年一年地变老,从75岁,到85岁……2019年,88岁高龄的母亲突然患病,看样子真的到了"风烛残年"——走路都已经直不起腰了。一生好强的她从来没有像这次一样在外人面前如此示弱,"拉我一把,上不去喽!"在上楼的楼梯口,她有气无力地抓住我的胳膊。而我的印象中,她一直是那个做事风风火火,整日整月整年干活都不知疲倦的黄牛,从不闲下片刻,即使在父亲去世后,已七八十岁时,她依然可以挑起八九十斤的担子,这让我十分震惊。

80多岁的母亲，虽然身板瘦小，但依然在硬朗朗地干事，勤勤恳恳地忙着她认为必须和应该忙的那些碎杂家务。

平时母亲也不住在老宅，随妹妹而住而行。妹妹不简单，创业办厂几十年，独撑商舵。母亲住在妹妹家，那个家与厂近，所以母亲总是自觉地担起"内勤管家"。她的认真劲儿，让妹妹既开心又苦恼：母亲太能管事，而且里外都要管，甚至一直坚信只有她才能把厂里的食堂管好。于是每天早晨她早早起床后第一件事就是上菜市场去采购，为妹妹工厂里的职工们准备中午饭。这事让我很不放心，因为街头车水马龙，来来去去的车子和行人，对老人而言十分不安全。母亲去采购骑的是一辆老年电瓶车，八十五六岁的人，每天骑着那辆摇摇晃晃、飞速而行的电瓶车，简直让儿子的心悬到嗓子眼儿……妹妹和我无数次劝她不要再管这样的"闲事"了！哪行哟，母亲根本听不进去，依然不愿"下岗"。她的理由有二：一是闲着就会生病，二是食堂这种地方自家人管理更卫生更安全。这样的理由不是没有道理，我和妹妹只能会心一笑，无奈：由她去吧。

母亲住在妹妹家里，平时每周回一两次老宅，打扫院庭，擦洗家什……讲究和爱干净是她一生的素质，无人可比。可惜她的这份好"基因"没有遗传给日常很是粗枝大叶的我。

2019年仲夏，母亲突然病倒了，这回她该放下她放不下心的那份儿事了吧！悬了十多年的心，我想这回总可以落地了。

"不行了，我感觉不行了……"母亲见到从北京赶回家的儿子，极其无力地对我说。那一刻，我的心紧紧揪了起来：她真的不行了？

她不该不行！母亲一生辛劳，不能这样没好好享几天福就……我不愿往下想，发誓必须救她重新恢复往日的风风火火！

一阵旋风式的"找人""找专家"，结果真的将母亲从生命的悬崖边"拉"了回来：从不服老的母亲这回终于明白她"确实老了"。

可不，88岁了，当然是老了！

我们这样说。母亲也不得不承认这一点。

然而，"服老"的她仍然在想着一件事：老宅旧了，她要回家，也想让儿子跟她一起回家……母亲的这份心思或许已经埋在心头很多年了，只是她没有这份力量。1994年父亲在世时曾用积存的十几万元重新彻底翻新了一下老宅，距今也已经20多年了。我小时候记忆中的老宅则是标准的江南砖瓦平房。那房子是在爷爷留下的老宅土地上盖起来的，一排南向的五间平房，占地面积不小。老宅基地原来是与叔叔合用，属于我们两户人家，后来叔叔家搬走了，它便成了我家一户的了。我在这块老宅基地上建起的平房里度过了我的少年时代，之后的青年时代已经离开家乡到部队和京城工作了。

1994年那个时候，我们苏州地区的社会发展已经开始进入"小康"水平。父亲很要面子，显然不甘落后，所以在老宅基地上翻建新楼，即后来他设计的两层小楼，楼上楼下各四间，是比较标准的小别墅式的楼房，属于那个时候的江南"小康"家庭。这样一栋楼房在当时也得需要三四十万元。父亲显然没有那么多积蓄，已经在京城当了军官的儿子肯定要帮忙，所以实际上有一半的建房费用是我挣的稿费，但父亲不愿承认这一点，因为他很要面子，而我也不愿为此驳他的面子。只有爷儿俩在一起谈起此事时，父亲和我才会心笑一番……这份"何氏家族"的内部秘密，天知地知，还有我们爷儿俩知道。

由此，我也一直认为，修老宅是男人们的事。爷爷在，以他的绝对权力管辖着宅基地；父亲在，是父亲的绝对权力管辖着宅基地。当他们都不在时，作为儿孙的我却莫名惧怕这份权力，因为他们的儿孙虽然官至"三品"，但对家庭里外的事却是一个门外汉。

我也一直在想：听爷爷说，他的爷爷顶天立地，兄弟仨凭借力撑千斤的超级功夫，在苏州和上海滩闯出一片天地来，之后垒起了固若

金汤的"何家宅基"——如果不是太平天国的"长毛"破坏，如果不是"文革"造反派们的妖风，我爷爷的爷爷和爷爷创造的何家老宅，或许现在已经属于"历史保护文物"了。

爷爷在的时候，圈定了老宅，这才有了我父亲和父亲自己的家、有了我和现在的我……父亲这一辈子，做了一名普通共产党干部的事业，同时也在爷爷圈定和垒起的老宅上完成了两次对老宅的修缮与改造。他们用自己的肩膀和汗水，让何氏老宅没有因为时代的变迁而落伍，也因为他们的坚守才让这座并不太大也并不太窄的老宅保留到了今天，使何氏家族的血脉丝毫没有断流。也许正是父辈的这份贡献，才让这片土地上有了一位可以拿笔书写人生和社会的我……

然而面对老宅，我十分自愧，因为我始终没有像父辈他们那样执着地坚守过这片土地。从年少离开之后，至今我仍在并不属于我生命的城郭里游走。快半个世纪了！对老宅的所有记忆都是童年的，后来是爷爷、奶奶、父亲、叔叔们一个个告别这个世界的悲痛情景……而这些情景让我悲伤且失落，所以在父亲离世之后，我便很少再回到老宅了，尤其是留宿老宅。姐姐和妹妹都有了自己的家，老宅里只剩下母亲，剩下孤独的母亲依然坚守着这座日渐衰败的老宅。然而即使到了妹妹家居住，母亲仍然坚持每周回老宅打扫庭院、清扫里外，尽着一位主妇的职责。这样的岁月，五年、十年、十五年……她执着地坚守着，坚守着这片渐失生机的老宅，坚守到她自己的腿脚迈不开步、腰杆直不到位、每一根头发变成银丝……

岁月年复一年，一直到我临近花甲之年。

那一年我从京城匆匆回家到父亲的遗像前祭一炷香时，母亲打开老宅里我曾经住过的房间内的那些柜子，里面整齐放置着我和孩子的衣服，好像仍然留着余温。那一刻，我的双眼湿润了，母亲更是老泪纵横……

那一刻，我知道了母亲的全部心思：她在等待儿有一日能回家来。

"明年我回家。"那一天，我对母亲说，是真诚地说。因为我明白了一件事：什么事业、什么面子、什么官职，比起家、比起老宅、比起一个家族的血脉与精神的传承，那些东西又算得了什么呢？

我决定回家。这事一定让母亲内心产生了巨大的波澜，所以她开始默默地设计着老宅的新天地……

这，本该是男人的事。这，本该是父亲之后他儿子的事。然而母亲太了解自己的儿子了。她没有与我作任何商量，开始默默准备她认为应该做的事——老宅改造。这样的工程看起来很小，然而对一个家庭来说，绝对是"浩大工程"！

靠一个快90岁的老人，怎可能实现如此庞大的工程呢？对我而言，这样的事，是比我写十本书还要难的事。但母亲就这般思量着，这般行动着……当然，她要依靠两个女儿的力量，主要是我妹妹的力量。

我的姐姐和妹妹，是母亲的精神"翻版"，一生勤劳、智慧且无私。

2020年，母亲89虚岁。

2020年，全世界都面临着一场大疫情。

这一年谁也不能乱动乱走。这一年许多事情停滞了下来。然而就在这一年里，母亲开始了老宅改造，动土动瓦时疫情尚没有成气候，可到了三四月份，改造老宅的工地开始见不到工人。活儿一拖再拖，一直到夏天来临，正经的活儿才慢慢正常起来。

其实工程并不大，也就一栋旧楼改造，三百来平方米的建筑、六七百平方米的院子……但让一位近90岁的老太太当"工程总监""现场总务"，简直近乎残酷！然而母亲就这样担当了起来，没有人挡得

住她，没有人可以拦住她不到现场。即便因为疫情建筑工人不能到达现场，她依然一个人留守在烈日炎炎或风雨交加的施工现场，满身都是灰尘，满脸皆是汗珠流淌……有几次我从上海抽空回去看到这一幕幕，眼里的泪不敢流出，心里自责道：儿子太没有良心了！在外面写什么文章！为谁忙乎去了嘛？让一个快90岁的老娘独守在老宅的施工现场，不是残忍又是什么？

可我能留下来替代老母亲的职责吗？一天又一天、一月又一月地坚守在一个如此嘈杂的老宅改造施工现场？我做不到，绝对做不到，而母亲为儿的"家"，无私倾尽着义务和能力，这在她的生命之中可能是最重要的一次拼搏了！她那瘦小的身子骨里渗出的每一滴汗水，都是血液与血精，都是她生命的极度消耗……

儿愧呵！与母亲的伟大精神相比，我感觉自己闯荡在外几十年所做的一切似乎要重新评价了：我们在外面做的那些看起来很体面、很风光的事，实际上有多大意义、多大价值呢？其实与生命和情感相比，实在不值几个子儿。人的一生或许可以有诸多标准去衡量他的价值，然而又有谁能衡量一个母亲、一个父亲为子女和为家庭所做的贡献有多重要、多伟大呢？似乎很少有人这样计算，因为自古以来，一代又一代人都认为父母对后一代所做的事是应该的，然而我从母亲身上有了新的认识：一个没有什么文化、不善言辞的人，她只有一种可能，就是用自己的默默奉献、辛勤劳作，流干每一滴汗水来影响和争取后代的"认知"，这是怎样的一种精神？这又是怎样的一种无私呢？

呵，这精神、这心思、这无私，其实就是天、地与人的关系……天与地对人的贡献从来都不曾想过回报。母亲就是天与地。

我们都说母亲伟大，常常是因为她在青年时期和中年时期做的事情。我还很少看到像我母亲那样的人，在她生命的暮年时仍如此令人感叹！

老宅在2020年末翻修完毕，耗费时间整整一年零一个月。一个人被拖了一年多时间的劳累，而且是十分辛苦的施工现场的劳累，即使是一名年轻的壮劳力也很难不说苦与累，但我母亲没有。每一次从上海回家探访，在现场不到十几分钟走马观花后，母亲就会朝我挥挥手，说道：你走吧，这里脏兮兮的。

我真要走的那一刻，总见她躲在老宅前的路边让道，并朝我的车子挥挥手……那一刻我总极度自责，内心十分憎恨自己：太不像话！让一个快90岁的老太太守着工地！

"今年春节你一定要回来过了啊！在新房子里过……"这是老宅修缮一新之后，母亲和妹妹一起发出的"邀请"。我无法再拒绝，再拒绝就是没有人情和人性了。

第一次踏进修缮一新的老宅，那种感觉就是强烈的震撼：老房子完全变了样儿，虽说仍在老房子的基础上改建，但却是改头换面了！楼是新的，白墙、黑瓦、高高的围墙和满院的绿植与假山流水、池谷草坪，以及草坪中央的休闲凉亭……母亲说这是妹妹按照苏州园林式建的——我体味到了，体味到了妹妹的匠心和母亲所要的老宅修缮目标，尤其是内屋的装饰，远比我在北京的房子气派又雅致。最让我感动的是，原来的两间老厨房拆盖成两间连通的约40平方米的侧屋，它连着院子内的小花园，里面空间十分宽敞。母亲得意地推门引我而入，指指贴墙的书柜，说："这是你的书房。"

嗨，老太太都想到了！大概她知道如果没有书的家，我是待不住的。有书房就能牵住我的心，留住我的魂……知我者唯有母亲也。

老宅内的新房间每一间都舒适无比，这是母亲的意思，更是母亲的心意，她是想让我彻底"安居乐业"。看到老宅焕发的温馨之气、

典雅之气、苏州园林之气,当儿的内心不禁暗自感叹,难为老人家一片苦心。我怀疑自己能不能"常回家看看",但有一点可以肯定:现在的老宅新房将成为我生命的又一个重要历程。而这里也确实可以让我修身养性、安静创作,或许还能创作出一些"经典"……

2020年的除夕之夜,我与姐姐、妹妹一大家人近15年来第一次团聚,一起在老宅的新房里度过。因为房子新又特别大,加上屋子里空调暖和,所以感觉与在京城和上海没有什么两样。唯一的区别是特别的安静,静得让人踏实又安心。现在过年,在大城市里听不到激动人心的鞭炮声,而在老宅居住,可以听到由远及近此起彼伏的迎新年鞭炮声。它一下子将我的记忆拉回到童年时代那种贫窭而又丰富多趣的过年时光。那个时候的老宅里,充满了亲戚间的亲和气氛,因为那时亲戚间都要相互走动,从小年开始一直到大年初八,天天互请,天天吃"年夜饭"。由于平时没得好吃的,而一到春节这几天,我们这些孩子就放开肚皮,大吃大喝,所以最后肯定是吃得走不动路,只能睡到床上……

住在老宅新房内,想着童年的往事,更加怀念岁月流年。

吃着家乡的味道,闻着老宅浓浓的乡间气息,再看看母亲已经不太容易站起来的身子骨,我的内心又有一股说不出的酸楚……

生命如此无情。生命如此脆弱。生命又如此不可逆转。再过若干年,我们苍老的时候又会怎样呢?

呵,老宅,你留给我无数的童年记忆,也留给我对父辈的无限哀思……老宅其实是我们生命的见证者。它对一个家族来说,是一块不可撼动的基石。它若存在,家族就将继续繁衍与壮大;它若衰落,则意味家族也将衰败与消亡。老宅就是一个生命的天平。

现在,我对老宅有了新的认识,这是从母亲身上认识到的:老宅其实就是我们生命的起点与原点。只有你不违背人生发展的规律,人生才可能过得更有意义。无论你多么高贵或者多么卑微，只要是人，是一个懂得生命意义的人，都要遵循这样的轮回。

感谢母亲，您让我对老宅重新有了感情，您也让我对老宅有了更透彻的认知。

这已经是第三次为母亲所写的随笔。当然还会有第四次、第五次……

王蒙——永远的大青年

2013年国庆期间,文化部和中国作家协会等单位联合在国家博物馆隆重举办"青春万岁——王蒙文学生涯六十年"文献展览,受中国作家协会主席铁凝同志和党组书记李冰同志的委托,我代表中国作家协会出席并作了贺词,对展览的举办表示了热烈祝贺。

王蒙老师是我国当代著名作家,是文学界德高望重、广受推崇与爱戴的大家。他在60年前便创作了长篇小说《青春万岁》,当时才19岁。王蒙老师从一位风华正茂的青年变成了一位年逾古稀的长者,岁月如此无情,然而在我看来,王蒙老师依旧是春风拂面、英姿勃勃、中气十足的文学大青年!正乃青春万岁!而《青春万岁》也是王蒙老师早期现实主义小说的代表作。作品描写的正是当年北京学生们如诗的学习和生活景象。我认为,用这部小说命名这次的展览十分贴切,因为这与王蒙老师始终保持的人生青春和文学青春相契合。

回顾王蒙老师迄今60年的文学生涯,我们不难看出,他始终以高度的社会责任感和智慧灵感,致力于当代文学的繁荣与中国文化的传承;他坚持不懈地用自己手中的笔,参与祖国文化大厦和精神世界的建设，创作了数量众多、质量上乘的作品。如长篇小说《青春万岁》《活动变人形》《青狐》，中短篇小说《组织部来了个年轻人》《蝴蝶》《春之声》《风筝飘带》，随笔《我的人生哲学》，传记《王蒙自传》三部曲等，都曾引起巨大的社会反响，尤其影响了包括我本人在内的几代中国青年的成长。2013年初，王蒙老师又推出了70余万字的长篇小说《这边风景》，最近我们又由衷高兴地见到几个大刊上同时推出他的一批新作。他极其旺盛的创作激情与活力，令我们这些文学同行和广大读者感叹不已。王蒙老师自己说过一句话，写作也是劳作，而劳动者是永远年轻的。劳动可以让生命延长，让青春延长，王蒙老师以自己的实践和行动又一次给我们证明了这一点。他以他永远年轻的青春激情和青春笔调，生动而深刻地描写和反映了中国半个多世纪以来的历史性进步和社会发展，充分展现了一位文学家与祖国同行、与人民同心的拳拳赤子之心和崇高的抱负追求。他的创作是新中国60多年发展巨变的历史见证，也是中华民族心灵史的艺术记录，它让我们深深地感受到一位热爱祖国、热爱生活的文学家的青春般的心跳与炽热的激情。

王蒙老师曾经担任过文化部和中国作家协会的重要领导职务，主编过文学刊物，扶持过一代又一代的青年作家。与此同时，他以自己不断突破自我、不断创新、不断进取的写作，影响着众多青年作家，激励着大家一同在文学艺术的道路上出奇出新，不断开辟着艺术的新境界。在长期的创作过程中，王蒙老师始终坚持与时代同步的创作追求，始终把社会进步放在心中，把中华文化的传承作为重要的出发点和落脚点。王蒙老师深入生活、扎根人民群众的生活，并从中汲取创作灵感以及语言的丰沛资源。勤劳、善良、勇敢的中国各族人民，始终是他文学创作的动力。王蒙老师的人生和创作历程异常曲折与丰富。他博采众长、广泛借鉴，在多种文化的共同激荡与影响下，形成了自己鲜明而独特的风格。他为人坦荡、胸襟开阔、睿智幽默、坚韧乐观，他的这些个性都在自己的作品中得到了很好的体现，这也使他的作品总是具有感染力和影响力。我们喜爱他的作品，也珍爱他这个永远充满青春活力的人。他的作品和他的文学追求，如一把烛光照耀并引领着当代中国文学与文化的前行征程，我们有理由再次向王蒙老师致敬！

祝愿这位永远的大青年身体健康、创作丰收！

我的"好婆"杨绛

癸巳年春节前,中国作家协会安排我去看望和慰问一批老作家,其中有钱锺书先生家。钱老先生已故,他的夫人杨绛依然健在,且杨绛也是一代文学巨匠,所以每年包括铁凝主席在内的中国作家协会领导都要前去拜会和慰问。能到这样的文坛巨匠之家自然是件幸运的事。

但对我来说,还有层特殊意义,因为钱锺书先生和他的夫人杨绛都是我的老乡。"老乡见老乡,两眼泪汪汪"。可不,当我踏进钱府与杨绛这位长辈见面握手那一刻,我们一老一少用苏州话相拥相亲时,我的眼里含着泪花,不想老人家眼里竟然也是泪光闪动……

去之前,同事告诉我:杨绛先生今年有103岁了。天哪,103岁是个什么样呀?我想象:那一定是颤颤抖抖、坐在床头有人替其"翻译"才能点点头的人吧?何曾想,我眼前这位高龄老乡,竟然一见到晚辈的我踏进门槛,就满脸红光、带着慈祥的微笑,"噌"地从沙发上站起,迈着均稳的小步直面而来。

"谢谢,谢谢你们又来看我。"她用一双柔软的、充满弹性的手

将我的双手握紧。

"您……"我一时语塞,这就是杨绛先生?103岁的老人?

"侬好啊!"我不知说啥为好,因为事先知她是苏州老乡,所以说了一句苏州话。

"好好!侬也是苏州人啊?"不想杨绛先生立即用一腔纯正的苏州话回应我。

"是啊是啊。吾俚两个都是苏州人。"我连忙回应。

钱锺书和杨绛的老家离我老家不远,在无锡,而无锡过去一直属于苏州管辖,所以我们是真正的老乡。钱先生和杨先生是一对传奇夫妻。他们两家本来就是熟人,有这对才子佳人的姻缘就更加亲近,这在我家乡被传为佳话。

钱锺书先生的《围城》,堪称"中国近代文学中最有趣、最用心经营的伟大小说"。这部"伟大小说"是钱先生在上海沦陷时所作,同时倾注了夫人杨绛的心血。正如钱先生在《围城》出版时序言中所说:"这本书整整写了两年,两年中忧世伤生,屡想中止。由于杨绛女士不断地督促,替我挡了许多事,省出时间来,得以锱铢积累地写完。"

《围城》成就了一代文豪。钱杨二人相濡以沫,一生相敬如宾,体现了我姑苏大家贵人之家风,也是近代知识界爱情与婚姻的楷模。他们唯一的女儿叫阿圆,钱锺书认为这是他"平生唯一的杰作"。确实,当我读完杨绛先生2003年所著的《我们仨》一书后,感叹这一家三口的旷世亲情!敬之佩之。

杨绛先生生于1911年,比钱锺书先生晚一年出生,到2014年,就该是103岁了。我第一次见如此高寿的长者,不仅是一位文坛前辈,还是一位亲切可敬的大老乡,一时不知如何称呼她为好,于是便只能请教大老乡了。

"称呼您什么呢？"我抚摸着她柔软而暖和的手，凑近她的耳朵问。

大老乡朝我笑笑，抬起右手，干脆把塞在耳里的助听器拔下："这样反而听得清。"她的话如涓涓流水，百分之百的苏州话声调。

"奶奶？"我试探，因为我暗暗一算：怎么着，她也应该是我的奶奶辈了。在她面前，我第一次感觉自己太年轻了！就是活到80岁，也会觉得太年轻。

她依然平静地笑。

"杨阿姨？"

她依然平静地笑。

"阿婆？"我想起家乡对比自己长两辈女性的称呼，便马上改口。

大老乡依然平静地微笑，笑得让我有些慌乱。到底该叫什么呢？突然，我想到了自己的奶奶——我奶奶是1999年去世的，去世时是90岁，如果活到今年，不也正好是103岁吗？于是我心头立即涌起一股热流……

"好——婆！"我凑到103岁的大老乡耳边，深深地用情、轻轻而又清脆地这样叫了一声。

"哎——"大老乡突然声音爽爽地、温暖地应道。

紧接着，便是"孙儿"与"好婆"之间的一个热烈相拥！之后是一阵亲切无比的"哈哈"大笑。

"好婆！好婆——"我连声叫道。

"哎！哎——"又连声应道。

在我们苏州，叫"好婆"是晚辈对祖母的亲昵称呼，有的叫"亲婆"。看来杨绛先生是非常认可我这个小老乡对她的这一称呼的。

之后，"好婆"对我就格外的亲热了。她拿出自己的著作《我们

仁》给我签名赠送，并且在扉页上认认真真地写下一行字：小老乡建明同志存正　杨绛敬奉　2013年1月14日。

我看过钱锺书先生赞赏他夫人的字写得好的文章，此番亲睹103岁"好婆"的书写，其笔迹清秀端雅，实在令人敬佩不已！

"'好婆'啥时候回过老家？"我问。

她说，已经有20多年没有回了，非常想念苏州和无锡老家。我告诉她现在我们老家比一二十年前不知又美丽多少倍了！她高兴得直言："蛮好蛮好！正想回去看看。"

"'好婆'看上去也就是73岁！有啥诀窍？"

一听我这话，她的脸上竟然泛出一片红晕，说："就是啥都不管。"

是啊，这难道不是百岁老人的长寿和生活的全部诀窍吗？

"好婆"今年103岁，"好婆"定能活到130岁！我这样祝福和祝愿她。

"好婆"亲昵地握住我的手，说："谢谢侬，明年再来看我啊！"

"一定！"我们相约新的春天。

用文学祭奠逝去的灵魂

2013年4月4日，又是一个清明节。我亲爱的奶奶，作为孙儿的我决定今天一定要去您的坟头祭奠。因为这一份祭奠太迟太迟了……我感到万分的愧疚。

十五年了，我亲爱的奶奶，孙儿不曾来到您的坟头祭奠——请您原谅，我不是专业作家，所有的创作都得占有我的节假日和休息时间，以前放弃了太多太多；还有我很怕到您的坟头，怕面对我无限思念您的那颗心……今天，我要以文学的名义向您磕头……今天我特意带着十五朵白花进献在您的坟头。这些白花，既代表您离世的十五个春秋，也是我这十五年文学耕耘的岁月之心血——这血是白色的，它凝滴着我酸苦之泪，像江南清明时节的纷纷细雨，又像路上行人飘荡的断魂……

如今的人不大以为文学是用血泪凝成的，因为多数的文学失去了对生活真实的贴近和对真情无限的追求，文学在一些人手中变成游戏人生和谩骂现实的玩物。人们不再喜欢它并不是没有原因的。

然而文学又曾让我有过一段刻骨铭心的伤心往事。因为文学，它

让我失去了您——亲爱的奶奶。

"今天,此时此刻,我的奶奶正在走向她告别人世的最后一段行程……作为她的长孙,本来我要亲自为她送行,然而我不能。我不能是因为我今天必须站在这里,站在法庭向你们法官和整个世界陈述,陈述我做人的尊严,陈述我的文学尊严……"这一段话是十五年前我因创作长篇报告文学《落泪是金》而引出的一场轰动社会的官司时,我在法庭上的开场白。

我奶奶本与文学无关,她不懂文学,也不认识几个字。但她却因我、因我的文学作品而死,死得有些悲怆——那一天早晨,某电视台的节目里,播放着作为她孙儿的我因写《落泪是金》而被人中伤的事,90岁的老人家,无法接受这样的诽谤,她根本不相信有那样的事发生在她孙儿身上,所以卧床重病中的她一边看着电视,一边突然捂着胸口,连吐三口鲜血,再也没有醒来……奶奶就这样离开了人间,带着悲愤与不平,带着对孙儿的我的牵挂。

当得知老家出了如此不幸,正在京城被一场无聊的官司所纠缠和困扰的我,无比悲伤。我深深地自疚给本可以多活几年的奶奶带去了这份不应属于她所承载的文学伤痛……

《落泪是金》是我应当时团中央的领导之邀,从1997年开始投入创作的长篇报告文学。为此,我走了40多所大学,采访对象多达400余人,历时近一年时间才完成创作的这部反映贫困大学生在校生存困难的作品。这部作品花费我的精力和体力自不用说,我还自掏出差采访费四万多元。它后来也成了我的成名作,一发表,就被100多家报刊连载、转载。记得《北京青年报》第一家连载的那一整天,我所在的单位五部电话被打爆。来自全国各地的读者向我诉说他们阅读《落泪是金》后的巨大震撼和反响,纷纷请求希望与那些上不起大学的贫困生取得联系,愿意伸出援助之手帮助他们解决经济困难。

一时间，因《落泪是金》而引发的全国性关注贫困大学生热潮形成，我和我的作品成了大热门。短短几个月里，社会各界自愿向贫困大学生捐助的信件和汇款，像雪片似的飞向各个大学、飞向团中央和各级团组织的贫困生求助机构……其中有党和国家领导人，也有普通公民、好心人，连外国驻京机构的朋友们也一起参与到了救助活动之中。当时全国高校中的贫困大学生现象非常严重，连北大、清华等著名高校的贫困大学生现象都很严重，尤其是一些农业大学和民族大学的贫困大学生的生活更加令人心酸。这些贫困大学生因读不完书而辍学、退学甚至自杀的现象极其严重，所以《落泪是金》一经出版，就引发了高校和社会的强烈反响。记得到天津南开大学的那个报告会上，我整整为800多本《落泪是金》签了名，手都快要累断，但学生们仍然长时间不肯离去。

不曾想到一部作品，会引发一场空前的爱心求助热潮；也不曾想到文学，会给人们心灵世界引发如此巨大的冲击。大多数人最初认识我就是因为这部《落泪是金》。从某种程度上说，社会了解贫困大学生也是从这部书开始的。文学的力量让我对文学有了新的认识，同时也让我感受到了文学的高尚和尊严。据共青团组织和相关大学的不完全统计，仅因读者看了《落泪是金》后自发捐助贫困生的社会善款就达几千万元。之后国家领导人又对作品作出批示，推动了政府和教育部门相继出台各项救助贫困大学生的措施与各种"绿色通道"，让更多关注贫困生活动进入正规渠道。我对此深为欣慰。然而就在这时，一场官司突然袭来，其中一个采访对象被人利用，说我作品中引用他们的贫困证明材料是"侵犯"了他们的隐私和"剽窃"行为。一部轰动社会的作品，出了一件这么个事儿，其轰动性不亚于作品本身。

那些日子里，北京街头的报摊上天天有我的新闻，一时间我也成了"名人"，走在大街上随时都被人认出。支持我的、质疑我的均很

多。于是也就有了某电视台出了专题节目说事的,有了我奶奶之死和我到法庭上的慷慨陈述……官司打得辛苦,第一审很可笑的结果是:我竟成了输家。天下岂有此等道理!当时我就像许多看到有人倒在街头而好心上前扶起却反被赖着赔偿的可怜人。那个时候内心极其痛苦。后来官司打了一年,最后最高人民法院做出重判,才使我得以恢复名誉,还了文学应有的尊严。

这是《落泪是金》官司的全过程。前一些日子有人还在网上说此事,讲我因《落泪是金》如何如何,他们根本不知道后来官司的最后结果。

老实说,《落泪是金》是我第一次真切地感受文学的力量,同时也感受了来自社会上的一些非主流的丑恶行径对普通公民的人心摧残。也许正是《落泪是金》后来给社会带来的极大正能量,使我抱定报告文学创作和回报社会的文学之心更加坚定,并且一直走到今天。

今天站在奶奶的坟前,我献上十五朵白花,想告诉她:虽然您为文学而意外地告别了人世,但孙儿并没有倒下。相反,这十五年里我创作了拥有大量读者的15部作品——《中国高考报告》(改拍成电视连续剧,图书获得全国报告文学奖、年度畅销书),《根本利益》(改拍成电影,图书获得"五个一工程"奖、年度十大畅销书之一),《共和国告急》(获得鲁迅文学奖),《国家行动》(改拍成电视连续剧,在央视黄金时间播出,图书获得"五个一工程"奖),《部长与国家》(改拍成《奠基者》电视连续剧,在央视2010年开年大戏播出,图书获得"五个一工程"奖、鲁迅文学奖、年度畅销书),《生命第一》(获得中华优秀图书读物奖,年度畅销书),《一个人的世纪记忆》《我们可以称他是伟人》《破天荒》《中国农民革命风暴》《永远的红树林》(获得全国优秀短篇报告文学奖),《我的天堂》(获得"五个一工程"奖),《忠诚与背叛》(获得"五个一工程"奖、年度畅销书),

《三牛风波》（年度畅销书）、《国家》……我要特别告诉奶奶的是，《落泪是金》后来也获得了第二届鲁迅文学奖，并改编成电视连续剧近年来在全国各地电视台播出。其实获奖和改编电影电视对我来说，早已不被放在心上了。到中国作家协会领导岗位后，我们已经主动放弃了像鲁迅文学奖等国家级文学奖的入评资格。

然而今天我最想告慰奶奶的是，15年来，因《落泪是金》及国家后来相继推出的各种政策措施，已让近1000万贫困大学生获得了社会及政府的亲切关爱和帮助。他们的命运获得了彻底的改变，不再会因经济贫困而上不起学。我书中所写到的那些苦孩子，他们早已完成学业，他们的孩子今天也差不多都上学了。您老人家的三口血，曾经让作为孙儿的我心痛了十几年……现在我心理感到有些安慰，是因为孙儿没有愧对您的期望，一直在自己热爱的文学道路上前行着。许多人并不知道，您老在年轻时是我故乡的一位大美人，您还是一出曾经大家都熟悉的《沙家浜》戏中的主角阿庆嫂——数以百计的当年为掩护新四军而充当茶馆老板娘的原型之一！太平天国时，我们何家宅基被"红毛"（起义军）烧了三天三夜；日本人侵略中国时，奶奶您眼睁睁地看着自己的堂弟被鬼子用枪托活活打死……于是您和您的姐妹们开始投身于消灭侵略者的地下斗争——给新四军和游击队送茶、送粮、送药品。我的故乡就是"沙家浜"。奶奶您和我的大姨妈，还有许多亲戚都是当年抗日地下工作者和新四军的支持者、保护者。你们的身上流淌着革命者的热血。你们把这种热血的基因传给了我，让我在文学的创作中始终记住一种神圣的责任意识，那就是：不会与无耻者和无聊者同流合污，只会与国家和民众一起呼吸，并把崇高的文学使命进行到底。

安息吧，我的奶奶！

好人老郝

优秀报告文学作家、老战友郝敬堂不幸去世（2020年8月25日晨病逝）的消息，我是当天下午走在上海街头的时候得知的……当朋友告知这一消息时，我一路走着，脑海里不时闪现着这位相识30多年的老战友、好朋友的每一个所能回忆得起来的细节，泪水忍不住一次次打湿了眼眶……

老郝，你走得太早、太匆忙、太让人无法接受——我的好朋友、老战友、好兄长！

老郝是我的江苏老乡，1970年就进入部队，是武警部队的老战友，也是军队中著名的报告文学作家……他才68岁，就这样走了，比春节后去世的李迪还要年轻好几岁。中国报告文学界又痛失了一位优秀作家，让人不胜悲恸。

我一直称呼敬堂为"老郝"，因为他比我年长几岁。如果从从事文字工作和当兵的时间看，他是我的兄长，更是陪伴我一起成长和共同成为作家的好朋友、好战友……

在我心目中，老郝就是好人，那种少有的好人。他从不计较名利得失,至少对我从来没有一句不敬之语。他对所有人也都一样:只要吃亏的事,他总帮朋友揽着,甚至自损也从不在乎。他是真正的友人,几年不见面,都是亲兄弟。这样的人极少极少。

我们原来都在湘西的野战部队,后来又都转到了基建工程兵部队,又几乎前后脚被调到了北京兵种总部:他在报社,我在宣传部。后来武警部队成立,我们又一起到了武警部队……彼时在北京白石桥42号(后《解放军文艺》办公处)大院我们每天在一起,那样的日子历历在目。那是一份永远不会消失的战友情、文友情……

他是一名杰出的记者、报社编辑,曾任武警总部《中国武警》总编。他更是一位勤奋的报告文学作家……他的成就在武警部队难有人企及。早年他在武警部队的文学创作使得"郝敬堂"的名字响彻军队内外!

20世纪80年代中后期,我们都在武警部队。那时武警经常执行一些特殊任务,比如剿灭"二王"、海南逮恶霸等。那都是惊天动地的大案,腥风血雨的真枪实弹的战斗。我和他多次在现场,而老郝比我去的次数还要多,他还要勇敢些,写得也还要多些……

后来我离开部队,到了中国作家协会。在《中国作家》任职时,因为创办纪实版而缺人手,我们特聘请敬堂兄来主编纪实作品。他兢兢业业,任劳任怨。我、肖立军、他,还有赵瑜,几乎天天在一起,情同手足,历历在目。

老郝人好,又喜欢喝酒,抽烟水平也"高",碰上更厉害的肖立军,他们的烟酒就成了几乎不断的"友谊"……

老郝抽烟抽得脸色发灰,但从没有停止过,军装上常常留下一个个烧焦的洞。有一次,我们俩一起乘飞机出差,他老兄烟瘾上来后,竟然跑到厕所里去抽烟,结果被服务员逮住,要罚他5000元。我们好说歹说,还是要罚……老郝无奈笑笑,说:"罚就罚吧,让我长点

记性。"

他就是这样的一个人，一个可爱的人。

后来因为我的"官职"大了些，有些心眼"很大"的人就不太舒服，给我造了不少谣，写了不少匿名信。老郝知道后，愤慨无比，又一次次好心安慰我，而且总是说："咱们当兵的人，心胸坦荡，无畏小人算计！"老战友的理解与安慰，总让我感动不已。每一次看到我的新作出来，他总是来电表示祝贺，那是一种战友和兄弟间的真诚与真心，是热乎乎的感情……

老郝什么都好，就是一见朋友就喜欢喝酒，一喝就容易在朋友的豪爽下跟着豪爽一回又一回……他不该太在朋友、好友面前做好人了——别人喝不掉的、喝不了时，人家一说"老郝喝""老郝行"，他笑笑，真的喝、真的行，于是一次次伤了身体、伤了肝呵！

他抽烟总是控制不好。他与肖立军在一起时，比着一支接一支抽，结果总输……肖立军的抽烟水平通常是一天4包，老郝你那身体怎可同样？！

近几年见了老郝，总见他脸色不好，我对他多次相劝："老郝，再不能抽那么多烟！听我一句劝吧！"

他看着我，非常郑重地说："建明，我听你的！"

过了些日子再见他，又见他的脸色更难看，我又更加严厉地劝他："老郝，你绝对不能再抽那么狠的烟了！必须少抽、不抽了！！"

他目光有些迟滞地看着我，然后眨了眨眼，说："建明，这回一定听你的……"

我知道他内心是把我的话听进去了的。而我也知道另一个世界里的他其实又战胜了想戒烟、戒酒的他……

他就这样默默地走了。

他就这样一点点被有毒的烟草和伤身的酒精摧毁，直到现在老战友告诉了我他的噩耗……

老郝啊，我知道你并不在乎生命的长短，也并不在乎名利与贵贱，可是你想没想过中国的文学、朋友们的交情。你就这样一甩手而去，你让我们如何不痛心一位亲爱的好兄弟、一位真挚的好战友就如此远去，如此孤独地去往那冰冷而孤寂的世界……

呵，老郝，我的好兄长、好战友，你怎能让我的眼泪不停地流淌，让我的眼睛不停地模糊，让我的内心不停地忧伤……难道你不再关切你兄弟所走的每一步坎坷，不再与我一起商讨文学的路径如何更好地呈现现实，不再笑谈那无聊者的阴暗心境？

呵，老郝，我知道你在最后的时刻也会想着好友们，知道你在最困难的时候也不想连累他人，知道你宁可自己独自受尽世间之苦也不去麻烦他人……然而你并不知道，正是你的这些品质，让我们无法忘却你的友情、你的容貌、你的精神，还有你在读者和我们中间所留下的许多作品……

我们永远记着你——好人老郝！

对逝者说些心里话

我一直认为，对作家和文人来说，最好是用自己的作品说话。但在今天这样一个"微信""微博"充斥世界的多媒体时代，你不说话或少说话，都可能遭殃。这几个月里，除了上班时间内处理各类事情和参加各种会议外，我一直在埋头书写70多年前中华民族史上遭受的一场大劫难——南京大屠杀，几乎没有丝毫的工夫去顾及身外的任何事情。但不行啊，有些事贴到了你身上，甩都甩不开。

比如，前些日子，即2014年鲁迅文学奖评奖刚结束的头天，正坐在车里的我，突然手机响起，说是一个什么报社的记者非得要我说几句，我一再声明我们有新闻发言人，有关"鲁奖"的事皆由其对外发布。这记者就显得很不高兴，说你们这些"当官"的就不能给我们一点面子吗，我就求你说几句不行吗？人家的"求"字都出来了，我还能没有一点礼貌吗？于是顺口说："你想让我说什么呀？"对方就问："你们这些评奖结果怎么有很多零票？"我说，这很正常，按照评奖规则，最后一轮十篇中选五篇，要求有三分之二的票才能入选，有零票肯定是很正常的。对方问的第二句话是：某某、某某等著名作家被零票淘汰了,他们是不是水平不够高?我回答说:高不高,他们的作品是摆在那儿的,他们的作品早就被公众所认可,但这并不能说明,得过大奖的小说家写报告文学,就一定能在这回得"鲁奖"。

记者想问第三句话时,我猛然明白了她是在套我的话,于是赶紧把手机关了。

没想到,第二天,这位记者在她的报纸上登出来了一篇惹是生非的报道,说我何建明对某某著名作家得零票的回应是,轻飘飘的一句"很正常",而且后面又说了一句疑似我在挖苦那位没有获得"鲁奖"的小说家朋友。

就如此被人断章取义的几句话,一下激怒了原先与我不错的作家朋友,对方拔刀怒斥。好家伙,忽然间,弄得我有嘴说不清。

不吱声不行啊!这些天,我的那位跟我死磕了十几年的"老朋友",又突然把以前给我精心编造的"官场小说",再度通过他人之手,在微博上大大"表扬"了我一通,又惹得许多朋友一团雾水,时不时来电询问我:"你怎么啦?没事吧?"我只能笑,笑完后还是笑,答曰:"我会有啥事?如果真像他们编造的事属实,我还能给你回电话吗?"

"妈的,那些人是啥玩意儿嘛?"朋友们愤怒道。

我没有生气,也不会生气了,因为坐在相应的位置上,有人对你提出些批评和意见,也很正常,谁能保证我们的工作就一定做得十全十美呢?不过,我只是想告诉我的诸多作家朋友:有很多"传说"和"传言",是荒谬和不正确的,我们应当学会三思,学会分辨是非。

亲爱的德华,上面的这些话,我是对你说的。我的兄弟,你走了整整三年,这三年像一转眼的光景。这个世界里,做一官半职的人,做人真得有些难,因为你说话,有可能惹出点事;你不说话,也照样

被惹出点事。所以有些心里话，只能留着跟你说，我的好兄弟——著名编辑家、作家出版社原副总编杨德华。

三年前的夏天，你突然离我们而去，让我伤心又伤感。在近五年中，我失去了两位"杨氏"挚友加并肩一起工作数载的好同事，且他们都与我同为猴属相。一位是《中国作家》杂志副主编杨志广，另一位就是你杨德华。

德华是作家出版社的资深编辑家、副总编，是我任作家出版社社长期间重要的同事。你是我最值得信赖的好兄弟、好助手。太可惜——年富力强年华时你就早逝。尤其令我感动的是，在与我一起工作的三年多时间里，你早已患上绝症，却从来没有停止过工作。更重要的是，在我们共同工作的时间里，我们一起给张炜、莫言等著名作家连连推出了许多重要的作品，包括张炜的巨著——400余万字的10卷本长篇小说《你在高原》（获茅盾文学奖），自然还有许多数不清的其他作家的优秀作品。可以说，尤其是张炜的《你在高原》的出版，如果没有你德华呕心沥血的编辑与组织工作，很难想象这部作品是否能够在上一届茅盾文学奖中摘取桂冠！从德华生命最后日子里写的日记中，我们可以看到他为此书出版所付出的艰辛劳动和巨大心血。

在病逝前的三年间，你大小手术做了20余次，每一次都是要命的大手术，但你总能奇迹般地挺过来。我一直认为这是罕见的事，而且这样的奇迹只能发生在德华身上。

你是一个勇敢的人，一个真正视死如归的人，一个真正把生命融入事业的人。你的存在，让你的作家朋友们更加懂得了写作的意义；你的勤劳和敬业，让作家出版社保持了自己的高端品位甚至提高了中国文学的水准。

你所做的一切，别人不用再去操心；作为朋友，你是可以永远无须设防的那位；作为同事，你的存在让我们多了温暖、多了底气、多了力量。

一个再伟大的人，都恐惧死亡。但德华从来没有过，你清楚自己什么时候患了绝症，知道自己的病严重到何等程度，明白每一次手术对未来的你意味着什么……你好像从来没有害怕过。每一次手术后，不久你便又来上班。问你怎么样时，你总是笑笑说没事，接着就是问：还有啥事交给我的？无数次，我不忍心你拖着虚弱的身子来到单位提出这样的请示，甚至感到是不是我们在犯罪——让一个即将离别世界的病人还去工作和操心？但我几乎对你有时是一种依赖，比如张炜的大作，浩浩十卷，哪个编辑都扛不起。当我们决定要出版它时，没有其他编辑是可以独立担当得起这部大作的统领和全盘设计的，最终，还是德华你提出要求承担这一重任。那会儿，我甚至觉得我这个当社长的有些太残忍。不过，德华你认真地跟我谈起，张炜这部大作是你最后编辑和所抓的书，你愿意为它全力以赴。

为了《你在高原》，德华你真的全力以赴了。其实，我们经常会说到"全力以赴"这个词，然而很少有人真的去全力以赴。德华可能是极少数的为了工作和事业、为了朋友和作家们的作品问世而真正去全力以赴的人。

你因此也使自己的生命闪烁了光芒。你因此也让自己的人生走上了高原——那是个多数人走不到的高原。

这样的人和这样的生命难道不是很稀少和珍贵吗？越是稀少的才是珍贵的，越是珍贵的才是永恒的。天国里的德华，你尽可安息了，因为你的生命和精神已经播种在我们的心田里，我们不时地在聊天中提及你，永远地想念你、学习你……

美男儿走了，那真叫人心痛……

——恸祭恩师张锲

您走了，走得如此突然！突然得叫人天地晕转……

2014年1月13日——也就是今天下班时，我在回家的路上听到了我的恩师、中国作家协会原副主席、中国报告文学学会原会长、中华文学基金会原常务副会长、著名作家张锲先生去世的消息……这又是一个无法令叫人相信的事。就在几小时之前，我还在办公室里盘算着哪一天去我看的这位好师长、老领导。

冬至寒，心至痛……

老领导张锲比我年长20余岁，但他一直是我成长路上的好兄长、好导师。他是著名的报告文学作家，又是新时期中国报告文学的重要组织者和创作者，一直领导中国报告文学学会的工作。他在中国作家协会担任副主席和书记处常务书记，又是中华文学基金会的创始人和老领导。说来也巧，我现在在中国作家协会的岗位和所兼任的中国报告文学学会会长和中华文学基金会理事长等职务，基本上就是他当年在位时的角色。

从这一点上讲，我是他名副其实的接班人。而我记得20多年前，当我在报告文学界开始崭露头角时，张锲就如师长般地对我说过这样的话——"建明，你在报告文学方面成绩卓著，将来是我们的接班人呵！"

20年后的2013年夏日，在第三届中国报告文学学会换届大会上，当我被推荐为新一届会长后，好师长张锲再一次深情地握着我的手，说："建明，把学会交给你，是我最放心的。好好干，你有能力，又有那么多好作品，你是当之无愧的。"

我对师长给予我的期望和鼓励，深表感谢。

也在差不多的时候，由师长张锲一手缔造起来的中华文学基金会新一届理事长之职，也由我接任。老会长的他又一次将一双温暖的手握住我，说："有建明你来当家，我还是最放心的！"

其实，这些年的他已经重病缠身，常常行动不便，说话很少，但见我时，总是断断续续地不停地想把心里的话倒个干净——我能真切地感受到他有许多话想说，但我们之间不用说很多话就明白了彼此。他对我的信任每每叫我感动不已，催我奋进。

平时我叫他"老张"，其实应该是"老师张锲"四个字，我简而称之，而"老张"从来没有不高兴过。

"老张"在文学上、在中华文学基金会的事业上、在中国作家协会的领导岗位上，他的贡献是与新时期中国作家协会会史和新时期中国文学史紧紧连在一起的。他从安徽走向中国文坛，他以诗歌弘扬时代精神，他以报告文学记录时代进步，他以热情和激情为文学和作家朋友们铺路搭桥……他年轻时的帅劲儿，令人羡慕。

他是一个绝对的美男儿！

他美在文章上——我再读他的《生命进行曲》时，更感觉他的美："岁月的风霜过早地带走了我的青春，在我的胸膛里，却还跳动着一

颗炽热的心……"

他是一个绝对的美男儿!

他美在为人上——所有与他认识的和不认识的人,只要他认为可以并且能够帮助的,就会伸出热情和真诚的双手,像对待自己的兄弟姐妹一样……在中国作家协会、在中华文学基金会,"老张"就是一位兄长,照顾着所有人。

他是一个绝对的美男儿!

他美在对时代、对人民、对祖国的那份赤诚——他的《热流》《改革者》……永远被历史和文学所记载。

他——我敬爱的恩师张锲,您让我们永远地怀念您。

请您放心,我和所有爱戴您的报告文学作家们、您的好友们、您的读者们,将高歌您的"生命进行曲",去完成我们的生命进行曲!

恩师如父

一个正直和有良心的人是不该忘却有恩于自己的人的。这也是我做人的原则。

一个令人敬佩和能够让人永远记住他的人应该是与我有一种终身的特殊情意。这是我认为的。

关于我的长辈、我的恩师和老领导章仲锷老师，在他去世时我没有写下只言片语，原因只有一个：他走得让我感到非常痛苦，他是在我父亲病逝后的又一位父亲式的亲人的离开，所以我不愿也不敢再提笔了……我的父亲是2005年去世的，他告别人间前的那种全身的病痛情景我不愿再回忆。而章老师——我一直这样称呼章仲锷先生，是在我认为他非常健康时突然间离开我们大家的。我没有经历过自己的亲人的突然去世，因而自己的父亲去世时，我只觉得我一下突然明白和理解了男人的意义——男人在家是顶天立地的角色。父亲在世时他是我家的顶梁柱，他被众人抬出我家送到火葬场化成灰烬之后，我一下感到从此在家族里我成了父亲以前的角色，而我内心是非常惧怕当这样的角色的。然而我是男人，所以就无法回避这个问题，这是中国的

传统文化之一。

我们必须接受家族的这种生命传承。它是痛苦的，又是光荣而伟大的，更是艰巨而不朽的。

章老师意外病逝后，我一直不敢去面对我的师母高桦，就像我不敢见独守空房的母亲一样。我知道高桦老师一直与章老师形影不离了几十年……

章老师突然去世的时候我在外地，后来我去八宝山灵堂为他送行见到高桦老师。她突然抱住我哭泣着说"建明，咋找不到你？"我无比内疚和悲切。这份歉意一直留在我心头——因为章老师和高老师一直把我当作儿子般关怀与关心，而在他们最需要我出现时却没有看到我……

章老师走了几年了，现在我可以静下心来记忆一些关于他和我之间的一些事情了，算作我补上对恩师、恩母的一份歉意——

认识章老师是在1994年，那个时候我正担任《新生界》文学杂志主编。由于同在文学圈里，所以我认识了"京城四大名编"之一的章老师。我第一印象中的章老师，是个彻底和纯粹的"文人"——鼻子上架着高度近视眼镜，瘦高挑的个头，说话文绉绉的，有时突然会冒出一句令人捧腹大笑的话来，而一见文稿则恨不得要把头都要钻进去的那么一个人。这样的人我以为只能是过去私塾里才有的，然而章老师则是在《中国作家》这样的当代大文学杂志社里。那时他是副主编，主编是冯牧老先生。

1995年下半年，我在《新生界》上发表了一篇《科学大师的名利场》，引起了科技界一场轩然大波。于是我的日子非常难过，地矿部部长一个星期要找我谈三次话，称呼也由开始的"小何"到后来的"老何"了——那时我只有30多岁，而部长大人至少是50多岁的大领导呵！我感到了内心的政治恐惧，而就是那个时候地矿部的一帮文人们天天激动得睡不着觉了——其实他们是早想动掉我这个主编了，于是有人到处写黑信告我的状，直写到中央最高领导。不用说，上面的批示一个又一个，那种情况下我的日子肯定不好过，往事不堪回首。

我到了必须离开那块原本就不属于我的地方了！

这时，冯牧老先生和荒煤老前辈成了我的一座靠山，而真正让我离开是非之地的则是章仲锷老师——他在中国作家协会人事部门力挺要调我到《中国作家》，于是我有了自己的文学归宿和人生命运的转折。

1996年初，我办完了调动到中国作家协会工作的手续，从此成了章老师手下的一个兵，直到他退休。

因为在部队里工作了15年，我对管理人这方面有些经验。所以到了《中国作家》这个文学杂志社后，我的第一个岗位就是帮助做常务副主编的章老师主持行政管理，从行政到后勤，我都挑了起来，与时任第一编辑室主任的杨志广、第二编辑室主任的肖立军等一起跟着章老师办《中国作家》。

沙滩北街二号的《中国作家》办公处，用现在的眼光看，条件太艰苦，而我们就在那个地方工作了许多年。这仅仅是十来年前的事情，而今一切都成为历史。

章老师作为常务负责人，杂志社的方向他把着，我们都为他争当左右手。那些日子里，我觉得很惬意：不会有人来指责你这个没干好那个干错了，不会有人算计你，也不会有人压迫你，因为我们的领导章仲锷主编是个老实得自己被别人卖掉了都不知道的这么一个大好人。我们是他的下级和小辈，但我们常拿他开玩笑，而他也从不计较，甚至不管别人如何取笑他、捉弄他，他都一笑了之。

文人，彻彻底底、纯纯粹粹的一个文人，章老师，他就是这样一位名编辑。

但我知道他对文字的较真则到了极致，谁要在这方面跟他过不

去,那他也绝对跟他过不去。

他是太可爱的长者,从没有要求别人如何对待他,也从没有一点儿当官的架子。他是天生的编辑家、文字学家、文学家。他为别人作嫁衣做得有滋有味,一生不悔,无比荣耀。这一点铁凝主席都有过几次她受章老师指点的这类评价。

章老师对文学的感觉之精准是编辑中少有的,他对待文学和文字的认真劲儿也是编辑中少有的。"老头"一旦执着起来,也有一股牛劲儿,不易拉他回头。

他平时是连高声说谁一句都不会的人,可要是轮到对作品进行评判和裁决时,那就是另一个人了——毫不留情、铁面无私。

记忆中有两件事让我感觉他像父亲一般的长者。

一件是关于赵瑜兄写的《马家军调查》事件。这事搞得太大了,当时整个中国媒体几乎天天在炒作,《中国作家》经受了生死考验。我当时作为总编室主任,全程负责《马家军调查》的发行和市场动态,而由于马俊仁先生的一咋一呼,搅得整个媒体世界和社会都来关注《马家军调查》一文了。当时《中国作家》杂志从上到下都非常紧张,一是紧张社会上的反应,怕下面(读者)和上面(有关主管部门)对赵瑜兄的大作有过度的反应;二是市场反应。先说市场。其实《马家军调查》开始并不被市场所看好,记得杂志刚出来时我让发行人员到北京的个体书摊上去试卖,结果许多摊位上不理会,头两天基本上没有多少市场反应。后来的情况就不同了,远在辽宁的马俊仁先生通过媒体发表对《马家军调查》的"控诉"后,马上就有人纷纷来电要求批发《马家军调查》。"先加印几万!"我要求负责发行的同事立即行动。"加印多少?"他们反问我。"嗯——先印三万吧!"就这样,三万、五万……一路飙升,直到31万册。后来我知道,当时社会上盗版的《马家军调查》至少有十几个版本,总发行量超过百万之巨。这是我经历或者说亲自操刀一本文学杂志在市场上的一次实战。那场实战有些混乱,甚至差点出乱子。有人后来问为什么我们《中国作家》杂志社不一下印它几十万甚至上百万?这只能说明这些朋友并不了解我们当时的压力,因为我们非常害怕,害怕一旦炒得太热,"上面"一句"不让发《马家军调查》"的话下来,我们将彻底终结这一期的市场发行。这样的考虑是对的,如果一下印上几十万本杂志积压在仓库里,这完全可能让一个杂志社破产——我们没有那么多钱支付印刷费。作为主管市场这一块,我面对的紧张其实并不是杂志社核心的问题。最核心的问题是主持日常工作的章老师,他成为当时"马家军"旋风的主角——每天铺天盖地的报道和对立式的攻击——马俊仁和赵瑜之间的有关作品和作品之外的两个人之间的人格问题的吵架。但这并不重要,重要的是另两个问题:一是肯定还是否定"马家军"被媒体引入一场许多读者参与的"爱国主义"和"卖国主义"的意识对立。二是马俊仁与赵瑜之间的"朋友"与"叛徒"之间的道德争论。后者让百姓感到热闹,前者则让我们感到非常紧张,因为赵瑜的文章基本上彻底否定了在全国人民心目中的"民族英雄",这种否定的政治风险太大,而且非常容易被人误认为是我们和赵瑜一起把"马家军"的丑事抖出来让全世界笑话,这不是彻头彻尾的"卖国主义"吗?不用说,在中国这个特定的社会里,人们太容易把《马家军调查》的争议弄成政治化的严重问题。章老师承担的就是这样的责任和压力——这种压力只有你当了一个主流刊物的主编后才会体会到的。

关于"上面"的消息越来越多、越来越严重,一直听说高层有人出来说话了,而且说的话对《中国作家》杂志社极大不利。原本就比较"胆小"的章老师变得话特多了,多得见人都要说上几句不着边际的话。后来竟然一个人走路也在不停地嘀咕着——"建明,老章要出问题了!"有一天,高桦老师来电话了,她痛苦而紧张地告诉我,"他每天

晚上整夜睡不着觉,你们千万要看住他啊!"我们确实开始关注章老师了,发现他真的出问题了——我们不得不把他拉到北医三院……

这个医院治什么病北京人都知道。章老师的神经出现了问题,来自于外界的种种压力超过了他的心理承受力。其实章老师并没有"疯",可医生认为他"疯"了,所以必须治疗。但有思想或者思想仍然活跃和健全的章老师怎能忍受这种"治疗"?

我记得他住在医院的第四层,那里面尽是精神病患者,以前只在电影和电视上看到过精神病医院的情况,当第一次探望章老师的时候我才真正感受到这种医院的可怕……

"建明,快接我出去!快接我出去吧——!"这是章老师进北医三院约一个星期后,有一天我奉高老师之命去探望他时,他见到我后所哭诉的话。那一天我真的感到恐怖,一个好端端的人,才几天时间成了真正的"疯子"——其实章老师并没有疯,如果真疯了他不会这样哭喊着拉住我的袖子坚决要求我"救"他出去。

我从没见一个上了年岁的老人的哭泣和乞求情景。必须"救"他了!原来准备劝章老师多住医院些日子的我,立即改变了主意。章老师就这样被我们"救"了出来,而我记忆中的章老师从那一次被"救"出来后,他的精神状态和心理状态及身体状态完全发生了质的变化,从此有些衰老了……这让我想起来有些特别的悯惜和痛心,也从那一天开始我对他有了一种父亲式的感情。

《马家军调查》风波闹得非常大,大到差一点把《中国作家》和我们的饭碗都丢了的边缘。好在20世纪末的中国已经进入了思想解放的历史新阶段,我们的宣传和文学的主管部门不再简单地处理事情了。但作为一次文学与社会、文学与市场、文学与真实之间的较量,我们有许多值得思考的地方。

关于与章老师的父子般的情谊则仍然在加温和延伸……

同一年，我的一部长篇报告文学作品《落泪是金》也在《中国作家》上全本推出，这又是一次大热闹——闹到全北京甚至全中国都在关注一场不大不小的文案。作为作者和"被告"的我，自然成了所有读者和关注此事的焦点人物。毫无疑问，当时我的压力可想而知。这其实是一场关于正义和丑恶之间的斗争，我写《落泪是金》是为了让那些读不起书的大学生们获得社会的关注和帮助，而且第一次提出了"弱势群体"这个概念。但因为有人受人教唆，同我打官司，所以这部影响巨大的作品和一个社会问题使得我不能安宁，甚至面临人生命运转折的种种压力。《落泪是金》是我的成名作，同时也是我同章老师感情升华的一个特殊产物。章老师当时是杂志社负责人，且他本人的身体和心理还没有完全从《马家军调查》风波中解放出来，而他却父亲般地一直关怀和关心着风浪中的我，并不断给予我帮助与支持——道义上的和实际上的，使我深感温暖。一场一年之久的官司最后是以我为胜者而结束的，可我并没有感到胜利的喜悦，只剩下疲劳和无奈——事实被颠倒后的滋味是非常恶心的，正义被邪恶丑化后更是可悲的，而我们的现实生活中时不时会碰到这种事。好在有我的领导和父亲般的好人——章老师使我度过了一场怯难。

1999年，我和杨志广一起成了《中国作家》副主编。我们雄心勃勃，决意将双月刊改成月刊。对一个文坛有广泛影响，且又是冯牧老先生一直当主编的大刊物来说，这是一个大动作。而我们把工作做在了别人的前面，有些开文学大刊之先河的创举。这个时候，作为刚退下来的老资格的编辑家和老领导，章老师的态度极其重要。"我支持你们，只要有利于《中国作家》就干。"这是我听到的章老师明确而坚定的意见。他的话让我们放下了一颗忐忑不安的心。后来我们成功了，并且获得其他大文学刊物的追风。

2004年，我奉命出任《中国作家》负责人，想改变一下沉闷的中

国文学期刊发展模式，决意将《中国作家》月刊改为半月刊，一本小说版、一本纪实版。这个动作或许太大了，大到对我这个新主编是个非常严峻的考验。而当时我碰到了一件事：需要对原来的编委作一调整，这事是杨志广先向我提出的，希望更换一下几个去世的编委，同时也向中国作家协会党组打了报告。因为涉及人事问题，中国作家协会党组没有马上批下来，所以我们在改版后的三期杂志上没有把以前的编委放在杂志上。我感激章老师在这件事上表现出的那种大度和父亲般的宽慰。他不仅没有任何的计较，更没有把后来者的处事加予任何的责备，这让我真正感到什么是慈爱的长者！

近几年里，章老师虽然退休了，不再参与杂志社的工作，但他对我工作的支持和帮助，尤其是我到作家出版社前后的整个过程，他的意见对后来我决定去还是不去出版社起了很大作用——这中间有章老师的许多令我感动的好建议，因而我深深地感到我在作协和文坛上有所进步与成熟与我的恩师章老师有着直接的关系。从某种意义上讲，没有章老师的言传身教，就不太可能有我在中国作家协会之后诸多的个人发展和创作成就。这也是章老师如父亲般教益的结果。

有的人一生轰轰烈烈，也特别乐意让别人轰轰烈烈。章老师就是这样的人，因而他永远活在我和许多受过他恩惠与帮助过的作家们的心中。

少了她，中国文学又会怎样？

今天我必须向正在召开的全国"两会"请假，去参加一位中国文坛上不可少的大姐的遗体告别。这位大姐就是著名编辑家、深受我们文学界尊敬的刘茵大姐。三八节，送走大姐，真是悲切！

刘茵大姐在文坛上的职位不算高，但她是我们新时期中国报告文学名副其实的"催生母"，有人称她是"中国报告文学之保姆"。我认为这种赞誉恰如其分，因为我们这一代作家的成长、进步，几乎都受到过她的特殊哺育、培养与关注。我本人就是其中的一个。30多年前，我刚20出头，在部队工作，在遥远的湘西默默地爱上了文学。那时受徐迟先生的《哥德巴赫猜想》影响，第一次尝试着写报告文学，也根本不认识任何行内的人，从邮局将稿子寄给北京的大刊物编辑部，哪知竟然获得了这本由茅盾先生任主编的文学杂志的偏爱，给刊发了。后来他们又将其推荐给一个全国性文学大奖的评选，并获了奖。之后刘茵大姐在庆祝建国35周年时编了一本《中国报告文学优秀作品选》。20来篇作品，按年份排列，我的这篇题为《腾飞吧，苍龙》排在第三，徐迟的《哥德巴赫猜想》、理由的《扬眉剑出鞘》、魏巍的《谁是最可爱的人》等都列入其中。那时我根本不认识编辑家刘茵大姐。十来年后我调到北京工作，才与她认识。第一次见面时，刘茵大姐吃惊地说："啊，你就是何建明呀？！我们以为你怎么着也有四五十岁吧！咋这么年轻啊！"那是我正式步入报告文学领域的时候。于是从20世纪90年代初开始，刘茵大姐便成了我最有力的扶植者和引路老师之一。从1998年到2014年，除了《落泪是金》《南京大屠杀全纪实》外，我共创作了70多部长、中、短篇报告文学作品，期间几乎每一部作品问世时都会得到刘茵大姐的重视和点评推荐。我知道，像我的好友、当代最著名和最具有实力的报告文学作家黄传会、李鸣生、邢军纪、徐剑、王宏甲、赵瑜等，都不同程度地得到过刘茵大姐的特殊扶植和关爱。这些人基本上支撑着自20世纪90年代以来中国报告文学的大舞台，因此人们称刘茵大姐为"中国报告文学之保姆"是有道理的。她的恩情与关怀，惠泽着我们。

刘茵大姐生前并不喜欢人家这样称呼她。她从来就是个谦虚而低调的人，总在文学大舞台的后面，默默地为我们这些台前的人奉献、使劲，也因此特别让我们感动与敬佩。

刘茵大姐对我的关爱有加之处，是在我每每遇到困难和意外伤害时——

我是从部队转业后到了作家协会系统工作，对文坛的复杂景象以前虽有所闻，但却没有亲身体会。自出任中国作家协会副主席后，才有了深切感受。其实文坛这些年已经清亮和平静多了，但还是有个别人喜欢挑事、当"英雄"。这不，这些年就有那么一个人总爱跟我过不去，常在文人圈里和网上不断对我散布些毒语。刘茵大姐对此不止一次愤怒地站出来力挺我，帮助澄清事实真相。比如当有人说我如何如何"插手评奖""拣奖"，甚至"巨贪"时，刘茵大姐就会打电话过来劝我别生气，别放在心上。有一次她实在太看不惯那人的无耻行径，愤怒地说："建明，我看这人是得神经病了！'文革'时当造反派的劲头他又出来了！你别理他！"我听后笑笑，说："感谢刘老师，放心，如今我们不是'高官'吗？人家骂我们几句也属正常，把自己的事做好，多写些好作品比什么都强。真相总是真相，绝非因为个别人的胡说八道而改变。再者，俗话说得好，好有好报，恶有恶报，我相信正义总能战胜邪恶。"刘茵老师听后大为赞赏，连声说："对对。不过你还是要注意些，小人难防啊！"她的这话，这些年一直在我耳旁回响……刘茵大姐的话给了我很多慰藉和提醒。要我讲，刘茵作为一名心地善良的老师，有她的存在，让我们文学界多了许多温暖与亲切。反之则反。

惊悉刘茵大姐去世噩耗后，我立即给阎刚老师发去一讯表示深深的慰问。阎刚老师马上给了回讯："她生前经常同我赞扬你艺术家的勇气和张扬报告文学所作的贡献……"阎刚老师带来刘茵大姐与他本人对我的又一次关爱与赞誉，令我感动不已、泪如雨下。

刘茵大姐的去世，之所以会让我们感觉少了她，中国文坛就有了一个很大的损失，除了她身上那份仁慈、善良与关爱外，更是因为她对文学作品评价的精到、专业和对文字把控的精细以及严谨的工作作风和无私奉献的精神。这也是她能成为中国文学界大家共同尊敬的大姐和著名编辑家的最重要原因。

刘茵大姐的去世，对我们中国文学而言何止是失去了一位尊敬的大姐，而是失去了一位助推中国文学精品的重量级人物。没有了她，我们会突然感到自己的作品的毛病更多了，我们的作品少了一个坚定而崇高的"保护神"……

刘茵大姐，您走得太匆匆，令我们无比惋惜和痛心！

为了您和文学，我们需要继续更加自觉地加强自身的修养和历练；

为了您和文学，我们需要继续更加努力地为我们的国家与人民、为这个时代倾情倾力，创作出更多更好的作品。

你是可以看透我心的镜子

落笔的第一句话,该要深情对你——《学习时报》说一声"感谢",因为是你让我近20年来的人生和事业道路上一直保持着一种政治警觉和清醒。这,绝对不是夸张和粉饰,更不是假话。

作为一名作家和在中国作家协会领导岗位上工作许多年的党员同志,在没有进党校大门时,我确实并不太熟悉《学习时报》。但自从2001年作为第17期中青班学员起,《学习时报》便成为我的一位特殊的重要"老师",一直到今天,情意深深,感慨良多。记得当年我们刚进中青班学习时,同班学员个个朝气蓬勃、壮志满怀,皆有一番激情的理想和志向。《学习时报》可以说在我们学员心目中是一个有力表达内心这种酬志的重要平台,同时也是一面衡量我们在党校学习效果的镜子。《学习时报》对我来说,还多了一份特殊感情:每一期报纸上竟然还有一版文艺副刊,这让我一下有了种"自家阵地"的感觉。也正是这份缘分,近20年来,《学习时报》与我之间始终保持着"近亲"的关系——只要副刊编辑一个约稿电话,我基本上就会立即行动。不为别的,只仿佛感觉又是党校的老师和导师在催我"交作业",而学生对"作业"是不能马虎和拖沓的。

《学习时报》的副刊，是很有品位的刊载文史、文艺和文学内容的版面，是知识与文采皆俱的"美文园地"。不仅领导干部喜欢它，而且文化人也十分欣赏它。近20年来，我记不清到底给《学习时报》写过多少稿，但在我心目中，或许比其他人又多了对《学习时报》的崇敬之感。这是因为，每一次提笔为《学习时报》写稿时，不管编辑约稿的题目是什么，或者编辑一句"你可以选择任何一个话题"时，我总会格外认真地"收"一下自己那奔腾在"路"上的心，再严肃而冷静地反省一下：你从上一次离开党校学习至今，你从上一次在《学习时报》刊登稿件以来，有没有在政治意识、事业和工作上偏离了一个共产党员、一个党校学员的基本要求？当从这样的反省和自我对照中发现自己倘若满意时，那个时候交出的稿子一定会顺畅些，文采也会飞扬许多。反之，若此时恰逢工作上或者思想情绪上有些波动时，那篇投向《学习时报》的文章，则一定是能让我内心顿时保持一份宁静和清醒，甚至还可能是一次对人生道路的严肃校正。所以，《学习时报》其实对我来说，它是一面可以看透我心的镜子。它时常提醒和警示我在文学创作和担任文学领导工作时，需要永远记住这样三个关键词：党性、人民性和文学性，它们一个都不能丢。

谢谢你——《学习时报》，我将毕生与你相伴，并以你为镜，经常照照自己的灵魂和行为。

世上真有活"夜郎"

2000多年前,古夜郎国犹如流星一般消失在浩瀚历史星空,只留下闻名的一个典故,便是"夜郎自大"。这个家喻户晓的故事出自《史记·西南夷列传》:"滇王与汉使者言曰:'汉孰与我大?'。及夜郎侯亦然。以道不通,故各以为一州主,不知汉广大。"

说的是公元前122年,汉武帝为寻找通往身毒(今印度)的通道,曾遣使者到达今云南的滇国。其间,滇王问汉使:"汉与我谁大?"后来汉使途经夜郎,夜郎国君也提出同样问题。因而世人便以此喻指狂妄无知、自负自大的人。

其实,在这个世上竟真有一个活"夜郎",他却并不自大。这位年近80的老先生,耗费30年的时间在贵阳市郊建起了一座石头王国。现在它已经被称为"夜郎国",成为贵阳著名的一个旅游景点。昨晚,我去拜访了夜郎国,感触尤深。

2000多年前秦汉时期出现的神秘的夜郎古国,在中华民族历史上昙花一现而后又消失得无影无踪,引得后人浮想联翩。在贵州的一个夜郎谷,更是融汇了一个现代人对古夜郎的全部想象。艺术工作者宋培伦老师，把自己对夜郎的梦境演化为黔山秀水间的一件杰作。

爬满蔓藤的城墙、粗石堆砌的石柱，表情各异、脸谱高低不同……通往城堡的阶梯仿佛能把人带入魔幻的"迷宫"。这就是雕刻艺术家宋培伦老师的"夜郎谷"。

20多年前，在异国他乡漂泊些许时日的宋培伦回到斗篷山下，穷其所存的积蓄，买下这一片土地，整日看日暮青山，伴流水潺潺。他那双画过无数漫画、做过无数雕塑的手摩挲着喀斯特山地中的石头，把玩着周围农家烧制的陶器，有关古夜郎的想象，便一点一点在他脑海中清晰起来，最后迅速变成一张张生动的脸谱。

在这个美丽而神秘的地方，有青山绿水的环绕、清新的空气、淳朴的村民。雨后春笋般的石头建筑高大而兀立，石块层层堆砌，陶制品、重叠的花钵被做成大大的眼睛、高挺的鼻子，废弃的瓷砖碎片贴满厚厚的唇，头上的装饰朝天而立。石柱人有的沉默不语，有的凝神浅吟，有的则似放声吼叫……

目前，"夜郎谷"已经引起贵州的非物质文化遗产相关部门的重视。慕名而来的游客不少，这个宛如童话王国和奇幻城堡的生态园林，更是深受少年儿童的喜爱。孩子们好奇地在城堡中奔跑嬉戏，笑容无邪。游客中有一位安徽的女士，一路赞叹不已。她说因为在网络中看到有关夜郎谷的图片，于是趁着假期带孩子直奔贵阳花溪，来了一场说走就走的旅行，为的就是寻找这远离尘嚣的田园情。

时值盛夏，精力旺盛又天真活泼的孩童，白天在思丫河水中游泳嬉戏，观品夜郎古国艺术文化；晚上留宿于青石筑就的小屋，搓玩几团陶泥，学做几件艺术品，静静地欣赏这方原始古朴之地的古老姿态。

每个人的心中，也便都有了他自己的"夜郎"。

神了的 120 岁老寿星

出差到成都,在双流机场附近停留。朋友告诉我:你到"长寿之乡"了!

2021年1月8日,是我新年的首次外出。这一天心情格外明媚,浑身洋溢着一股如孩童般的期待、愉悦与兴奋。因为我马上要去拜见一位120岁高龄的老阿婆呢!如今还有啥事比"长命百岁"更吸引人的了?!

到"长寿之村"后,接待我的是老寿星社区的支部书记黄忠。这个社区全称叫"成都市双流区云华社区",与双流机场毗邻。每一架进入成都双流机场的飞机都要先从这个叫"云华"的社区上空呼啸掠过……

侧耳听到上空不断的飞机轰鸣声,再看看散落于矮丘和青山间的低矮楼宇,心中不禁略有疑惑,这个地理位置偏僻却又飞机声喧闹的小村庄,就是"长寿之村"?

黄忠大约40出头,是个很精干的人。他介绍道,云华社区原来就叫云华村,后来双流划归成都成为区以后就都把"村"改为"社区"

了。我问："这里的老寿星有多少呀？"他说："八九十岁的数不过来，百岁老人不止一个两个。目前最长寿的已经120岁啦……"

"120岁？！"我不由感叹。以前似乎也听说过世上有很长寿的老人，但也只是听听而已，但今天，我是真的要亲眼见到这样的一位长寿老人了，内心确实有些疑惑、激动又期待。

想想我们的年龄一年一年地在增长，谁都明白"长生不老"是不存在的，但是长命百岁却是我们每个人心目中最美好的"远方的诗"哟！若能活到110岁是奇迹，那么活到120岁是什么概念呀？神仙呐！

我对头顶上不绝的飞机轰鸣声很不习惯，自言自语又直截了当地嘀咕着：在这么大的噪声下人都可以长寿？

对这样的"不可思议"，黄忠书记笑了笑，说："或许正是呢！"

"怎么讲？"我更疑惑了。

"因为老年人嘛，一般脑细胞不活跃了，这每天被头顶上的飞机震一下，这脑细胞不就活跃起来了嘛！"

这个村支书可真够幽默的。在去探望老寿星的路上，我们一路笑声不断。

"到了！到了！"车行驶了十几分钟，在一片小丘坡的竹林前停下，我们下车步行。"翻过这个小坡就到了。"黄书记说。我们朝绿荫深处的小村庄走去……

蜿蜒而上的小道并没有什么特别的，但是两侧的青竹却繁茂郁葱、挺拔耸天，其他树木也格外枝繁叶茂。显然，这里的小环境有点儿世外桃源之感。

"这几户都是老寿星儿孙的家……"黄忠边走边指着坡间绿荫中的几幢农舍，告诉我。

"她就住这家。"继续往前走了几米，我们到了最靠近坡顶的一个小院，门牌是"云华村9组51号"。这时黄忠"扔"下我，快步进了

小院，迎着一位坐在正门口的长者连声喊着"老伯好，老伯好"，然后指指身后的我说："北京的何老师来看你们了……"

老伯利落地站起来与快步走过去的我握手，热情地说着"欢迎欢迎"。

"这是朱婆婆的小儿子，是参加过抗美援朝的老兵……"黄忠介绍道。

"哦哦，老伯高寿？"我问道。

"84岁。"老人家爽朗地说。

"老伯还有两个哥哥，刚'走'了不久，也活到了九十好几呢……"黄忠接着说。

"朱婆婆呢？"黄忠转向旁边的一位妇人问道。她是朱婆婆的小儿媳。

"在屋里的床上睡着呢！"小儿媳向我们悄声说道。

哎哟不巧，老寿星在睡觉哩！"那就别打扰她了。"我赶紧说。

"没事没事，她每天起床后要再睡个回笼觉，一会儿就好了……"

小儿媳带着我和黄忠一起进了朱阿婆的房间——那是个很普通的房间，里面有两张床，一张是老寿星睡的床，有蚊帐罩着；另一张显然是陪护床。毕竟120岁的老人得有人陪护才行。

"阿妈，你醒了，有人来看你了……"小儿媳撩开蚊帐，弓着腰对裹着几床棉被躺着的老寿星说道。

"嗯？！噢噢！起……"这是我第一次听到老寿星的声音。我轻轻往前凑过去——看见了：120岁的朱阿婆！她身上穿着大红色的棉衣，面容清瘦但红润，看上去差不多90多岁的模样……

老寿星好奇地看着我，眼神有些迷惑，显然我是她不熟悉的人。

"北京的人来看你了！"小儿媳一边扶她起身，一边说道。

"北京来的？！"老寿星两眼直直地看着我，问道。

"前些日子刚摔了一跤呢，不过没有大碍……"小儿媳对我说。

"哎哟哟，不行就别让她起床了。"我心头有些不忍。

"没得关系，她可以的，每天睡醒都要起来活动活动的。"小儿媳说。

120岁的老寿星真的站立了起来！这一刻，我肃然起敬——尽管朱阿婆弓着腰，但我却感觉到了一股强大的生命的力量！

老寿星被搀扶到一个用细钢管做的小滑轮架前，然后她自己用双手撑着架子一步一步向门外挪动，一直来到小院里为她准备好的皮椅前坐下。这个距离虽然只有十几米，而我看到的却是一位世纪老人所走过的120年的沧桑岁月！

随行的本地朋友大多数也是第一次见到老寿星，所以场面极其活跃。

"朱婆婆，这位是北京来的何主席，他来看您呢！"社区的黄忠书记显然与老寿星很熟，所以对他的声音和模样，老寿星感到非常亲切和熟悉。听完他的话后，老寿星的目光"正式"转向我，而我也开始靠在她身边。

我对她说："婆婆，我是从北京专门来看您的！是从毛主席那里来的！"

老寿星一听我的话，眼神仿佛一下放出了光似的，明朗朗地盯着我，喃喃地说着"北京，毛主席……"

我一阵激动："了不起，她竟然都知道！"

"知道。她耳朵好着呢！"老寿星的84岁的小儿子说。

"婆婆，我们北京的大领导们都知道您呢！"我凑近她耳朵兴奋地说。

"咯咯咯……"朱阿婆突然像孩童般地开怀大笑起来，那笑声中气十足。而且她的笑眼弯弯的，很是喜颜，在红帽子、红棉袄、红棉

裤一身红的映衬下，有种返老还童之艳。尤其是这样的年纪竟能发出这般爽朗的笑声，既感染了我，也感染了在场的其他人。

"她笑得太有魅力，太有感染力了！"我似乎一下子看到了当年那个年轻美丽，扎着一双黑色大辫子在田边地头朝气蓬勃忙农活的她！

"真是奇迹！她中气足，身体硬朗……有你们的功劳啊！"我向阿婆的家人竖起大拇指。

"要不是前两年摔了一跤，把腰骨折了，她还可以到院子里扫扫地呢！"儿媳妇说。

我忍不住摸了摸老寿星的手，感觉很暖；再看看她的头发，竟然还有几缕灰白青丝……这些都令我暗暗吃惊。

"婆婆，您要多吃点鸡蛋和肉啊！"陪同来的一位本地女同志用家乡话对老寿星说。

老寿星马上摇摇头，再拍拍肚子："鸡蛋不吃，不吃！我有胆囊炎……"

"哈哈……她啥都知道！"大家又一阵欢笑。

"吃肉！我爱吃肉。"老寿星跟着笑着补充说。

"原来您的长寿秘诀是这个啊！"我逗她乐。老寿星竟然对我的"北京话"也听得懂。

"婆婆，您知道您多大年纪了吗？就是多少岁了？"我想"考考"老寿星。

听了我这话，老寿星似乎有些不解，望向儿媳。"问您多少岁数！"小儿媳凑近老寿星耳朵道。

"唔——"老寿星连连摇头，并且发出含糊的"唔唔"声。

"她说她搞不清楚！"小儿子"翻译"道。

我不由暗暗自责起来：不该向120岁的老寿星提出这样的问题。这当口，马上有人拿来她的身份证，上面清清楚楚地写着：

姓名：朱郑氏

性别：女

民族：汉

出生：1900年8月2日

地址：四川省双流县胜利镇云华9组……

"不是120岁！应该是121岁了！"有人说。可不是，虚岁应该是121岁了！元旦刚过嘛！

120周岁是毫无疑问的。这是我所见过的第一位年满120岁的中国寿星，也可能是今生今世唯一见到的一位这样的老寿星了！

我忍不住拿着"朱郑氏"的身份证，与朱婆婆合影。照相时，老人家特别配合，眼睛总盯着手机和镜头。照完后，她还会呵呵呵地快乐一笑，是那种耸耸肩的欢笑。

她实在是太可爱了！

显然老寿星还是个"开心果"。于是我又凑近她的耳朵，逗她开心："婆婆您好漂亮啊！"

"哈哈……"她竟然羞涩地摆摆手，又发出了欢快的笑声。

我把手机调到"自拍"模式，让老寿星从手机上看自己，她的眼神顿时亮了，对着手机笑个不停……

我和在场的人皆欢笑不止。

看着老寿星耳聪目明、开朗快乐，我说："您能活到200岁——"

"喔喔——太麻烦了！太麻烦了！"不想老寿星连连摇头，完全是一副"要不得"的神情。

于是我认真地跟她说："你活到200岁，我们就跟着你长寿呢！"

"那我趿命哟——"老寿星马上用四川话这样回答我。

"趿命"？我不懂。

"就是活得太累了！有些折腾别人的意思……"当地人给我解释道。

"哎哟哟！老人家的心里都明白呀！"这简直叫人佩服得五体投地。

这哪是120岁的老人嘛！她眼明，耳灵，身子骨除了腿不太利索外，全身没有大毛病，最关键是脑子特别清楚，反应异常敏捷，与我这样一个外乡人对话基本上没有障碍，而且看来朱阿婆还是"见过世面"的人呢！

"您这么高寿，我们都特别高兴！"我有话无话地跟她聊天。

她又开心地发出感染人的快乐笑声。

小寒过后的四川的冬天，今年似乎格外冷，虽然朱阿婆穿得很厚实，但我仍然担心她会不会着凉，便抚摸着老人家的手问她冷不冷。

她转向身后的小儿媳招了招手，不知示意她做什么。

"噢，知道了……"小儿媳马上抬腿去里屋拿出一个热水袋，放到婆婆手里。

老人家便将双手放在热水袋上，安然自得地朝我笑笑，然后说："看，我活得像虫……"

虫？我有些迷惑地看向社区书记黄忠。

"四川土话，就是像虫一样，吃了睡，睡了吃。"黄忠说。

老寿星的话又引来一阵欢笑。

这个时候，门外过来五六个老婶子。坐在我身边的老寿星马上指着她们说："大女儿，80多岁了！小的也有79岁了……"

嘿，瞧她的记性！

这回我见到了这个"长寿之家"——120岁的老寿星和她的两个女儿与小儿子，加小儿媳、儿孙及儿孙媳，"满满当当"的一大群人！

"来来，我跟你们长寿之家合个影，也好沾沾长寿之光……"于是"咔嚓""咔嚓"之声不断。

"婆婆，再见了，祝您身体健康、永远健康！长寿双百岁——"道别时，朱阿婆举手向我示意。这时候突然出现一个"意外"，令我忍俊不禁。因为在与婆婆交谈中途，我悄悄给她的一个压岁钱小"红包"，就在这时突然从阿婆的手中脱落在地……那一瞬间，120岁的老寿星顾不得与我道别了，眼神极其急促而明确地告诉儿媳妇：我的"红包"掉了，快帮我捡一捡呀！

这一幕，又逗得大家开心大笑。

走出老寿星的小院，大家一路跟我一起议论着朱婆婆的"长寿秘诀"：随性的生活、一生的勤劳、欢快的心境、豁达的态度……

第三辑

那片丁香

1921-2021，一个伟大的百年

现在，我就站在上海市兴业路76号（原望志路106号）中共一大会址前。当我抚摸石库门那一块块红砖和那一扇撼动千年中国史的大木门时，心与地一起在旋转，血与灵一起在飞扬……

每次来到这里，我都会有不同的体会和感悟。面对敬仰的先辈画像，他们的遗物、遗书，我久久凝视、细细端详，似乎又和先辈们的精神世界有了一次沟通与交流。

我仿佛看到1921年的这里，从湖南来的毛泽东、何叔衡，从武汉来的董必武、陈潭秋，与从北京来的、山东来的、广州来的以及上海本地的其他中共一大代表汇聚一堂，进行开天辟地的事业，从而听到神州大地惊雷响起……

于是，我又仿佛感觉到街头的疾风骤雨、乡村的电闪雷鸣、湘江边的血流成河、雪山草地上的长长脚印、延河边的澎湃民歌、高粱地的游击健儿、渡江船边的密集弹雨……一直到1949年10月1日，天安门城楼上毛泽东响彻云霄的那一句："中华人民共和国中央人民政府今天成立了。"

呵，100年，历史长河的一瞬；100年，人类也可达成的生命长度。然而，一个伟大的政党，仅仅用了100年的时间，就实现了人民梦寐以求的民族解放和国家独立，实现了从站起来、富起来到强起来的历史性飞跃！

难道不值得我们骄傲？

难道不值得我们歌唱？

难道不值得我们庆幸自己活在这100年中，见证这100年的伟大庆典？

需要永远牢记的是：我们今天的幸福和光荣，是无数英烈用鲜血浇灌出来的；今天神州大地的繁荣与兴盛，都是1921年的中共一大催生而成的……

我努力地走进那些革命者的内心，探索革命者何以前仆后继、"中国共产党为什么能"这些终极命题的答案，时常被共产党人在面对一切艰难险阻时的英雄气概所感动和折服。

读史可以明智，知古方能鉴今。今天，我们回顾历史，不是为了沾沾自喜、不求进步，更不是为了妄自尊大、目空一切，而是为了总结历史经验、把握历史规律，增强开拓前进的勇气和力量。

我们也许没有生在1921年那个伟大的年份，却幸运地活在1921年至2021年这100年中；我们也许没有见证中国共产党的诞生，但我们却可以在这100周年的伟大庆典年份中历数伟大的党的所有功绩；我们的生命虽然难以抵达之后的100年，然而我们期待中华民族永远繁荣富强的目光却可以展望更远的一个又一个新的100年！

呵，1921-2021，一个伟大的百年。这样的100年，我们身在其中，我们幸福荣耀，我们继往开来——

石库门前

在上海，这是一栋并不太显眼的建筑，而现在每天都有无数仰慕者前来参观瞻仰，且不停地在它门口留影纪念，甚至许下海誓山盟——他们有的是参加过解放战争的老战士，有的是共和国成立后的劳动模范，还有的是各地的基层组织工作者，更多的是男男女女的青年人……他们或为信仰而来，或为感恩曾经的成长而来，或为爱情而来……然而他们共同的心愿是：跟着诞生于这座石库门内的一个伟大的政党，因为它永远致力于中华民族伟大复兴和每一个中国人的福祉。

或许是这两年多次来这里的缘故，石库门的那些抹不掉的身影和声音，总在我脑海中萦绕……

他的名字我们都很熟悉，叫邓中夏。五四运动中冲在游行队伍最前面的学生领袖、北大学生会负责人之一、百年前北京"共产主义小组"的重要成员……邓中夏的这些身份是人们熟悉的，但他作为中共一大会议的重要筹备者的身份却鲜为人知。而我从党史资料和一些当事人的回忆中，仿佛看到了邓中夏为了中共一大召开而在石库门前后忙碌的身影。

1921年6月末的一天，也是邓中夏离开北京前的一天，他带着已经写好的北京"共产主义小组"准备向中共一大会议递交的报告，来向李大钊告别，并说明他作为北京小组的中共一大代表将无法参加中共一大会议的原因：一是要参加在南京召开的少年中国学会年会；二是去重庆讲学，与中共一大会议的时间有所冲突。"这些都是早先定好的事情……"邓中夏汇报道。

　　"上海的会你可以不参加，但事情还是要你张罗的呀！"李大钊向邓中夏交代道，"你的中共一大代表名额就由刘仁静同学替代吧"。

　　"我没有意见。"邓中夏表示。就这样，19岁的刘仁静成为接替邓中夏的中共一大代表。

　　邓中夏就是这样的一个人，只要是革命工作，从不计较个人得失；革命工作不管分内分外，只要可能，都全力以赴去做好。此时，上海方面已经通过秘密渠道来通知，确定了7月下旬为召开中共一大的时间。邓中夏掐掐手指一算，确定自己还有一点时间到上海去帮助筹备中共一大召开。于是在6月28日，他带着黄日葵等北大的几位少年即中国学会代表乘南下的火车，一路心情愉悦地到了南京的东南大学，出席了少年中国学会年会。7月4日，少年中国学会年会刚结束，上海的中共一大还没有召开，邓中夏立即赶赴上海，到了法租界白尔路389号的博文女校。这是中共上海支部为了隐蔽而特意给外地代表安排的住宿地与中共一大会议筹备处。在此，邓中夏代表北京小组向大会筹备处递交了《北京共产主义组织给中共一大的报告》，同时与上海几位筹备中共一大的同志一起商讨了会务议程和会议文件。参加中共一大的包惠僧后来回忆道："中国共产党举行第一次全国代表大会于上海……会议之前，各地代表都到达上海，住在法租界打铁浜博文女校楼上，毛泽东同志也住在这里。邓中夏同志当时应重庆各中学夏令营学术讲习会之约，定期前往讲学，不能参加我们的会议，但是他在博文女校同各地代表同住了三四日,几乎与每一个代表都交换过工作意见。"这对会议的成功举行起到了很大作用。

此时的邓中夏,虽已不是中共一大代表,但他却把中共一大会议筹备作为自己的重要工作在一一检查落实。他还与上海的中共一大代表李达的夫人王会悟一起,来到石库门查看会场,对会务人员座位、会场安全和共产国际代表的座位都具体给予了指导性安排。

"好了,现在我可以放心去重庆讲学了!"看完会场和检查完一切会议议程及文件后,邓中夏长长地舒了一口气,满脸笑容地对王会悟说道。

1921年7月23日,开天辟地的中国共产党第一次全国代表大会在上海望志路106号的一栋石库门内举行,13位中共一大代表以及两位共产国际代表马林和尼克尔斯基共15人参加了大会。这个房子的主人叫李书城,是中共一大代表李汉俊的"本家兄弟"。那些日子李书城带家人到外地去了,中共一大秘密会议在此举行,从此也让这"李公馆"名扬天下……

中共一大会址纪念馆老馆长向我讲述邓中夏的经历时,若有所思地道:"像邓中夏这样参与建党的中国共产党人为数不少,他们虽然没有出席中共一大,但他们为中共一大召开所作出的无私奉献将永远留在石库门上。"

"来来,我们一起在这儿照个相……"那一天,我在石库门前遇见一群穿着鲜艳、喜气洋洋、听口音是浙江人的中年妇女,她们正簇拥着在中共一大会址门前留影。

一打听,她们果然是浙江人。"我们是王会悟大姐的老乡,从浙江桐乡来的!"领头的一位女同志骄傲地说。

嗯,在石库门前,身为王会悟的老乡,确实值得骄傲。

王会悟,作为百年前中共一大会议的"秘密会务人员",她当时的任务是在石库门"放哨"。1921年7月30日，中共一大会议还在进行之中。当晚，突然有一个穿着灰色长衫的陌生男人从虚掩的后门闯入石库门内的一层房间，而后在屋内环视了一遍后，一边称"找错了地方"，一边退出门外。王会悟立即向正在楼上开会的中共一大代表们报告了此事。

"不妙，我们的会场应该立即更换地方！"共产国际代表马林立刻警惕地提议道。

上哪儿才是比较安全的呢？"我想到了家乡嘉兴的南湖，游人少，好隐蔽，就建议到南湖去包一个画舫，在湖中开会。李达去与代表们商量，大家同意了这个意见。"王会悟后来在《我为中共一大安排会址》一文中这样回忆。

为此，王会悟立即启程，先一步赶到嘉兴。她在城内包租了两间房间，作为代表们的歇脚地，然后又委托这家旅店租了一条游湖的画舫。不日，从上海来的中共一大代表们陆续来到南湖，在细雨蒙蒙中完成了建党大业。

"王会悟大姐的老家就在我们桐乡。为了纪念这位为中国共产党建党大业做出特殊贡献的老乡，我们家乡于2007年在乌镇西栅灵水居建了一座王会悟纪念馆，从此大姐在我们桐乡妇女界心目中就是听党话、跟党走的楷模，一直影响和教育着她家乡的姐妹们。今天我们来中共一大会址，就是来感受一下当年王会悟大姐临危不惧、泰然自若，并将一生献给党的事业的勇气和精神的。"

"你们在家乡都是做什么工作的？"对王会悟的这些老乡，我怀有特别的好奇。

她们告诉我，这次来上海瞻仰中共一大会址的都是由当地妇联组织的工商界女企业家代表。"毛主席说，妇女能顶半边天。我们来向王会悟大姐学习，就是为了在实现中华民族伟大复兴的事业中，也能像她一样,发挥顶起半边天的作用。"

呵,王会悟大姐,你能听到一百年后来自你家乡的姐妹们所发出的声音吗?我相信你能听到,因为你和她们在民族和党的面前,血脉永远是相通的、相融的。

与石库门毗邻的"邻居",是上海有名的时尚之地——"新天地"。

这个与中共一大会址一墙之隔的时尚世界,每天从上午开始直至深夜,是年轻人、时尚者、中外游客或上海市民们最喜欢游逛的地方。在这里,既有中国著名的时尚品牌,又有来自全世界的顶级餐饮名店及奢侈品牌专卖店。到过此地的人,都知道"这里最上海"这话。确实,"新天地"是上海红色文化、江南文化和海派文化的交融地、聚集处。

"当时我们承担了这一片社区的保护性重建和开发工作,就把它定位为新的一片与中共一大会址毗邻的反映中国现代生活方式的地方,因此简称它为'新天地'——'一'加'大',就是'天'字,我们就这样定义的。"新天地建设参与者、著名学者周永平这样向我介绍道。

"中共一大会址的建筑标志就是石库门。20世纪90年代初,我们承担这片社区开发改造任务之后,就把保护和重现石库门元素放在重中之重,对旧石库门的每一块砖、每一根梁都编了号,再进行了认真精细的清洗处理,然后按原样砌筑上去,同时又对周边环境进行了大胆的时尚设计,形成了现在的这种'旧元素、新关系'的上海石库门地段的时尚中心。"周永平先生讲述了当年他们精心设计的理念和创造"新天地"的过程。

"在这里,整个街区,就是一个永远敞开和开放的天地,是我们上海人面向所有人的微笑脸庞……"周永平富有诗意地向我介绍道。

花岗石铺地的步行街穿插在石库门建筑群中,让老上海人有了怀旧的好去处,而就在这种怀旧中又发现了石库门新的美。西方人如果来到这儿,会觉得这些石库门建筑有着英国伦敦联排屋的影子,有种异域的美感。"到了石库门和旁边的'新天地',就等于看到了中国的昨天和今天,也就多少明白了中国共产党当年在此诞生的原因和那一代人心目中的理想生活……"周永平说,常听来此的"老外"这样感叹道:原来中国共产党的理想和所创造的美好生活,竟然如此打动我们的心弦。

本来就是这样嘛——中国共产党的奋斗目标就是不断满足广大人民群众对美好生活的向往和追求!

在"新天地"的世界里,容纳了数百家各式各样的商家,而你会发现,在这里没有一家的生意不是红红火火的。为何?我问如今负责"新天地"商务圈业务的赵列颖女士,她给出的回答令我深信不疑:因为这里有红色基因,因为这里有最典型的上海品质,因为这里有不断追求时尚和赶潮的营商环境,所以人气特别旺。随着中国共产党领导下的中国发展模式受到全世界的瞩目,"新天地"就像中国的发展势头一样,会更加兴旺。

在人流如织的新天地中心步行街上,我随意走进了一家坐下来可以看见中共一大会址的西餐厅,向服务员要了一杯美式咖啡,并提出希望与店主"聊几句"。

不一会儿,一位清秀端庄的女士坐在我对面的椅子上,莞尔一笑,轻轻地问:"作家先生,您想知道些什么?"

"想知道你的生意怎么样。"我直截了当地说道。

"这儿的生意没有不火的,只有更火的。"她回答得很艺术。

"为什么?"

"因为在这儿的所有商家与生意,每天都是被新的潮流赶着、追着、涌着……你不火不行啊!"

可不是!我抬头看看四周,人山人海的观赏客、购物者和前来就餐的人,如果能够找到一个座位,好好品味一下这里的美食和时尚气

息,那本身就是一种"美滋滋"了!

"你的这家西餐厅开了多长时间?"

"20多年了吧。"她微微一笑,说,这里早先是一位法国人投资开的,那时她是应聘来的业务经理。"去年新冠疫情来临,原来的老板回国时就把店'折'给了我。现在它是属于我的了……"

"恭贺恭贺!这一年多生意如何?受疫情影响大吗?"

"去年二三月份有影响,从四五月份开始就基本全部恢复了。今年春节以来的营业额比2019年同期增加了35%左右。"说到这儿,她的双目开始放光,接着说道,"估计到五六月份增长会突破一倍"。

在我与年轻的女老板聊天时,赵列颖女士过来了。从她那儿了解到更多的"新天地"经济形态:"其实,我们创造的社区商圈经济模式,对像上海这样的旧城'腾笼换鸟'具有重要的示范作用。'新天地'模式现在已经普及全国各地,从某种意义上说,它既是我们在对文物性建筑群保护开发过程中创造的一种独特而创新的做法,又是通过合理利用红色文化的优势,来促进和创造出一种新型经济形态,继而带动整个城市经济。"

我知道,区区一个"新天地",每年却能吸引1500万人次的消费者,它所创造的经济效益又要高出同等消费人数的数倍。

"我们得感谢党领导下的城市发展过程中的开放理念,因为有了它,才可能有我们新天地。特别想说的一点是,在我们这里经商的人,不管他是中国人还是外籍人士,他们中很多人每年都要上中共一大纪念馆去参观、瞻仰,从当年创建中国共产党的那些人身上,学习和汲取奋斗的精神营养。这似乎已经在这儿成为一种习惯了……"赵列颖女士回眸望着隔壁的石库门房,如此深情地说道。

而此刻,在我的眼前,清晰地映出两行醒目的大字:中国共产党从这里出发,中华民族伟大复兴将从这儿走向未来……

雨花台的那片丁香

是丝丝的春雨,还是涓涓的泪雨?当我踏进南京雨花台革命烈士陵园的那一刻,我的灵魂和思绪出现了某种幻觉……喵,原来是一片片飞舞的花瓣贴在了我的脸上!那花瓣儿白白的,娇嫩的滴着露珠,且散发着沁人心脾的芬芳。

"这不是白丁香吗?"我惊喜这冷垂玲珑、千结而生的丁香花竟然不请自来。

"是。你看——这里有好多丁香树哩!"陵园工作人员小孙指着前面的那片鲜花盛开的丁香园,告诉我一个更加惊人的事:"这片丁香树就是为了纪念一位叫'白丁香'的女革命烈士,她还是你们苏州老乡呢!"

真的呀?我有些质疑道。然而在烈士纪念馆的展示厅里,确实找到了一位美丽如花的"丁香"老乡的照片。那照片上的丁香,齐肩短发,白皙的脸蛋上扑闪着一双大大的眼睛……尽管是张已有年头的黑白照片,但依然能让我感受到那是位魅力无比的20世纪30年代的姑苏美女!

在丁香像的下面，有一段烈士的简介："丁香（1910—1932），江苏苏州人，曾就读于苏州东吴大学。1930年4月加入中国共产主义青年团，次年转为中共党员。1932年9月，被派往平津一带秘密工作，不幸被捕，解来南京；12月牺牲于雨花台，年仅22岁。"

"这是丁香烈士唯一留在世上的照片，是20世纪80年代在她爱人的老房子里无意间寻觅到的。"小孙还告诉我，丁香和她爱人都是我的苏州老乡。

"那么巧啊？"我又一次惊诧道。

"是的，在你们苏州平江区不是有一条'丁香巷'吗？丁香就是从那个小巷来到人世的……"

唷！我不得不再一次发出轻轻的却强烈震荡心坎的咏吟：那是一条"千结苦粗生"的小巷子。在我幼小的时候，外婆就告诉我，她三岁时有一个小妹刚出生，正遇她的父亲家业破落，因此外婆的小妹不得不被遗弃在小巷弄堂口，从此杳无音讯……新中国成立后，小巷因为出了个牺牲在雨花台的革命烈士丁香，所以政府将小巷改成了"丁香巷"。我的外婆在20世纪80年代末去世，她说她的小妹或许就是那个不在了的"丁香"，外婆的理由是她的另一个姐姐后来也跟着谭震林的新四军队伍，和日本人打了许多年游击。信天主教的外婆悄悄告诉我：家里人就是害怕她也出去"舞刀弄枪"，所以让她信了洋教。

外婆留下的故事年代已太久远，她那位丢失的小妹是否就是"丁香"，我无法考证。然而，故乡苏州的那条"丁香巷"却是我以前常去的小巷。我一直不知道在那个小巷里竟有一位牺牲在雨花台的美丽而多情的革命烈士。

烈士陵园小孙是位革命历史研究专家，她介绍道，革命烈士丁香确实是位弃婴，当年被苏州基督教监理会的牧师收养。"太美了，像丁香一样美哟！"收养女婴的是位美籍女牧师，她喜欢中国，更喜欢盛开白丁香的园林姑苏，于是她给自己起了一个"白美丽"的名字。洋牧师白美丽是位精通文史和音乐的知性女士，更有一颗善良的心。弃婴由她抚养后，她给孩子起了个温馨而浪漫的名字：白丁香。丁香从此在姑苏城那条小巷内绽放美丽的人生。

"淅淅沥沥的细雨下，小巷里飘出阵阵清淡的幽香，袭得肺润心醉。我的宝贝小丁香，你睡你醉你开心。妈咪给你弹一曲《浣溪沙》……"于是，小巷的教堂里传出古典伴洋味的抒情乐："揉破黄金万点轻，剪成碧玉叶层层。风度精神如彦辅，太鲜明。梅蕊重重何俗甚，丁香千结苦粗生。熏透愁人千里梦，却无情。"

小巷是宁静的。宁静的小巷里总见一对天仙般的母女在丁香树下嬉戏和读书，那夜莺一般的笑声和清脆的朗读声，伴着姑苏的小桥流水，仿佛是幅活脱脱的天庭圣母圣女图。小丁香天生丽质，又聪慧过人，白美丽看着养女一天天长大，喜上眉梢。她专门请来导师教小丁香学英语、读《圣经》和史书、弹钢琴等。15岁时，白美丽将小丁香送到东吴大学学习生物和代数。

思想解放而自由的大学校园，让美丽的小才女插上了理想的翅膀。当一场大革命的疾风骤雨袭来时，激情而又单纯的小丁香如痴如醉地倾听萧楚女关于反革命军阀统治下的中国向何处去的演讲后，她热泪盈眶，从此坚信革命是拯救中国的唯一出路。后来丁香听说所敬仰的萧楚女被国民党反动派枪杀，于是不顾养母白美丽的劝阻，挺起瘦弱的身子，跑到革命学生聚集的地方，在镰刀和锤头组成的红旗下，庄严地将理想献给了共产主义未来——她加入了中国共产党，成为预备党员；次年又转为正式党员。

从此，那条狭长而幽深的小巷里，总有一个美丽的身影举着"打倒帝国主义""打倒反动统治"的小旗子，在奔跑、在呐喊。有一天，教会的大门突然紧闭，丁香挥泪告别养育她的美籍母亲，踏上革命

道路。

"我们是老乡呵!"一天,在东吴大学校园内的小径上,丁香被一位高大英俊的男同学挡住了道。

"老乡?谁是你老乡?"丁香抬头的那一瞬,脸红了:他长得好标致喔!

"是,我祖籍苏州太仓的,后来我们家搬到了南京。我们认识一下……"他把手伸过来,又说,"我叫乐于泓,大家都叫我阿乐。"

"你就是阿乐呀?!"丁香眨巴着那双美丽的大眼睛,羞色满面,因为她常听人说,有个叫阿乐的共产党员,不仅参加罢工闹革命勇敢,而且能拉一手好二胡。

"我就是。"两双温暖的手握在一起。两颗年轻的心撞出了爱情的火花。

从此,在东吴校园里,在姑苏虎丘塔下,一个宛如青瓷质地的姑苏美女,与一个君子如玉的伟岸俊男,常常形影不离地依偎在丁香树下,谈革命、谈爱情、谈音乐,也谈与古今中外有关丁香花的诗篇。

"春夜阑,春恨切,花外子规啼月。人不见,梦难凭,红纱一点灯。偏怨别,是芳节,庭下丁香千结。宵雾散,晓霞晖,梁间双燕飞……"阿乐由于家境出现困难,被迫辍学,后到上海从事革命工作。这时的阿乐,每逢深夜,终将一曲曲古人的"丁香"辞赋,谱成悠长而动听的乐曲,然后通过他的二胡,借着寂静的夜光,传给远在金陵的恋人听。

"楼上黄昏欲望休,玉梯横绝月如钩。芭蕉不展丁香结,同向春风各自愁……亲爱的人,其实我更爱李商隐的这首诗。吟着此诗,丁香的心早已飞向了黄浦江边。"丁香回信说。

"丁香,在上海的地下党由于出了内部叛徒,组织惨遭破坏,党决定派你去……眼下形势非常严峻,你要做好各种准备。"在丁香毕业不久,党组织找她谈话。

"请组织放心,丁香不怕任何风霜侵袭!"那一天,她收拾箱子,连夜赶到了上海,紧紧地依偎在阿乐的怀里。在外滩码头上,他们手牵手奔跑着、欢笑着,与江上的鸥鸟比赛朝霞下谁更美丽、谁更欢畅。

白色恐怖下的地下工作,异常艰辛和危险。早春的上海,阴冷又潮湿,阿乐去闸北区一工厂组织工人罢工,不想遭到反动派突然袭击,数名工人师傅在战斗中牺牲或被捕,阿乐侥幸逃脱。回到宿舍,悲愤交加的他拉了半夜二胡,直把心爱的胡弓都给拉断了。一旁的丁香则默默地为他将一根根弓丝接上……望着身着粉色衣裙的婀娜身姿的丁香,阿乐情不自禁地将她搂在怀里。

1932年4月,组织批准了丁香和阿乐的结合,两人在简陋的小屋里秘密成婚。

新婚是甜蜜的。新婚给从事地下工作的这对小夫妻带来不少方便。以后的日子里,他们借着阁楼小巢,为党组织传送情报,召集秘密会议。而丁香的钢琴、阿乐的二胡,则成了他们向同志们传递平安信息的工具。每当丁香的《圣母颂》响起,同志们的心情是舒坦和安宁的;每当阿乐的《二泉映月》传出,同志们便警惕地远远散去。

5个月后的一个深夜,丁香在幸福地告诉爱人自己已有了三个月身孕后,便坐在钢琴前,弹奏起了一曲贝多芬的《命运》……

"亲爱的,明天你就要到北平了?什么时候回来?我有点不放心。"阿乐抚摸着娇妻的柔软长发,忧心地问道。

妻子仰起美丽的脸庞,温情地摇摇头:"我也不知道。但丁香会早些回来,为了你,也为了他……"她轻轻地拍拍腹部。

那一夜,阿乐长久地吻着丁香的唇,仿佛要把妻子的香味永远地留在身边。

丁香走了，走了后再也没有回来。

卑鄙的叛徒把刚到北平的丁香给出卖了。

"小姐这么年轻，这么美丽，连名字都是芳香的，而且还是大学生，为什么一定要给共产党卖命呢？"敌人以种种理由诱劝她。

丁香告诉她："因为共产党是为劳苦大众服务的，我们要推翻你们这些反动统治者。"

"可你也是由教会养大的，听说还是吃了白米饭长大的嘛！"

"但我的血管里流淌的也是穷苦人的血。"

"你知道，人的生命不可能有两次。当花朵飘落在地上后，就永远不可能再有芳香了。"

"革命者只求一次有意义的生命绽放，要杀要毙，别再啰唆了！"丁香昂起高傲的头颅说。

无果又无招的敌人只得将丁香押至南京，作为"共产党要犯"关进铁牢。不日，又秘密将她杀害于雨花台。

这年丁香才22岁，还有三个月的身孕。

"丁香！我的丁香——！"12月3日，这个日子对身在上海的阿乐来说，如晴天霹雳，他悲痛欲绝。当从事地下工作的同志将噩耗告诉他后，阿乐的泪水变成了滔滔的黄浦江水。那一夜小阁楼上的二胡一夜未停，一曲如泣如诉的"祭丁香"，撼落了苍天的一场冬雨……

次日，阿乐冒着异常危险，只身来到南京雨花台，他披着蓑衣，伫立在大雨中，跪伏在血迹未干的丁香就义的泥地上，紧握双拳，向苍天发誓："情眷眷，唯将不息斗争，兼人劳作，鞠躬尽瘁，偿汝遗愿！"

"……愁肠岂异丁香结？因离别，故国音书绝。想佳人花下，对明月春风，恨应同。"失去年轻美丽的妻子丁香后，阿乐并没有倒下，他把对敌人的仇恨化作战斗的豪情。之后，阿乐被派到青岛任共青团山东临时工委宣传部部长。他1935年被捕,关进国民党监狱;两年后的1937年4月21日,被押至南京晓庄的"首都反省院"。

在敌人的"首都反省院"里,阿乐与关押在那里的共产党人和革命志士们并肩与敌人展开特殊战斗。为了抗议国民党反动政府不抵抗日本侵略者的行径,阿乐和难友们在狱中借着"放风"的机会,进行了一场抗议当局的音乐会。阿乐借他高超的二胡艺术,给难友们鼓劲。他的二胡像战斗的冲锋号角,震撼了监狱里的所有人。阿乐后来这样回忆当年的情景:"我面前仿佛正站着在冰天雪地浴血抗战的战士们和脚上拖着沉重铁镣、关在黑牢里受苦难煎熬的同志们!我低着头,噙住两眶子泪水,全神贯注地听着琴弦上吐出的苍凉悲壮的颤音。抑扬婉转的琴声浮动在晚晴的草坪上,每个音符都触动着难友们的心弦,大家在肃穆无声中被深深地感染了。我拉完最后一个音符便站了起来,提议大家一起唱《义勇军进行曲》。大家要求我教唱,我虽从来没有教过唱歌,可还是清清嗓子,挥着手,领着大家唱:'起来!不愿做奴隶的人们……'我一遍一遍地教大家唱,群情激昂,越唱越起劲儿,连'反省院'的'导师'们和院方人员都被这威武雄壮、气势磅礴的歌声所吸引,纷纷出来观赏……"

阿乐的这一表现,感动了当时狱中的许多同志。其中有一位是在新中国成立后任沈阳某师范大学校长的佟汝功同志,当天在狱中专门为阿乐的表现写下一首《胡琴曲》的长诗:"东海少年挺不群,指间微动生风云。江州司马嗟已逝,请君侧听胡琴吟。初闻涧底发幽鸣,冷冷一派秋泉清。满座屏息声不动,耳中只有胡琴声。忽觉风雷拔地起,鱼龙悲唱惊涛里。天马行空不可追,长飙一逝三千里。此是中华大国魂,江河泻出哀弦底……"

在周恩来亲自干涉和关怀下,1937年9月,阿乐和难友们终于被当局释放。重新回到革命队伍的阿乐,一直随彭雪枫领导的新四军第四

师转战江南大地。然而在枪林弹雨下的阿乐，始终不减对牺牲的爱人丁香的思恋之情，且越是解放战争节节胜利时，阿乐的这份思妻之情就越发强烈。他一有空，就独自坐在一个地方，用他的二胡拉起自编的一首"丁香曲"，那情那意，无不让人感叹和感动。数年过去，朝朝夕夕如此，一生驰骋疆场的血性将军彭雪枫也为阿乐的爱妻深情所感染，写下了平生少有的一首自由体诗：一个单薄的朋友，十年前失去了他的爱人……如今啊，何所寄托，寄托在琴声里头……

1951年，当南京雨花台革命烈士陵园的奠基仪式在致敬的礼炮声中举行时，阿乐正在雪域高原的进藏部队的行军队伍中。那时，他已经是中国人民解放军第十八军宣传部长。为丁香守身18年的阿乐，让他的战友和首长们发愁：到底他还想不想成家了？

没有敢去碰阿乐的那颗伤痛的心。但意外的事却这样发生了：有一天，阿乐兴奋地跑跳着告诉自己的几位好同事："我要娶她为妻！娶她为妻！"

"你？没有疯吧？"战友们看着阿乐从未有过的疯狂劲儿，以为他精神出了毛病。

"我没事！真的没事。"阿乐笑着拉起一位同事的手，跑到军部通讯报道科，指着一位姑娘说："你们看，她长得像不像我的丁香？"

同事惊喜地发现：真的很像呵！

这个与丁香长相十分相近的女兵叫时钟曼。阿乐为英勇就义的爱妻守身18年的忠贞爱情故事，第十八军上上下下无人不晓。当钟曼得知自己的"首长"要向自己求婚的消息后，那颗芬芳的心一下颤动了……1954年5月，阿乐与比自己小23岁的时钟曼结成伴侣。

阿乐后来转业到地方，先后任西藏工委办公室主任、新华社西藏分社社长。后来他又因工作需要举家到了安徽、东北，且与时钟曼有了一个宝贝女儿。当妻子问他给女儿起什么名字时，阿乐的目光一下停留在桌上那盆插浸在雨花石里的丁香花……末后，他说："就叫丁香吧！"

"乐——丁香。好，我闺女长大后一定也会像丁香那样美丽芬芳，更要学她为革命事业英勇献身的无私精神。"妻子钟曼深情地依偎在丈夫那宽阔的肩膀上，感受着一个男人的崇高而至纯的爱慰。

"苏小西陵踏月回，香车白马引郎来。当年剩绾同心结，此日春风为剪开。"妻子善解人意，常为夫君朗诵他喜爱的"丁香"诗篇，并且在每年12月3日丁香的殉难日，专门为丈夫备一瓶好酒，取出二胡，让他独自尽情地抒发对已在天国的旧时爱人丁香的思念。

年复一年，阿乐对丁香的思念之情愈加浓烈。当年因为地下工作的特殊性，他手上没有留下一张丁香的照片，于是阿乐根据自己的印象，自绘了一张丁香像，挂在家里的客厅墙上。"墙上的丁香阿姨，跟我妈妈年轻时的照片一模一样……"女儿乐丁香这么说。其实，在阿乐的眼里，丁香就是妻子，妻子就是丁香，烈士妻子丁香和现实中的妻子钟曼就这样相似相近，令阿乐情深意长。

1982年，在丁香牺牲五十周年的日子里，阿乐带着女儿乐丁香来到雨花台，在丁香就义旁的一条小路边，亲手种下一棵丁香树。之后，陵园的工作人员和参观的人听说阿乐和丁香的爱情故事后，感动之余，也跟着栽种起一棵棵丁香，后来它们便连成了我们今天所看到的这片丁香林……这些丁香树每逢春季，便会绽放出白色的花朵，散发出阵阵清香。阿乐先生自在雨花台种下那棵丁香树后，每年清明节都要带着妻儿前来雨花台给丁香祭奠。

"行程前，他都要理发，整装一新。"妻子和女儿这么说。

1989年，阿乐最后一次来到雨花台，这年他81岁。久病的阿乐自知来日不多，看着自己种下的丁香树枝繁叶茂，不由声泪俱下。片刻定神后，他端坐在丁香树下，接过女儿递来的二胡，只见高昂的头颅

猛然一低，那执弦的手臂顷刻间左右开弓，胡琴顿时传出如歌如泣的万千思恋之情，让无数游人驻足拂泪……

1992年，阿乐在沈阳病逝。次年，妻子钟曼带着女儿，捧着丈夫的骨灰，在绵绵春雨中来到雨花台，将阿乐的骨灰和灵魂一起埋在了那片丁香树下。

"丁香树叶是苦的，可她的花是香的。而作为女人，丁香阿姨其实很幸福，一则她是为建立我们今天的新中国而献身牺牲的，二则她获得了一个男人一生的至贞至爱。"阿乐的女儿乐丁香，现在每年都会在清明节的时候来到雨花台吊唁她的父亲和与她同名的丁香烈士。每当有人问起她父亲与丁香的爱情故事时，她总这样说道。

雨花台的丁香树如今已成片成林，那条幽长飘香的"丁香路"也成一景，每每参观者步入烈士陵园，总要在此驻足留影，而烈士丁香的革命事迹和她与阿乐的爱情故事，则更像一曲经典歌谣，在人们的口中广为流传……

我要补充一句的是：当年丁香还是个弃婴时，她亲生父母给她留下一张纸条，上面写着丁香的生辰时间："宣统二年庚戌年二月十五午时出生"。这个时间，应为1910年4月4日。如果丁香能活着，2014年正好104岁。如今，人能活到104岁是完全可能的。然而我的老乡——美丽芬芳的丁香只活到22岁，她是为新中国、为今天我们这些能够过上好日子的人才活了22年。在南京雨花台革命烈士碑上，比丁香年少或与丁香同龄的人还有成百上千……他们用自己的鲜血染红了国旗，铺筑了我们今天的幸福大道。让我们永远记住雨花台上英勇牺牲的千百个"丁香"吧！

青春潮

"……多少人爱你青春欢畅的时辰,爱慕你的美丽,假意或真心。只有一人爱你虔诚的灵魂,爱你苍老的脸上的皱纹……"音乐从老石库门旁的咖啡吧里飘出来,一种缅怀的气息扑面而来,无比应景又悠扬婉转。站在造型典雅的老石库门前,我已记不得是第几次来了,这里不仅是一道时尚的风景,更承载着这座城市厚重的历史,如一壶醇香酒酿吸引着追梦人络绎不绝的脚步。

在这里,总会有一对对穿着婚纱的新人在此拍照或默默地宣誓……开始我是有些不解的:中共一大会址,与青春恋人的爱情和山盟海誓有什么关系?

"有啊,这石库门就是我们的爱情与幸福的见证者!瞧它已经走过一百年了,魅力依然。希望我们的爱情与人生也如这石库门一样,永远年轻,永远彼此信任!"新娘告诉我,她就在中共一大会址的邻居"新天地"上班。带着身为边防军人的新婚恋人在石库门前留影是她心念已久的美好愿望。

"我喜欢的不仅是石库门这座建筑的背景,更欣赏石库门在这

座城市中的历史厚重感。它让我有一种巨大的力量和信仰的支撑的感觉。以后每每看到与爱人在此的合影,即使在冰天雪地的高原哨所站岗,我也会感觉到身后有一座信仰和理想的'石库门',给我温暖,给我战胜一切困难的力量和勇气!"胸前佩戴着一枚"三等功"勋章的边防军人动情地说道。

这又是一对刚从大学校园走出来的恋人。他们家处偏远的小山村,大学毕业后正准备回家乡创业。而创业的道路并不容易,两位年轻的大学生怀揣着两张研究生毕业证书和两份党员证书,站在中共一大会址纪念大厅内的党旗面前,做了一次庄严而独特的宣誓:

"永远跟党走,爱情永相随。

扎根穷山村,只待山花烂漫时……"

我被眼前这两位年轻人的誓言感动了,有些好奇地过去问他们:为什么要选择在中共一大会址这里对人生做出誓言呢?

他们说:家乡刚刚脱贫,要想让父老乡亲过上更美好的日子,需要做的事还很多,任务还很艰巨。我们俩分别是家乡第一、第二个走出来的大学生,又是脱贫之后第一批回乡创业的研究生,深感肩头的责任重大和使命光荣,所以需要信仰和力量的支撑,于是我们就到了中共一大会址这儿来学习,来加油鼓劲。当年的中国共产党人在这儿召开中共一大时只有13名代表,全国也仅有50多名共产党员,然而他们带领中国人民用了28年的时间,赶走了帝国主义,推翻了旧政府,建立了新中国。再看看今天的中国,令全世界仰慕。所以我们俩在想:我们这一代人为什么就不能用同样的信仰和意志,去把自己的家乡建设好,建设成让世人都羡慕的地方呢?

"我们一定能!"

"你们一定能!"

他们青春的誓言,如春潮涌动,充满着蓬勃的生机,我的内心不禁充满了深深的感动与期待……

"前面的那条街道也是修旧如旧的，基本上保留着老上海的街道特色……"一位小伙子正如数家珍地给一群同样年纪的年轻人边走边讲解。我凑过去问："你是当地人吗？"小伙子骄傲地说："我就在马路对过的小区长大，是地地道道的上海人，现在在上海的一家金融单位上班，今天是给远道而来的同学当讲解员。"他继续说道，"中共一大会址在此是上海人的骄傲。我们将继承革命者的优良传统，会永远热爱和建设好上海，永远热爱自己的祖国。"

今天的上海外滩一带，与旧时的景致截然不同，早已日新月异，然而像南京路、淮海路等闻名遐迩的街道以及如鱼骨般的弄堂框架则没有改变多少。也正是这种带有浓郁老上海风情的街景与氛围让我的思绪时常沉湎于昨天和今天的时空交叉之中——

"砰！"

"嗒嗒嗒……"

这是什么声音？枪声！是从洋人巡捕的枪口发出的密集的枪声！那些子弹射向的是高呼着"打倒帝国主义！""打倒外国强盗！"的学生和市民。

——这是中国共产党成立前后在上海街头经常看到的情景。

后来，中国共产党人站了出来。他们带领学生、工人和市民走上街头，开始与帝国主义强盗和反动军阀政府的军警进行争取自由与解放的革命斗争运动。

后来，革命的斗争风云席卷大街小巷……

第一个倒在街头血泊中的是走在游行队伍最前面的上海大学学生、23岁的年轻共产党员何秉彝。

在他身后中弹的是同济大学学生尹景伊。"你下去，下……"尹景伊见正在演说的同学陈宝骢被巡捕打得头破血流，准备自己上去演

讲,就在这个瞬间,一颗罪恶的子弹从陈宝骢右侧飞过,正射中尹景伊的胸膛,顿时他的学生装上血溅如注……

在尹景伊的另一侧,一位颇有几分洋气、矮小精悍的男学生"啊"的一声惨叫,立即倒在血泊之中。"阿钦!阿钦——!"同伴们哭泣着抱起鲜血直流的这位小同学,不知如何是好。"报仇……"这位被同学们称为"阿钦"的学生全名叫陈虞钦,是南洋附中的学生,印尼华裔学生。"阿钦!你要坚持住啊!"同学们想帮助浑身是血的陈虞钦堵住伤口,可就是再多的手也无法实现……后来一数,有七颗子弹打穿了陈虞钦年轻的身体。

"嗒!嗒嗒……"罪恶的子弹仍在疯狂地射向年轻的学生和参加游行的工人们。

"老天爷呀!他们要干什么呀?"

"强盗!帝国主义强盗们已经张开了血盆大口!痛苦的中华民族该觉醒了!该彻底地觉醒了啊——!"

游行的学生和市民们彻底地愤怒了!口号声顿时淹没了上海南京路……一场全国性的反帝运动由此引发,即著名的五卅运动。这是中国共产党成立之后所亲自领导的一场声势浩大的反帝爱国运动。在这场斗争中,何秉彝、尹景伊等13位青年在反抗帝国主义强盗的街头英勇牺牲,其中学生陈虞钦和工人邬金华、朱和尚都只有十六七岁。

十六七岁是个花季的年龄。许多十六七岁的小革命者,为了赶走帝国主义列强、推翻反动军阀政府,英勇地牺牲在街头。今天十六七岁的年轻人在干什么呢?

"我们在十六七岁时,除了埋头钻在书本里,其实真不太懂什么。但记得后来在我们上大学后的第一次校外活动,学校组织到龙华烈士纪念馆瞻仰和学习革命烈士事迹后,我们好像一下子就长大了!一下子懂得了自己的奋斗目标和人生意义。"

"我印象最深的是女烈士冯铿留下的那件胸口上有两个弹孔的毛衣……她牺牲时所穿的这件毛衣是新中国成立后在寻找挖掘龙华二十四烈士时找到的。每每工作困难和情绪不好时,我的脑海里都会闪出冯铿姐姐的那件带弹孔的毛衣。她牺牲时与我们年龄相仿,为了追求真理和给今天的我们建立一个伟大的新中国,她和她的同志们都献出了青春的生命。冯铿他们的牺牲精神一直在激励着我们今天顽强战斗在抗疫战线上的每一天!"

"我也是好多次看着冯铿的那件血衣而感到震撼,也特别喜欢她写的诗句——'丁零!丁零!是我们钢铁铿鸣!吭唷!吭唷!是我们呻吟之声。烬里的火焰熊熊在灼燃着,灼燃着哟,是我们血之沸腾!'许多烈士牺牲时都跟我们年龄相仿,想想他们,看看我们,今天为如此强大而美好的祖国做点有益的事情、付出点劳动,都是应该的!"

在上海市疾控中心的新冠病毒流调队,我又一次见到了这些"80后""90后"的年轻队员,他们谈起最近开展的党史教育和一年多来参与抗疫战斗的心境与体会时这样对我说。

记得一年前的3月底,正值抗疫战斗最紧张和最繁忙的时刻,我第一次见到这群年轻人。他们的"头儿"、流调队负责人潘浩告诉我,他的这群"80后""90后""95后"队员,自1月15日第一例输入性新冠患者在上海出现后的50多天里,没有一个人回家睡过完整的觉。"一直战斗在一线!一天连续出击20多个小时几乎是家常便饭……"这是一年前潘浩跟我说的话。

一年后的今天,潘浩又这样跟我说:"从去年疫情出现算起,到现在已经超过了400天,我团队的这些年轻人,除了个别时间轮休一两天外,其他的全部时间仍然这样战斗在抗疫一线!现在主要在浦东机场防控输入性病例……"

我知道，上海浦东机场一直是国家防控境外输入疫情的最前线，而境外输入疫情实际上也从未间断过。潘浩的团队就是这个"国门"的铜墙铁壁，因此也让国内的人并没有感受到境外输入病例对大家有过任何威胁与危险。

"对我们疾控流调队员来说，其实本土防疫的工作及其工作量，并不比一年前疫情暴发时轻松多少，相反一旦战疫出现，工作量反而比疫情暴发时要增加几倍，这是因为现在的要求更高更严，一切都提速了！如果现在出现一例本土病例，我们的流调追踪和溯源工作无论从时间要求上，还是在防控范围上，都要比疫情最初的标准高很多，这就是我的队员们为什么从去年春节至今，一直处在高强度的'战斗状态'……"

潘浩的团队有50人，他称自己的队伍是上海防疫战场上的"尖刀连"，执行的是最艰难、最危险和最前沿的任务。"我的队员中有一半以上是党员，他们虽然年轻，但身上却都有一股革命英雄的献身精神。尤其是在一年多的抗疫战斗中，'我是党员，我先上'已是大家无须再解释的自己要抢在困难和任务前面的理由。疫情就是命令，命令一来，无论工作多难、活多重、任务多艰巨，没有一人会退缩，直至战疫结束。"潘浩说，当浦东出现一例本土新冠患者后，他的队员全体出征，在像大海捞针一样的环境下最后用了72小时找到了世界上第一例从冷链物品上发现的病毒传染链。

"在今天的各条战线，青年依然是最富朝气和最具创新能力的群体。从他们身上，我们依然能感受到这个诞生了中国共产党的伟大城市里，有新一代人从革命前辈那里传承的红色血脉在时刻沸腾！"那一天，我在上海团市委机关讲课，一位团干部听我讲了十七岁的少年英烈欧阳立安的故事后，一定要我把这段"欧阳立安"的故事复制下来传给他。他说他是负责学校团工作的，现在校园里就是少了像欧阳立安这样的"少年英雄"的励志故事和斗争精神。

这位团干部的话，也让我的脑海里一下子浮现出欧阳立安英烈的青春身影——

湖南籍少年欧阳立安，在12岁时就给共产党员的父亲在长沙城里递送情报，之后在武汉被革命同志称为"地下交通战线的小火箭"。他机智灵活、人小腿快，因而得此名。小小的欧阳立安深受徐特立、向警予等革命家的信任。

大革命失败之后，欧阳立安随母亲来到上海，继续从事地下工作。在这里，他结识了中共早期革命者何孟雄，主要负责为中共中央机关和中共上海区委递送情报。

当时上海的斗争形势极为复杂与严酷，国民党反动派镇压革命、对付共产党员用尽手段。在敌人眼皮子底下工作，要有极大的勇气和胆识，更要有高超的智慧和应对能力。欧阳立安靠着人小腿快的本领，不分昼夜地穿梭在大街小弄之中，为党组织传递情报和秘密文件。

上海滩的马路、弄堂密集如网，南京路、淮海路、外滩中山路上熙熙攘攘，而小弄堂内同样人流如潮。地下党的活动场所，基本都在弄堂和离大马路有一定距离，但同时前后又能相通之地。当然，重要的秘密会议肯定会在旅店、书场、茶馆等热闹地方的"包厢"内，这样可以掩人耳目；另一些重要的秘密会议则通常是在弄堂内的小阁楼上，那样的地方一般不熟悉的人想摸进来都不容易。何况，窗口上的一盆花、一块手绢，就是一个暗号，即便敌人和特务能"飞"到弄堂内的小阁楼里，也起码要三五分钟甚至十来分钟。这个时间足以将该隐蔽的隐蔽起来，能逃离的早就逃离……秘密工作便是如此。

但危险仍然随时出现。一次，欧阳立安去淮海路旁的一处秘密地址送信，刚拐进弄堂口，就见里面的秘密联络点的窗台上有暗号告诉

他此处目标暴露。欧阳立安立即转身想跑,哪知弄堂口已经有两名便衣警察在距他不到百米之处等候……

这一天,欧阳立安身上带着几封重要信件,它们一旦落入敌人手中,将对革命造成重大损失!想到这里,欧阳立安拔腿就拐进弄堂中的另一条弄堂。哪想到这条弄堂仅有一两百米长,他一个箭步就被前面的一垛墙堵死了。怎么办?往后退,就意味着被敌人逮个正着。往前进,是死路一条……而此时,持枪的便衣警察已经追到欧阳立安身后的弄堂口了!

"小赤佬,侬往啥里跑啊?!"便衣警察已经在喊话了。

欧阳立安知道此次险情非同以往。他故作镇静,迎着敌人而去,因为后面的那垛墙太高,他根本跳不过去,所以只能往回走……

敌人一步一步逼近,欧阳立安则在寻找逃脱的机会。

突然,他看到弄堂内有一户人家的门开着,而且这家人的后窗似乎连着后面的另一条弄堂。说时迟,那时快,只见欧阳立安一闪就进了这户人家,然后如小火箭般穿过这户人家的前堂厨房和后面的房间,再跳上一张靠墙的化妆台,然后一脚踩破后墙的玻璃窗子,跃身跳到了后弄堂……

"小赤佬在这里呢!"哪知这条弄堂口也有便衣警察把守,好在弄堂的另一个口子上没有人,欧阳立安健步如飞,连续奔跑穿过四条弄堂,又通过淮海中路,这才算摆脱了敌人的追踪。

这样的"小火箭"神威让欧阳立安多次在送情报和参加游行等,发现敌情时,迅速化险为夷、转危为安。这也让小小年纪的欧阳立安在上海滩上留下了许多惊险而传奇的故事。

后来,他作为共青团干部参加一次秘密会议时,不幸被叛徒出卖而被捕。敌人看他年龄最小,企图从他身上找到"突破口"。

"小赤佬,你这么小年纪搞啥革命?懂得啥是革命吗?革命是要死人的呢！"反动军警高一声低一声地想吓唬欧阳立安。

"想让我告诉你吗？"欧阳立安反讥道。

"嗯，说来听听……"

欧阳立安把头一昂，高声道："革命，就是无产阶级推翻资产阶级和一切反动阶级，打倒国民党反动派，解放全中国……"

"得了得了，就凭你这么个小赤佬还想推翻谁呀？知道当共产党员是要被杀头的吗？"

"知道！我参加革命的第一天就知道了！"欧阳立安大声对反动军警们说，"我们共产党的革命一定会胜利，你们国民党迟早会灭亡！我是共产党员，就是筋骨变成灰，也还是百分之百的共产主义战士，我为正义和人民而死，死而无怨！"

面对如此骨头坚硬、嘴也厉害的"小共产党员"，反动军警无计可施。

"那就等着你的尸体喂野猪吧！"敌人咬牙切齿道。

"哈哈哈……老子不怕野猪！"欧阳立安回答道。

"那就等死去吧！"

"正好我去见马克思爷爷！"

"没见过这么厉害的小共产党员啊！"反动军警私底下如此议论。

国民党南京政府对何孟雄、林育南等这批被捕的"重犯"格外"优待"，据说蒋介石一看名单，就下达了"就地处决"的命令。

"让我们战斗到最后时刻，流尽最后一滴血吧！"监狱里，被捕的24位"重犯"，虽然没关在一个囚室，但他们相互鼓励，决心为共产主义事业战斗到生命的最后一刻。

寒冬季节的监狱内，冰冷似地窖。平时就挤在几位大人中间只能盖半个身子的欧阳立安这一晚被冻得半夜醒来，再也睡不着了。他独自坐在囚室门口，目光透过铁窗，等着晨曦初露……

那一刻，他想到了妈妈，想到了弟弟妹妹，不知现在妈妈和弟弟妹妹怎么样了？

那一刻，他也又回到了在莫斯科的幸福日子，那幸福生活什么时候到咱们中国来呢？

那一刻，他又看到了眼前的上海……

眼前的上海，也有洋楼，可那些工人们流血流汗盖的洋楼为什么轮不到造房子的人住呢？

为什么？为什么？为什么——

一个又一个"为什么"的巨大问号盘旋在欧阳立安的脑海里，于是他开始喃喃地吟诵起一首他自己所作的诗：

天下洋楼什么人造，
什么人坐在洋楼哈哈笑，
什么人看门来把守，
什么人为工人坚决奋斗？

天下洋楼我工人造，
资本家坐在洋楼哈哈笑，
国民党看门来把守，
共产党为工人坚决奋斗！

"嘿！我们的革命小火箭，如今也要当诗人了呀！"第一个喊出这句话的是一起被捕的鲁迅的学生柔石。他高兴地从后面抱起欧阳立安，接着他一起朗诵起欧阳立安作的诗来。开始是柔石一个人在朗诵，后来是整个囚室其他几位"犯人"跟着一起朗诵——

天下洋楼我工人造，

资本家坐在洋楼哈哈笑，

国民党看门来把守，

共产党为工人坚决奋斗！

看到大家如此激情和亢奋地朗诵自己念叨的诗句，欧阳立安激动得泪花闪闪……他在监狱里吟成的诗，后来被一名获释的同室"狱友"带出监狱，新中国成立后收录进了《革命烈士诗抄》之中。这也是欧阳立安这位小烈士唯一留在世上的珍贵之物。

1931年2月，鲁迅先生得知他的5名学生和小英雄欧阳立安等24名革命者被国民党反动派秘密枪杀于龙华监狱之后，悲愤地写下了这样的诗句：

忍看朋辈成新鬼，怒向刀丛觅小诗。

吟罢低眉无写处，月光如水照缁衣。

两年后，鲁迅依然难以释怀，又挥泪写下了著名的悼念文章《为了忘却的记念》，成为后来中国青少年必读的课本范文。

"我失掉了很好的朋友，中国失掉了很好的青年。"鲁迅这样说。他所说的"很好的青年"中，包括了少年英烈、年仅17岁的欧阳立安。

"三月三，上龙华，看桃花"，是上海民众的一大习俗。上海龙华负海枕江，人杰地灵，原野衍沃。此地有座古塔，相传是当年孙权为孝敬母亲所建，至今已有1700余年。龙华是因为龙华塔和龙华寺得名，在塔与寺四周，自古就有成片的桃树。故每年三月三日弥勒圆寂之日，当地百姓成群结队来龙华奔庙会时，便顺便观赏桃花美景。习俗延绵至今。

如今，市民们在每年春天除了观赏桃花外，更多的是到龙华烈士纪念陵园祭祀安葬在这里的自中国共产党成立之后在各个革命历史时期牺牲的那些数千名的烈士。许多在人们当中传颂的英烈故事也是从这里传播四方的……

龙华烈士纪念馆，在通向陈列室的走廊两侧，张贴着密密麻麻的"革命烈士证明书"。在上面我看到了许多熟悉的和不熟悉的名字，他们当中有中国共产党早期的领导者蔡和森、向警予、邓中夏、恽代英、赵世炎、罗亦农、邓演达……更有许多今天的年轻人并不熟悉的然而却在中国革命斗争中牺牲得特别壮烈的志士。

如陈延年、陈乔年兄弟俩，他们就是其中尤为特别的烈士。他们是党的重要缔造者陈独秀的儿子，牺牲时分别只有28和26岁。他们虽然为党的总书记、著名教授的儿子，但是从小独立生活，参加革命后依然以普通党员的标准严格要求自己，并在革命最需要的时候，无私地献出了宝贵的生命。每一次到龙华烈士纪念馆时，我都会在这对英雄兄弟的遗像前伫立很久。而我发现，许多青年参观者也会长久地驻足于此……

"我们的党不是从天上掉下来的，也不是从地上生出来的，更不是从海外飞来的，而是在长期不断的革命斗争中，从困苦艰难的革命斗争中生长出来的，强大出来的……"这是上海徐汇区残联的一位兼职干部的声音，他读的是陈延年生前所说的一段话。

那天是我到龙华烈士纪念馆为他和残联的同事们讲党课。课后，他告诉我，他是一家福利企业的经理，手下有一百多号人。"创业初期，来我这儿的一些残疾人都有些自卑。我就经常带他们到中共一大会址和烈士纪念馆参观，让他们接受党史和先烈事迹的教育，用中国共产党走过的百年艰难历程，教育和鼓励他们向共产党人和革命者学习，学习他们的坚定信仰和坚强意志，学习他们勇于克服困难、不怕流血牺牲的精神。慢慢地，这些残疾人坚强起来，开始学本领，甚至独立创业，走出了一条自立自强的精彩人生路。现在已经有二三十个人入了党或入了团……"

> 妈妈哟妈妈
>
> 亲爱的妈妈
>
> 您用那甘甜的乳汁把我喂养大
>
> 扶我学走路　教我学说话
>
> 唱着夜曲伴我入眠
>
> 心中时常把我牵挂……

残疾人的参观队伍唱着歌，从我身边走过，走出烈士纪念馆。而就在此时，一个举着团旗的学生队伍又从烈士纪念馆门口迎面而来，他们唱着更加嘹亮的歌声，如春潮般涌来——

> 党啊党啊，亲爱的党啊
>
> 您就像妈妈一样把我培养大
>
> 教育我爱祖国　鼓励我学文化
>
> 幸福的明天在向我招手
>
> 四化美景您描画……

青春中国

70年，对一个国家而言，真的很年轻。这种年轻，你或许到了新中国成立70周年的庆祝现场，才能真正体会到。这是我在2019年10月1日参加天安门广场国庆活动中最深刻的感受。

第一次加入"老部长"的行列（离退休部长观礼队伍），开始有些不太习惯，因为比起那些白发苍苍的老同志、老领导，我像"部长秘书"——其实我也并不年轻，只是与这些革命前辈和老领导相比而已。但我错了，在出发的途中、在步入广场的人海里、在观礼席上，我发现他们都那么年轻、那么朝气蓬勃，甚至坐在一起聊天、一起观看阅兵式和游行队伍时，他们竟然那样手舞足蹈、天真烂漫，无数次令我会心大笑。比如有位长者，只顾自己端着手机给阅兵式和游行队伍照相而一次次站立起来，久而久之，后面的那位长者就很不高兴地突然发出一声怒吼："别挡了！我看不见！"我见那位怒吼的长者脸色涨得通红，那样儿真的像生气的大孩子一样。我紧张地看着两位长者如何消解这场"战争"……谁知那位因照相而挡住了他人视线的长者，先是一愣，随后转过身子，满脸堆着歉意的笑容，一连鞠了三个躬，并连声"对不起，对不起"。顷刻，后面的长者瞬间转怒为乐："你别鞠那么多躬嘛……来，你拿我手机给我照几张背景是天安门的相……"

"哎！"前面的长者赶紧"接活儿"！哈哈，俩老头和解了！我笑了，心想：瞧这对老小孩！

就在这时，突然在我的身后，一群白发苍苍的长者，挺着身板，昂着头放声高歌起来："今天是你的生日，我的中国。清晨我放飞一只白鸽……"

"好！唱得好！""再来一首……！"

"我们一起唱吧！""一起唱！"

这又是一个"没有想到"：开始是六七个"老小孩"在唱，后来是一二十个跟着唱，最后是整个"老小孩"队伍全都跟着唱了起来——那情不自禁中，我也加入了这个放声高唱的队伍中去，文联和作协的老领导们也全都加入了合唱队伍中……我还看到周边的许多年轻人和解放军官兵们、记者们都在为我们喝彩。那一刻，我感觉仿佛回到了有点羞涩又有点跃跃欲试的中学时代……

我发现与我一起高歌的那些70多岁的老哥哥、老姐姐们，80多岁的长者和老领导们，甚至还有90多岁的老前辈们，大家都像回到了自己的青年时代——在祖国面前，大家都变得那么年轻、那么青春！

呵，是的，我们真的还很青春——致敬方阵的礼宾车上，一排排胸前挂满功勋章、颤颤巍巍举着右手的老战士、老将军出现在面前，他们中有101岁的老红军战士、有95岁的老八路军战士。这时，我们全体起立，向这些为新中国打下江山的英雄们致敬！那一刻，广场上所有人都在向他们致敬，所有人的内心深处都在轻轻涌动着一个强烈的愿望：要像老英雄们那样，为祖国的美好明天多出几把力啊！

于是，我听到身边人群中此起彼伏着地传来一个个声音："我们还

年轻呀！""至少也得再活30年，一起参加百年国庆盛典！"

"好啊，一言为定！"

"一言为定！"

那一刻，我看到有90多岁前辈的嘴唇在颤抖，80多岁的长者激动得脸上泛着红晕，70多岁的"老小孩"变成了真正的顽童……

阅兵式上那种威武雄壮的气势，让人每根毛发都散发出自豪感，我看到身边许多长者的眼里噙着泪水，甚至呼吸都有些急促……"你在记什么呀？"我身边坐着的是一位老大姐，当我军装备方队从我们面前开过时，她一会儿忙着站起身照相，一会儿又拿起笔在一个小本上快速地记着什么，嘴里还不停地念着"巨浪-2""鹰击-18""东风-17""东风-41"……这时，有人不解地问着。

"你可不知道，我现在是个军事武器迷！只要我们国家的新武器一出现，我都要一个不漏地把它记下来……知道吗，我家里已经有好几本'武器库'了！哈哈哈，有空翻翻，其乐无穷！"满头白发的老大姐无比自豪地夸耀着她丰富多彩的"夕阳红"生活。

"快看快看，女兵方队来了！"老大姐的惊叫声让周围的人为之一震。是啊！英姿飒爽、美丽炫目的女兵方队就在我们面前十几米的宽阔广场上整齐地走过。那情景让我身边的这位老大姐开心得手舞足蹈，完全忘记了自己古来稀的年龄。她还调皮地向我敬了个并不太规正的军礼，然后又发出一阵欢快的"哈哈"大笑声。那一刻，这位大姐变得很年轻，像一朵美丽的女人花——我简直为她的乐观而陶醉。

呵，青春真的来了——在群众游行队伍中，猛地"冒"出一支由几百位青少年组成的自行车队伍。这些青少年清新可爱、朝气蓬勃、活力四射，蹬着车子满场飞奔，其情其景，令人如痴如醉。我们这个"老部长方阵"一下子为之欢腾起来。这些平时都很严肃的老领导们在看着眼前的这一幕时，无限感慨地说着："年轻真好！""青春太好！"

是啊，年轻真好！青春太好！

10月1日的天安门广场，无论是在庆祝大会上，还是在联欢活动中……处处都洋溢着青春，时时都绽放着青春，人人也都变得异常青春——

你看，坐在观礼台上的老将军们，他们的坐姿虽然不再那么整齐和笔挺了，但他们的神情依旧威严，胸前的勋章和肩头的将星依旧闪耀。

你看，那位老模范的牙齿已剩无几，但他把手中的那面国旗自始至终都被高高地举着，而且不时用他那嘶哑的嗓子在高喊着"祖国万岁……"

是的，我还看到广场上许多年轻的脸庞和青春的神情。他们无论是男的还是女的，无论是长者还是后生，在祖国面前，都是那么年轻、那么青春……而我们的祖国，在自己的人民面前，也是那么年轻、那么青春！

年轻真好！祖国正青春。面对飘扬的五星红旗和金光灿烂的天安门，我心中如此感叹道。

阿里为中国做了件大事

我们都知道阿里是美国著名的拳王，但很少人知道阿里还为中国做过一个特别的贡献。这个贡献是他和中国改革开放总设计师邓小平一起完成的。特别出奇的是，更不会有人想到当时还是一名年轻军官的我，竟然是这一事件的见证人和参与者之一。

阿里对中国的这个贡献是什么呢？自然是与拳击运动有关。大家知道，拳击是发源和流行于西方国家的一门体育行动，也是奥运会比赛项目，在世界上极为流行与普及。中国是武术之乡，拳术一直是"国粹"之一，后来西洋拳——拳击引入后，从事拳击的人也有不少。20世纪二三十年代，上海等地还涌现出了一批优秀的拳击手打败过外国拳王。新中国成立后，拳击运动广泛开展，并成为比赛项目。但在1958年因一件意外的死亡事故而取消了这项运动，"野蛮运动"后来长期成为这项运动的别名。听前辈们说，当年的一场拳击比赛中死了一个人，所以引起了一场风波，一些部门尤其是妇女界的同胞们"群起而攻之"，最后国家体育部门不得不宣布停止全国的拳击比赛和所有的拳击运动。"文革"中还有造反派将这项运动中曾经获过"拳王"称号（比赛冠军）的运动员作为贺龙的"黑爪牙"拉出去批斗，我国的著名拳王王国钧便是其中之一。他在1956年一场国际比赛中击败了朝鲜运动员而获得冠军，但"文革"中却饱受摧残。自1958年这项运动停止之后，从此拳击便在中国人的身边消失，直到阿里1979年访问中国，与邓小平见面后，这项运动才被重新提及。

"阿里访问中国是件大事，当时我们欢欣鼓舞。因为像拳击这样的运动，虽然它是世界性运动项目，但由于历史的原因，许多中国人把它当作'野蛮运动'。新中国成立后已经被政府宣布'禁止'了的一项体育运动，你再想恢复它，谈何容易！没有高人出面，是绝对不可能的。"中国拳王王国钧曾这样对我说过。"从1958年开始，尤其是'文革'结束后，我们这些拳击运动员和诸多体育工作者及有关方面，如解放军、公安等战线都希望恢复这项运动，包括国际奥委会，也希望作为武术之乡的中国能够尽早恢复参加奥运会和国际拳击比赛。我们也通过各种途径请求国家有关部门，力争恢复拳击运动，但几乎没有回声。阿里来中国，恰逢好时机。中国全面改革开放，邓小平作为当时主持国务院常务工作的副总理，还主管教育和体育。他出面接见了阿里。我们这些搞拳击运动和体育项目的人奔走相告，同时也通过各种途径争取阿里在与邓小平会面时谈及或建议恢复中国拳击运动事宜，这事后来确实成功了。邓小平会见阿里时，阿里不仅介绍了美国和国际拳击运动的情况，而且也将希望中国恢复这项运动的建议向邓小平提了出来。邓小平听后频频点头。这意思很明白，邓小平他本人对拳击运动及中国恢复拳击运动的态度是积极的。所以那次阿里访问中国，从政治层面上讲，有人这样评价：不亚于中美之间的'乒乓'外交，而体育界的人都知道，阿里作为世界拳王，为中国恢复拳击运动做出了很大的贡献。当然，这项运动后来在中国得以恢复，关键在于邓小平的支持。"王国钧说。

阿里是1979年来中国的，中国恢复拳击运动是在1986年。这中间的七年时间里，昔日驰骋风云的老拳王们及体育界人士也做出了很多的努力，其中王国钧老师功不可没。这期间我有幸与王国钧老师认识，并参与和见证了恢复拳击运动的艰难历程——

我已经记不到第一次到王国钧老师家是什么时候，只记得他当时住在宣武门的一个胡同里，房子很小，也很破旧，但他的拳王风采依旧，硬朗朗的汉子一条。他说话特别有感染力，我是码字的文人，没有拳力，在拳王面前自然只有敬仰。我们能够经常在一起是因为王国钧老师重视我的笔杆子作用。那时我刚从北京军区调到新成立的武警部队，所在单位是位于廊坊的武警学院。武警学院有个专业是内卫，就是现在百姓经常看到的警卫部队与特警战斗部队的那种专业，战斗力训练是其主体。我在武警学院是新闻干事，写新闻、文学作品，同时还给学院训练部门的老师帮忙改教材。拳击与散打在新组建的武警部队中属于必须推广的一项训练及战斗项目，所以这两个原因使得我与王国钧老师有了特殊的交往与交情——如今与王国钧老师同住在北京城里，虽几十年没有见面，却时常获得他的电话问候，想起来我有些惭愧。这是后话。

认识王国钧老师后，他给我的印象是一直在致力于恢复和推进中国的拳击运动，并且做出了常人难以想象的努力。比如那个时候，社会上对拳击开展还很抵触，王国钧老师组织的拳击训练与比赛常常受到干扰，某个部门一声令下，比赛就会临时被取消或改变形式。我记得有一次到唐山还是什么地方，说好的一场拳击赛，结果因种种原因被权力部门取消了。当时王国钧老师还算是年富力强，但与他一起组织比赛的上海籍老拳王张先生等人都一把年纪了，最后只能住在最简陋的地铺上，运动员更不用说有啥特殊待遇，连口饭都吃不饱。但所有这些却丝毫没有动摇王国钧老师他们恢复与开展拳击运动的决心。后来聚集到王国钧拳王身边的人越来越多，这得益于武警部队和后来出任武警司令员的李连秀的支持。李司令给予了拳击运动最有力的支持，他不仅允许拳击作为训练项目在全武警开展，而且还支持在武警总部成立拳击训练队，并将王国钧老师从首都体育学院特招到武警当这个拳击训练队的总教练。王国钧老师和中国拳击从此有了正式的"合法"的地位。这件事李司令是头功，当然我等"小兄弟"为王国钧老师穿上军装也花了不少心思。我们当时都为五十多岁的拳王能够穿上军装而高兴——这在当时也算一个"奇事"。

在王国钧老师到武警部队之前，其实我们一直在做恢复拳击运动的诸多宣传和"导热"方面的事。比如我记得《北京晚报》第一次刊发了我写王国钧老师的专访，别小看一篇拳王专访，实在是很不容易的。因为拳击运动当时还没有恢复，有人看了文章就会责问：怎么，谁又想把那个"野蛮"运动恢复起来？是不是想把我们的孩子带坏？……这些大帽子扣下来，能吓死一大片人。比如，在王国钧老师的主导下，我和新华社著名记者施宝华通过一篇新华社"内参"，向党中央直接反映了王国钧拳王和体育界人士要求在我国恢复拳击运动的意见与建议。后来它起了很大作用。王国钧老师与我感情几十年不断，我一直猜想他是为这件事念我的情。其实是施宝华老师起了关键作用，他去发的"内参"，我只是写文章而已。王国钧老师后来成为我重要的人生引路人。他已去世了，我内心很愧疚，因为近十年没有为他做过事。

我们再来说中国恢复拳击的艰难历程吧：

回首往事，我只感觉当时在中国恢复拳击运动实在太艰难，难到有时候我这样一个"局外人"甚至想退出。可一看到王国钧老师他们老一代拳王们的努力与艰辛，我又不忍心放弃。我一介文人，虽双手也有些力气——那是劳动人民的孩子和数年部队生活练就的基本素质，但与拳击手相比，实在不值一谈。王国钧老师他们的精神鼓舞着我，让

我在那段时间里做了一些与拳击有关的工作。比如我们创办了一份正式公开发行的《拳击与格斗》杂志。创办这份杂志让我花费了很大的心血，同时也让我走上了编辑与出版的道路。这为我后来几十年在文学与中国作家协会工作积累了不少经验，打下了坚实的基础。现在文学圈里的人也许很多人都不知道我有这段经历。《拳击与格斗》这个刊物，从跑刊号到为刊号起名再到日常的办刊工作，基本上是我一个人在做。王国钧老师也是杂志的负责人之一，他管稿件的业务方面，我管文字、出版、发行等工作。我们的合作者是吉林体委的老李，他是位特别好的长者，且对我特别放心与鼎力支持。杂志是在北京办的，主办单位却是吉林体委，实际工作全由我和王国钧老师负责。我找了几个文友具体操作。没有任何经费，我记得只是在跑申请刊号时，花了几百元钱，所有一切都得靠自己想办法，那是真正的白手起家办刊。至今我仍然清楚地记得，因为没有地方办公，我找认识的《解放军报》李副总编，请他帮忙，后来我把编辑部搬到了军报院子，那里距我家只有几百米，很方便。编辑部在军报的老招待所，还是要租金的，价格还算便宜，但对我们没有钱办杂志的人来说，真是个不小的压力。怎么办？逼得无奈的我，便策划了一场比赛，叫"全国军警拳击与格斗大赛"。这活动由我们三家主办：解放军报社、中央电视台和我们的拳击与格斗杂志社。操作层面其实就是我和王国钧老师，他负责找队伍，我负责具体的比赛组织工作。中央电视台的体育部记者白钢是王国钧老师的好朋友，他找到体育部老主任、后任台长的杨伟光。杨主任非常给力，体育部全程播出支持，军报体育部两名记者也是全程报道和支持。那么大的一场比赛哪儿来钱呀？虽然解放军总参谋部、武警总部都很支持，但没有钱呀！比赛是我们发起的，就得我们自己找钱。怎么办？当时闪出一个念头，就是拉广告，找企业赞助。宣传单子像撒网似地发到全国大大小小的企业那里，结果真碰上了"大鱼"——江苏春兰空调厂对我们赛事感兴趣！我听后简直乐坏了，与春兰空调的老板陶建幸一谈即成。那时陶建幸刚接任春兰厂的一把手，想打企业品牌，于是就答应了出资30万元支持比赛，这让我们欣喜万分。当时的30万元确实可以派上不小的用场，既解决了运动员和比赛场地及播出的一些费用，同时也为我们办《拳击与格斗》杂志救了急。这场比赛是空前的成功，主要由解放军报社和中央电视台在撑着，宣传和影响力度巨大。七天时间，天天有报道，声势也可谓浩大。开幕式上，解放军老总参谋长杨得志和刚接任的新总长迟浩田一起出席，主席台第一排尽是上将、中将和正部长级领导。我是大赛的秘书长兼开幕式主持人，紧张得一塌糊涂，还算好，坚持到了最后。这要感谢军方各位首长的厚爱，而当时我也是穿着军装的"秘书长"（编外"拳击运动秘书长"）。可以说，这次比赛为推动中国恢复拳击运动起到了重要作用。这是首次公开将这项禁止了多年的体育项目展现到了全国人民面前，让大家认识到拳击不仅是一项体育运动，还是对军事和社会治安等多方面有积极作用的训练项目。其正面效应一下子占了上风。第二年，中国拳击运动正式恢复，王国钧等老一代拳击运动员兴奋无比。王国钧老师后来又出任国家拳击队总教练，1988年还带队参加了汉城奥运会。我国拳击运动员首次亮相，就得了团体第八名。1990年，亚运会第一次在中国举办，王国钧老师又带队参加了亚运会。他的队员白崇光为中国拳击队夺得一块金牌，这是我国运动员在亚洲比赛场上创下的历史最好成绩。那次亚运会上我国拳击选手共获一金五银，震动世界拳坛。

中国拳击运动从此在全国轰轰烈烈地展开，尤其在军队、武警、公安和保安队伍中异常普及，成为今天强军、强警、保护人民安全和维护社会治安等必不可少的一项重要基础工作，同时也为人民群众强身健体提供了一种新的运动方式。现在，各地都有拳击运动协会，女子拳击也风起云涌。

而我，作为一个拳击门外汉，居然也受王国钧等拳王的影响，不仅在1986年创作了一部以上海拳王为原型的长篇小说《东方毒蛇》，而且还与王国钧老师等一起多次组织和主持了全国重要的拳击赛事。其中印象最深的一次要算在深圳的那场比赛。赞助商是上海的，上海朋友们为了这场比赛了花费不少心血。记得当时是在上海和平饭店开的新闻发布会，当晚参加会议的上海市领导有六七位，还有白杨等演艺界明星。整个饭店都坐满，好不热闹。而我作为武警部队李司令员的特派代表和比赛组织者，一个不到30岁的小伙子，竟然同那么多领导和拳击界前辈在一起，感受着改革开放和拳击运动恢复之初的那种热浪澎湃的时代气息，内心很是兴奋，因此这段记忆一直烙在脑海……

岁月沧桑，几十年一晃而过。而今我早已同拳击与拳击运动远若大洋两岸。可不曾想到，惊闻阿里拳王去世时，往事不由重新浮现，忍不住写下几笔，一念为恢复中国拳击运动做出贡献的阿里和邓小平同志，二念昔日无意间"误领"我与拳击相识的王国钧等老师。

人的一生很复杂，有时也会有些精彩。我乃一介文人，竟然会与拳击运动有缘，想来有些耐人寻味。

重上井冈山

1965年5月22日,毛泽东在阔别三十八年后重上他梦牵魂萦的井冈山,写下词二首,其中"久有凌云志,重上井冈山""世上无难事,只要肯登攀"等豪迈诗句从此在人们口头传诵。

说来也巧,当我们"中国作家走进红色岁月"采风团来到井冈山时,有两个夜晚的住宿被主人安排在毛泽东当年重上井冈山时留宿永新县招待所的那一房间。对这份"特殊待遇",我长夜不能入眠,眼前时常浮现伟人那挥就大笔、抒怀《重上井冈山》的拳拳之心和昔日指挥千军万马决战于茨坪、茶陵及黄洋界五哨五井的腥风血雨、滚滚红尘的不平凡岁月……

在人流如织的井冈山革命烈士纪念馆里,听着讲解员讲述一个个惊心动魄、催人泪下的英雄故事时,你会自然而然地站在革命先烈的遗像前默默地凝视一张张坚毅而又有些模糊的脸庞,心底顿时泛起阵阵敬意。"五万余名井冈山革命烈士,有近两万人是无名英雄,我们至今不知他们姓甚名谁,但他们却与毛泽东、朱德、陈毅、彭德怀等开国元勋一样,永远活在我们井冈山人的心中。"讲解员用她清纯而低

沉的声音,将我们带进那峥嵘岁月中一个个催人泪下的英雄故事里。

走进八角楼,端详小油灯下那方三尺木桌,你仿佛能依然清晰地看到当年毛泽东起草《井冈山的斗争》时拥有坚定的革命信念的博大胸襟。"农村包围城市,武装夺取政权"的光辉思想,如一束永不熄灭的灯光,照耀着中国革命从弱到强、从小到大直至全国胜利的伟大征程。

在五百里井冈山山峦群峰之间,有一条清澈长流的江河叫富水河,它给我在此次井冈山行程中留下了深刻的印象。

富水河很美,美得让人心醉。从井冈山谷中淌出的汩汩水流,绵延不绝地奔涌着、歌唱着,并且滋润着两岸茂盛的绿地和青山,于是也就自然而然地在此有了一位高扬忠烈之风的伟大爱国人士——文天祥。数百年过去了,但当你站在排排古骨挺硬的大榕树下,似乎仍然闻得"人生自古谁无死,留取丹心照汗青"的正气之声。形如钩月的富水河流经文天祥故里富田镇,在阳光下变得金光灿烂,宛如无边无际的锦缎。河水两岸蓊郁松林的颤动倒影,好似要挥就"笔落惊风雨,诗成泣鬼神"。当走进这座千年古村落时,你万万想不到在这远山隔世的小村里竟然见到一座座完整的明清古建筑,其之宏伟,其之精致,堪称"周庄同里自相愧"。更神奇的是,这里还保存着数以百计的红军标语和毛泽东等当年在此居住的一些实物以及故居。只可惜这些革命文物遭风吹日晒风化严重,该早早下手保护了!富田镇上的乡亲们在讲述当年红军如何在此轰轰烈烈成立"江西省苏维埃政府"和进行"打土豪分田地"的革命运动的同时,颇有几分悲愤之情地为我们掀开了当年"左"倾机会主义错误路线所犯下的一帧帧痛心的史幕。中共党史上有名的"富田事件"就发生在此,那会儿有数百名红军排以上干部被错杀,差点使井冈山的中国工农红军面临灭顶之灾。有情的富水河以其呜咽的缠绵,记忆了那一段不堪回首的往事……

出了富田镇，随潺潺直流的富水河东南下行20余里，便是当年第二次国内革命战争时期中国共产党创建的另一个重要的革命根据地——东固革命根据地所在地东固镇。"上有井冈山，下有东固山"，这是当年中央苏区广为流传的一句话。它形象地描述了革命摇篮井冈山和毗邻的东固革命根据地之间的特殊关系。1929年1月，毛泽东、朱德率领红四军离开井冈山出击赣南，在队伍最困难的时候，是东固人民和根据地的丰厚粮草和枪支弹药以及充足的革命武装，给了红四军将士以极大的鼓舞和补给。东固根据地后来在中央苏区五次反"围剿"中立下不可磨灭的功勋，其中三次反"围剿"的主战场选择了这里。黄公略等无数英烈的鲜血就洒在此地。

巍巍井冈山，红旗漫卷五百里。在这里，每一个山冈，每一棵树木，每一条河川，都映照着革命先辈浴血奋斗的雄姿。信手掬一抔土，你好像可闻得硝烟；摘一朵山茶花，你似乎能谛听到英烈冲向敌营的厮杀声……

这就是井冈山。这就是无数英烈为建立新中国而用自己的鲜血染红了漫山杜鹃的井冈山。

"红军阿哥你慢慢走勒哎，小心路上就有石头，疼到阿哥脚趾头，疼在老妹我的心哪头。红军阿哥你慢慢走勒哎，走到天边又记心头，老妹等你哟长相守，老妹等你哟到白头……"这是我们到井冈山听到的一首深情而凄婉的红歌。唱这首歌的是一位红军烈士的后代，她叫江满凤，井冈山龙潭景区的一名普通环卫工人。她谢绝了外界的重金聘请，坚持留在现在的环卫岗位上。"这样可以让更多到井冈山的人听到我的歌声，让井冈山的精神传播得更远"。她说这话时脸上绽放的光芒异常动人。

还有一位老人名叫毛秉华，已近80岁了，他义务讲解井冈山革命史已经40余年，达数千场。这样的"井冈山精神传播者"还有很多，如退休将军何继明、老红军曾志的孙子石金龙、上海女知青杨洁如……他们是今天的红色井冈人，是今天传承井冈山革命精神的"星星之火"。

渼陂曾是当年红四军军部所在地。这个被当地人称为"庐陵文化第一村"的千年古村落，着实是井冈山地区保存完整的一个"人间小天堂"。据说南宋初年，陕西长安的一位梁氏富家子弟远迁到此，历经几代人的苦心经营，建起了这座气势宏伟的乡间巨宅。如今这里仍完好地保存了367幢明清建筑，且全村户主的姓氏为清一色的梁姓。此地红色文化、书院文化、祠堂文化、宗教文化、明清雕刻文化艺术融为一体。嵌置于村落之中的28眼大小不一的池塘，错落有致地排成八卦图形，象征天上28颗星宿护卫着这个美丽的村寨。九曲十八弯的水渠穿行在宅前屋后，方便村民们的晨洗晚沐。郁郁葱葱、蔽天掩地的古榕和樟树，如绿色锦缎，披拂在这座古风浩荡、生机盎然的古村寨。

说来称奇的是，这座历经战火的古村寨竟依然存留着那么多当年毛泽东、朱德领导工农红军进行艰苦卓绝战斗的红色印记。仅"翰林第"大殿内的"红四军军部"处，可辨认的红色标语就达几十条。著名的"二七会议"旧址，朱德、彭德怀、贺子珍的旧居，外形如故。而毛泽东的故居则更是让我们领略了一位嗜书如命的伟人风采。这是一个书院，厅堂内一副对联："万里风云三尺剑，一庭花草半床书。"据说毛泽东就是看到此联后便在此安居。老乡们说，当年毛泽东白天在战场上"指点江山"，夜晚常在此与村里的一位老秀才论古道今、谈诗数典。据传毛泽东进中南海后，其书房里挂的就是这副对联。

先人已逝，故物犹存。渼陂能在800年中完好无损地保存了古村落的风貌雄姿，又能在80余年的沧桑岁月里精心呵护着红色印痕和革命文物，充分体现了这里的人民对待传统文化和井冈山精神的那份热爱之情，乃可敬可贵。这也不难理解这个小村落为何能出梁必业、梁仁芥、梁必桢三位开国大将军了。

五百里井冈山革命根据地，现在大部分地区隶属吉安市。这块神奇而神圣的土地，曾经孕育了与中原同样发达的青铜文明，以文天祥、欧阳修为代表的"文章节义"之士更使这片土地呈现丰厚、硬骨的文化底蕴。历朝历代中有21位宰相、3000名进士和18位状元出自此地，这里还是许多共和国伟人曾经的居住地。井冈山的烽火和东固苏区三次反"围剿"的硝烟，塑造了中国共产党的第一代、第二代领导核心，也缔造了共和国6位元帅、5位大将、30位上将、77位中将、279位少将和23位开国部长与省委书记，这在中华人民共和国的版图上是绝无仅有的辉煌。

呵，革命圣地井冈山，当我每一次将您深情地凝望时，仿佛在翻阅一部巨卷，里面的传奇故事和精神丰碑，总令我心潮澎湃……

闪烁着历史光芒的外交摇篮

年轻的女作家孟玉,用近一年时间的辛勤采访与调查,给我们呈现了一部鲜为人知的作品《新中国外交人才的摇篮——中央外事学校》。毫无疑问,这是一部值得阅读的有意义的作品。它的价值有两方面:一是作为纪实体文本,二是作为共和国的外交史实。

我们都知道,外交工作是很敏感也很神秘的话题。这几年我写过两部重要的作品《国家》与《死亡征战》,前者是记录2011年我国从利比亚大撤侨的事件,后者是2014年下半年至2015年我国援助非洲抗击埃博拉事件,现在两部作品都已被拍成了影视剧。有60多亿票房的《战狼2》,事实上就是《国家》中的一小部分内容而已,但它已经挺让国人感到震撼了!外交题材总能令人意外的激动和兴奋。孟玉的这部外交题材的作品,我一拿到也就有一种欣喜之感。有些意外的是,想不到新中国的大国外交事业原来竟在一个叫"南海山村"的地方开始的,这就足够具备了吊胃口的元素!

仍然很意外的是,不曾想到在当代报告文学大军中从未出现过的孟玉,竟然第一次创作就取得了较为可喜的成果,得首先祝贺她!

创作纪实类的非虚构作品，是很辛苦的。许多作家有才气，雄心壮志也了不得，但真到了让他写一篇纪实类的作品时，基本上只能做逃兵。所以，我们应当首先要充分肯定孟玉的这种勇敢精神和对文学的执着追求。在这个世界上，没有不付出的收获。收获的硕果，从来与劳动的付出成正比。孟玉的这部作品记录了新中国外交摇篮的成长过程。其中很重要的一点是，她一直在坚持不懈地追寻那些曾经为共和国外交事业作铺垫的革命者和国际友好人士们的足迹，并以朋友式的寻访，获得了书中主人公们的尊重与配合。这对非虚构创作者来说，是极其重要的。孟玉的第一个成功之处应该在于此。她的第二个成功之处是选择了正确的对象，即这本书的题材非常珍贵，它比一般纪实类文学更有意义。过去很少有人涉及这个领域，所以它的价值是很大的。作为纪实作品，这一点十分重要，即发现历史，远比记录历史要重要得多。孟玉的第三个成功之处，她每个篇章都写得非常好，如写校长浦化人、国际友人柯鲁克夫妇、老外交家周南等人物，以及"战略转移""革命情缘"等章节，都很有文学性，令人看后不忘。

自然，孟玉最重要的贡献，是把新中国的外交摇篮——南海山村介绍给了全国人民乃至全世界人民。中国从一穷二白的穷国，变成如今让世界刮目相看的大国、强国，外交工作是一大重要方面。今天国家的强盛、百姓生活的安康，与外交工作密切相关。从某种意义上讲，可以说，没有外交上的胜利，就没有今日中国的强盛与人民幸福安宁的生活。新中国外交战线上有一批优秀和杰出的人才，他们不是天生就冒出来的。原来早在新中国成立之前，我们党便卓有远见地创办了外交学校，并在艰苦的条件下培养了一批又一批的专业人才，为新中国的外交事业奠定了基础。这是我们党的重要事业之一，以前极少有人反映。南海山村外交学校的诞生与发展，足见我国的领袖治国理政的才能和远见性。新中国外交事业要感谢这个小山村，因为是这

块土地和土地上的人民养育了这所红色外交学校，是他们用生命和鲜血染红了插在共和国外交摇篮上空的那面鲜艳旗帜。我国改革开放，其中一条经验是对外开放，而对外开放中，外语人才的培养与建设占有十分重要的地位。南海山村的外交学校是北京外国语大学的前身。对后者大家都很熟悉，北京外国语大学是中国外交和外语人才的最重要的摇篮。也许没有当年南海山村的那所外交学校积累的办学经验和师资队伍，北京外国语大学的成就也不会像今天那么举国公认。写到这里，我不得不说孟玉这书给了我两个意外的惊喜与联想：一是我女儿也是在北京外国语大学念了七年书，从本科到研究生；二是浦化人先生是我老乡，不曾想到这位红色传教士，还是中国共产党的外交先师。

最后还是想重复一遍：这部作品的意义在于，我们国家虽然今天离世界舞台中心越来越近了，然而我们绝对不能忘却在走向这个中心的过程中，有一个外交事业的起点是从南海山村走来的——它应当属于我们党今天高扬的"西柏坡精神"的组成部分，且将名垂千秋。

为我们敬仰的高贵者立传
——《袁隆平传》序

"既然地球上最高贵的生命总是人的生命，因此那些有关人的生平的文学必然总是最高贵的文学。既然个别人的生平必然总是具有不属于任何人类团体的独特性和趣味性，因此传记必然总是具有其他任何种类的历史无可匹敌的魅力。"英国学者菲利浦斯·布鲁克斯在1886年论述有关传记文学时如此说。不难看出，有关对那些"个别独特人"的生平的传记写作，是一种具有特殊魅力的"高贵文学"。

其实，真正高贵的是写的传记的对象——那些具有超越于一般人的"个别人"，他们的生命事实上就是与众不同，值得人们敬仰。比如拿破仑、普希金、爱因斯坦，比如孔子、孙中山、毛泽东等。他们像闪烁光芒的星星一直在温暖我们的理想与精神！这样的人的身上所具备的无可匹敌的魅力，总是在鼓舞和影响着我们的人生。而就在我们眼前的那些"个别人"，其实对我们的影响可能更大。比如，像我国这样一个14亿人口的大国，吃饭问题是位居第一位的大问题，谁能解决这么多人的吃饭问题，谁就是最伟大和最了不起的人。

五千年的中国文明史几乎都围绕着一个"吃饭"问题。新中国成立后，毛泽东想得最多的事也是如何解决几亿百姓的吃饭问题。改革开放后的几十年里，中央的无数个"一号文件"也是解决与"吃饭"相关的问题。可见，吃饭问题多么重要。对中国如此，对世界也如此。我记得自己小时候，因为没有饭吃而常感饥饿。那个时候，许多老人、成年人与孩子都被饿死了。在我能够劳动的时候，为了多打粮，全国"农业学大寨"，把那些本来覆盖在山上、地上的绿化森林都砍了，变成了"梯田"、稻田，以至于我们不得不饱受环境污染之苦。然而，现在似乎我们再不用为粮食发愁了，因为有一个人做出了伟大贡献，他因此也在我们中国人心目中成了与大科学家钱学森一样受到特别尊敬的人，这人便是杂交水稻专家袁隆平。

现在，我的手上就有一本《袁隆平传》。读着它，我很激动和感动，因为袁隆平这个人是我和许多人特别尊敬的当代伟人——平民式的伟人，知识分子中的伟人，父亲一般亲近的伟人！

我知道，有关袁隆平的"传记"和书籍已经不少了，但现在我手上的这本很特别。因为作者是位70余岁的老学者、老教授、老作家郭久麟。

"真正的传记，是从人类纪念前辈、怀念英雄、实现自我的天性中产生的最古老的文体之一。它是人类用笔为自己建造辉煌的纪念碑。"这话是《袁隆平传》的作者郭久麟说的，是他的学术专著《传记文学写作与鉴赏》一书开头的第一句话。郭久麟是中国当代集传记文学创作与研究于一身的为数不多的几位有影响有成就的专家之一。他自20世纪60年代开始就致力于传记文学的理论研究和创作实践，著有十余部有影响的学术著作和传记作品。

这是一次具有学习意义的阅读旅程——对我所敬仰的袁隆平，我感受到了一个中国知识分子的不懈追求与崇高精神境界；对我所尊重的郭久麟，我了解了他有关传记文学的理论与学识及他个人的创作实践。

关于袁隆平，其实我十几年前到海南三亚为当地写一部书时，就认识他并与他面对面聊过。那一次我才知道其实袁隆平的事业"大本营"是在那个一年四季如夏的三亚！他的试验田、他的工作室、他发现杂交成功秘密的那棵"野败"，都在三亚。当时我就有一种冲动：如果有一天为这样的人写一部传记，那将是我的荣幸。这个愿望我没有实现。但是，现在我们的同行、传记文学作家郭久麟写出了《袁隆平传》，我由衷地感到像自己创作出了这部传记一样兴奋。

中国人对袁隆平的感情是出于对粮食的感情，中国人对粮食的感情便是对自己生命的感情。袁隆平伟大就伟大在此，人人敬重和敬仰他，因为他给予了我们中国太多，给予了我们今天的人类太多。民以食为天，没有粮食，就等于没有生命。生命很可贵，必须靠粮食。袁隆平靠个人的科学天分与奋斗精神，靠他的团队力量，给予了我们无数生命得以生存的可能，还有比这更伟大的吗？

为这样的人立传，自然是作家的天职、文学的责任、历史的使命。郭久麟以他70有余的高龄完成了如此一部巨著和对一位当代大科学家的激情抒写，我认为是件特别有意义的事。首先，它的意义在于为袁隆平这样的人写传，传扬的是一种中华民族精神，这种精神饱含了对国家、对人民和对自己的深厚感情；其次，这种精神里有一种科学家的中国梦的强烈色彩，袁隆平追求杂交稻的成功之路，正是这种完美的中国梦的实现过程；更重要的是，袁隆平的人生境界里，包含了敢于探索、敢于创新，正直、执着、无私、奉公、坦荡、朴实等美德，而这正是"传记文学"所要表现的"最高贵的生命"的光芒之所在。郭久麟选择的立传对象与创作的立意和境界，令人敬佩。

郭久麟是当代中国传记作家中的老资格、先行者，早在1976年

时他就开始动笔从事传记创作。40年来，他笔耕不辍，为周恩来、陈毅、吴玉章、罗世文及柯岩、雁翼、梁上泉、张俊彪等名人名家写过传记。他是大学文科教授，又致力于传记文学的理论研究，出版过多部传记学术著作，是我们熟悉和有影响的传记理论家。令我敬佩的是，他在古稀之年，不但在袁隆平读小学、中学、大学的第二故乡——重庆深入调查采访，而且还多次远赴三亚、长沙、安江、德安等地，不辞辛劳，去追寻袁隆平学习、工作、生活的足迹，探访袁隆平的祖辈，并深入采访袁隆平的助手、同事、学生，认认真真做好写作前的功课，这一点值得许多年轻传记作家学习。

文学是人学，写作者的态度决定着作品的高度与质量。郭久麟广泛搜集整理资料和精心构思立意，为《袁隆平传》打好了基石。写一位大家熟悉的科学家，并非是件容易的事。人人都知道的人物能不能写出点新鲜东西，能不能写得真实生动，其实是件非常难的事。然而，郭久麟的《袁隆平传》我看得津津有味。他把袁隆平一生展现得十分清晰，生动感人；同时，作品把袁隆平的精神世界展现得彻骨彻悟、入木三分。尤其让我感兴趣的是，郭久麟的此部传记行文角度很独特，是以对话式的第二人称来叙述袁隆平的人生与经历，读来很新鲜、亲近、贴切、顺眼、入耳，这是他的创新，值得我们学习。此外，他文笔的细腻生动，洋洋洒洒50多万字，把袁隆平一生的故事都"挖"到了极致，这不容易，是高难度的。

作为一个人的传记，就是需要这样丰富的材料和精彩的细节，不然就不是真正的传记了。郭久麟在《袁隆平传》中对袁隆平在科学研究中遇到的矛盾冲突、他的爱情婚姻、他到国外推广杂交水稻的经历、他的禾下乘凉梦等"凡人琐事"，都写得真实感人；对他遇到的失败挫折并不回避，这也使得传主形象真实、亲切，也就更可爱、更可敬了。

郭久麟有很深厚的传记理论功底，自然他"实践"的作品，让我们真切地看到了这种理论功底的延伸功力和指导功能。相信读者和我一样会特别喜爱这部《袁隆平传》，因为它较其他传记中的袁隆平更真实、更全面、更精彩。

用文学表达我们对海疆的情感

有一块疆域，过去我们国人对它似乎缺少太多的关注和重视，那就是我们国家面积达300万平方公里的海疆。这块疆域如今遇到的事最多，也最被世人关注。有人说，中国的未来发展和希望皆在于此，看来这种结论越来越被接受。难道不是吗？否则，当今的头号强国和诸多想吞食我南海、东海列岛者为何如此频繁出现？中国应警惕兮！

从鸦片战争开始，闭塞的国门终究还是被迫打开了，开始向被称之为"蛮夷之地"的外国开放。当时清朝政府已经习惯于唯我，习惯于自封，更习惯了"天朝"的称谓，对于大陆之外、海洋之滨的他国实情知之甚少。正是这种尘土自封的意识让中国的脚步在19世纪末停缓了下来。八国联军跨洋越境，甲午海战水师惨败，可以说，中国的大门是从海洋上被打开的。就在那时，清朝政府竟还在用骑步兵来做着拯救自己国土的梦。他们对海洋没有概念和意识，所以，当外国人打进了北京城，人们看到黄头发、蓝眼睛的他们，称之为"洋人"。"洋人"这个称呼表明了少见多怪的国人对异国人士的印象，同时也无不时刻地告知世人：当时中国对于海洋就如同刚见到外国人一样感到陌生和新鲜。

假若抽去时间的间隔，将一个半多世纪前后叠加在一起，我们会发现中国海洋主权意识的前后对比。历史的车轮碾过170多年后的今天，中国宣布在海南成立三沙市，正在为南海黄岩岛海域的主权展开激烈的抗争。而在东海，美日屡次为钓鱼岛与中国展开明与暗的种种博弈。我国据理力争，以自己的实际行动捍卫自己的海域主权。经过了一个半多世纪，从最初的"洋人"之称，到如今的捍卫之举，国人的海洋主权意识在不断地增强。众所周知，海洋是人类生命和文明的摇篮，人类对于海洋的依赖是如此的强烈，以至于凡是有水流经过的地方，我们就会播撒耕种、繁衍生息。同时海洋作为一项重要的战略资源，对于滨海国家的生存与发展起着决定性的意义。海洋不仅是一个国家天然的生命线，还蕴藏着丰富的石油、天然气等资源。可以说，21世纪是海洋的世纪，海洋权力的范围涉及军事、政治、经济、文化等各个领域。它不仅仅是简单的控制问题，更重要的是用海洋来开拓一个新的舞台，迈进一个全新的时代。

当了解了这些，再回头看《中国海洋轶事》便会对杨钦欢先生格外钦佩。杨钦欢不仅有出色的商业头脑，更有着一流的思维"移植"能力。在他的眼里，文学作品贴近社会、贴近现实的点就在于对于当今时代的独特的把握。在与他的长期交往中，我不仅深切地感受到一个中国企业家的敏锐和智慧，更看到一位爱国者强烈的人文情怀，这是非常难得的。杨钦欢先生具有博大的战略胸怀和深谋远虑的思想意识，他对构建当代国民文化素质体系也有独到的深层次思考。他在倡导编撰出版《中国治水史诗》后，再度策划主持《中国海洋轶事》工程，可见他的拳拳爱国之情。

《中国海洋轶事》是一部文学体裁的"海洋知识"书，内容丰富，文采飞扬。其中无论散文也好，小说也罢，无一不在告诉我们，中国自远古以来就有海洋文化和文明，对于海洋轶事的记载则是最好的历史证明。这无疑又在中国海洋文化发展史上写下了浓重的一笔。本书纪实性强，同时也不乏有许多有趣的海洋故事。读这本书，从头到尾是心情澎湃的、激动昂扬的，一腔爱国热血驻足胸间。该书上到远古神话，下到当今故事，很系统和生动地把中国海洋的文化发展史展现了出来。该书以体裁分卷，分为纪实、散文、小说、神话、史论，让读者更加清晰地了解海洋文化，虚实结合，实例丰富，娓娓道来。每一篇文章的作者大多为知名作家，其功力在文字之间可见一斑。可以说它对于弘扬国人的海洋主权意识、传承海洋文化及文明，功不可没。

应该说，有这么多的作家集体创作一本海洋书尚属首次，文学家能用自己的笔去记录和传承中国海洋的文化发展史和文明史，对于中国海洋的现在和未来将产生极大的影响，其文化和社会意义非同寻常。我们知道，文学是社会的绘版，作家是时代的学匠，用文学去记录和反映时代生活是作家的特殊使命。作家的作用不仅是提供给大众声情并茂的文学作品，更应该为社会的发展、国家的兴衰、民族的振兴、文明的传承作强有力的支撑。事实上，随着文化影响力的日益提高，作为历史印记的文学作品正发挥着应有的作用。

近年来，日本觊觎我钓鱼岛，抢夺之心未死，中日在东海上摩擦不断。而在南海问题上，也有人野心勃勃。书中周羽的《南海：祖国的神圣主权》、吴维的《泱泱大国的伟大航行——郑和下西洋》、傅波的《中国广阔东海的印记》等文章真切地反映了中国版辖、经营东海、南海相关海域及其渔民从事渔业生产的历史；刘兆林的《甲午中日大海战》、邓刚的《千奇百怪说海洋》、陈世旭的《海上札记》、冯艺的《风向北部湾》等，都从不同角度反映了我国南海、钓鱼岛等海域古今各个时期维护海权方面的诸多史实。此类为代表的篇章是我国拥有海域主权的有力证据。这一切，就是文学所具备的社会意义。用文学表达我们对祖国海洋的赤诚之情，也是本书诸多写作者的共同心愿。海洋带给文学的是取之不尽的源泉和养分，我们何不行动起来！

最后，要感谢杨钦欢先生的策划促成了本部书，也感谢《中国海洋轶事》编委会的各位同志的努力，以及各位作者的辛苦创作。尤其感谢程贤章和张笑天主编，他们对于文学的执着值得我们学习。更应该感谢的是中国海洋文化史中的人和事，这些无疑是中国海洋文化的血肉所在。我相信，中国海洋的发展必将蒸蒸日上、更加辉煌！

因为崇高和卓越才最可爱

凡是小朋友,都喜欢别人夸他(她)可爱。可爱在小朋友心目中是美丽的代名词。

姑娘更喜欢别人夸她可爱,因为可爱并不一定是出众的美貌,活泼、清纯、含蓄,甚至别出心裁地打扮一下,或者一个亲切的微笑,都能让她变得可爱……

小伙子也能成为可爱之人,恰如其分的交往、彬彬有礼的谈吐以及助人为乐、见义勇为的行为,自然也能让他变得可爱。

在长者中,也有很多人十分可爱,他们的直率、真诚、风趣、幽默,甚至是健康的体魄和优雅的举止,也都能使他成为可爱的人。

而"最可爱的人",他们的身上除了必然有上面的这些可爱之处外,更多的是他们在自己的工作岗位上做出了杰出的贡献。这些贡献不仅对他们所在的单位或领域,而且对国家、对民族,甚至对我们所有人都产生了不同程度的影响,如带来了福祉等美好的意义。在这些人身上,你可以感受到他们的心灵之美、行为之美和思想之美。这样的美,可以温暖和普照全社会,乃至全世界所有的人;他们非凡卓著的业绩又同样能惠及我们每一个人……所以他们是我们共和国的最可爱的人。

70多年前，一场伟大的抗美援朝战争，数十万中华优秀儿女为了保家卫国，"雄赳赳，气昂昂，跨过鸭绿江"，与强大的敌人展开了殊死搏斗，许多人因此牺牲在我们的邻国朝鲜，他们在一个叫魏巍的作家笔下成为"最可爱的人"。

几十年来，那些为共和国英勇捐躯、为民族大业无私奉献、为社会主义做出杰出贡献者，都会被我们的人民称为"最可爱的人"。

其实，每个时代、每个历史阶段，在我们的心目中都会有些值得尊敬的人，他们其实就是与我们同时代生活着的民族英雄、杰出人物、人生榜样。作为一名以记录时代风云、讲述中国故事为己任的报告文学作家，由于职业的特殊性，我在40多年的创作经历中，见过和采访过许许多多的杰出人物。在这数以千计的群英中，有些人就像一座座丰碑，永远在我心中高高地耸立着……他们的精神境界、他们的心灵世界、他们的敬业行为、他们的理想信仰，甚至他们的音容笑貌和人生的点点滴滴，都闪烁着金子般的光芒。看他们走过的足迹、奋斗的经历和创造的伟业，你会在迷茫时学会如何选择正确的人生方向和目标，你会在困难和乏力时增强自信和战斗意志，你也会在日常生活和工作中变得对祖国和民族格外有感情，你当然还能从他们身上学到如何做一个有价值的人。总之，这样的可爱者之所以可爱，除了他们本身已经光芒四射外，还可以把他们身上的光芒"移植"到你的身上，从而也会让你成为一个不平凡的人，一个同样令人尊敬与敬佩的可爱的人。

《可爱的共和国人》选择了十二位最可爱的人，他们中有一生致力让大庆油田几十年高产的"新时期铁人"王启民，有港珠澳大桥的功臣林鸣总工程师，有习近平总书记为其让座的"山神"黄大发，有

原子弹、氢弹主要研制者王淦昌，有电影《战狼2》的原型人物——我国年轻的外交官们，有几十年蹬三轮车挣钱捐助贫困大学生的白芳礼老人，有"义乌市场"的缔造者谢高华，还有依然在远山参与时代大决战的青年扶贫队……他们身上的故事，时常令我内心感动、激动和心灵颤动，因为在他们身上有一种热爱祖国和热爱人民的炽烈情感及大智大仁，有一种永远让你崇敬和仰望的境界，他们因此也比其他人卓越，也就当之无愧地成为我们同时代的共和国最可爱的人！

让我们以一次又一次的书写和阅读的方式，在新中国成立一百周年之际向这些可爱的人学习、致敬！

我们是时代的钢琴手

这个题目其实是在我想写这篇文章前突然从脑海里冒出的一句话。难道不是吗？倘若你是一个为中国时代讴歌者和立传者，你的笔、你的每篇作品是不是就像一个钢琴手一样，弹奏的是这个伟大时代的最强音！

在一个国家的一个时代，在人类历史的某一个阶段，我们都是记录者或记忆者，我们能为生活在其中的时代写些什么或记忆什么，其实都是根据自身的价值观、审美观和可能允许的工作环境，去完成一篇篇作品而已。肯定是要有所选择的，还肯定是要有所"定调"的。当下信息海量和传媒异常众多的时代，电视镜头与手机短视频，都可能在瞬间就让一个事件、一个人物突然"蹿红"到极致。今天的社会，就像一个巨大的交响合奏舞台，各种声响都在寻求表演的空间。从某种意义上讲，从事为人物立传者并不占任何优势。恰恰相反，如果把握不好，音准没有"调好"，便极有可能被湮没在巨大而嘈杂的其他声音之中。由此我认为，为时代立传者，就应该成为这个社会交响乐队中的钢琴手，他或许不会像在电视镜头中那么快捷和迅速地露

脸，或许不像在手机短视频中那么随意和简便地出现，可一旦出场，必定震撼全场、激荡人心！

钢琴手便有这样的魅力：他弹出的每一个音符，能撼动山河，能摧枯拉朽，能落泪涕泣；钢琴手便有这样的底气：他举重若轻，挥洒之间尽是对人世间的爱与憎的精准表达；钢琴手便有这样的判断：他可以为正义与善良，可以为公平与自由，呐喊出全部声音，洒落出所有节奏，甚至不惜敲断根根筋骨……

这就是交响舞台上永远无法替代的钢琴手，他的存在本身就说明时代的大舞台上不可能缺少这样一个台柱，否则整个大舞台都将黯然失色。

立传者的意义就在于此。时代越奔腾前行，文明程度越趋向终极，钢琴手的存在也就越显得珍贵，因为高山流水般美妙的乐曲，唯独钢琴手最胜任。伟大的时代必有伟大的人物，伟大的人物倘若没有伟大的立传者，再伟大的人物也不会流传下去。

而一个优秀的钢琴手，如果想弹一曲最美的乐曲，他首先应当躬下身子，去倾听时代最强劲的声音，去走近最伟大人物的内心世界，去抚摸立传对象的每一根细微的神经与感受他们的每一根血管……并且还应当在为伟人立传时比伟人站得更高去感受他，在为英雄模范立传时比他们更积极地去畅想奋斗与努力的酸甜苦辣，在为普通人立传时比普通人更俯下身子去聆听他的脉搏跳动，只有这样，才可能把时代的最强音、人生的最美妙之处，弹得更好、更畅、更美！

我一生写过毛泽东、邓小平、江泽民、朱镕基、习近平等党和国家领导人。我记得在写邓小平时，想象自己站在"天"上与他对话，那种感觉超越了时空、拉近了距离。我还写过众多科学家和工程师。写这样的人物时，我总喜欢钻进他们那些奥妙无穷、似乎永远也弄不明白的专业领域。而正是这样，我才感觉写他们时会越写越有劲儿、越写越趣味无穷。我写过数不清的英模人物和普通百姓。记得第一次接触贵州大山里的黄大发老人时，他握住我的双手是颤抖的。他领我上了千米高的悬崖去看他用了毕生辛劳与汗水才完成的那条"天渠"。从采访的第二天起，他老人家恨不得每时每刻都拉着我的手——这一拉就是一个星期，也正是这种"手拉手"的交流，才让我为他写下了《山神》这部作品。

为时代和时代人物立传者，应该永远是个能够弹奏出时代最强音的钢琴手。而从钢琴手的十指间划出的声音，将如高山流水，将如大海浪涛，将如大地锦绣，将如苍穹虹霞，将如永远不朽的历史诗篇……

可敬的奉献者

在抗击新冠肺炎疫情的斗争中,中华民族再一次迸发出光芒照人的精神风采。

集结令响,全国各省市区、解放军和各条战线,迅速组织救援队伍。他们如战争召唤的勇士,如插入敌人心脏的尖兵,如决战必胜的威武之师,以雷霆万钧之势,开赴疫情最严重的湖北武汉,与可憎的病毒展开一场场生死搏杀。年轻的医生妈妈,来不及与孩子告别就登上远去的列车;白发苍苍的老专家,来不及理一下胡须便加入了驰援的队伍;一队队英姿飒爽的军医大的女学生们顾不上给亲人发一段微信,便换上防护服来到患者的床前……

他们是此次灾难中的冲锋战士,是如焰疫情中的烈火英雄;他们向病魔肆虐的战场前沿奋勇挺进,视死如归。在那密不透风的防护服下,在那一层层的口罩后面,我们看不清他们的面孔,只能看到那依稀的身影。那英雄般的姿态,那豪迈的脚步,那坚定的目光和战胜一切的浩荡之气!这就是你——那些与病魔展开生死存亡决战的英雄;这就是你——那些把一个个同胞从地狱的门口拉回人间的天使;这就是你——那些在医院内外默默递送口罩、防护服和外卖的小伙子、干警，以及不曾留下名字的捐献者……

是的，我相信平时的你，一定是无论何时都会走在别人前面的先进者、领头羊，否则你不会在危难之际毫不犹豫地朝着最危险、最需要的地方冲锋陷阵。是的，我相信平时的你，一定从不隐瞒自己的爱与憎，你会把个人的精力和才华无私地贡献给祖国和人民，人民的幸福就是你自己的幸福，人民的平安就是你自己的平安。你也许在平时从不炫耀自己的任何闪光点，哪怕它像泰山一样伟大，在众人眼中你就是一个平凡而普通的人。然而，当祖国和人民需要你的时候，你昂首挺胸、义无反顾地做出随时牺牲的准备，英雄气概威震山河！这就是你的品格，平凡而高尚，闪耀着光芒。你就是我们民族奋进中最强大的力量和最崇高的奉献者。

我们也歌颂在此次战疫中更多普普通通的人。

有这样一句话最近很流行："英雄并非从天上掉下，他就在你我身边。"这说的是在如此浩大的抗击疫情的人民战争中，许多平凡的人在一夜间成为全民敬仰的英雄。此次疫情，来得快、来得突然，也来得凶猛异常，让我们有些措手不及，毫无思想准备。在这种情形下，每个人都可能被卷入特殊的战疫之中，并不因个人意志和愿望所转移。因此，统一指挥，果断行动，全民配合，人人参与战斗，顺势而为，就显得尤为重要和必要。这是一场疫情防控的人民战争、总体战、阻击战。很长一段时间内，我们被迫"宅"在家中，停留在旅途，延期复工复学，与本该团聚的亲人远隔万水千山……战疫这样的行动，是疫情的需要、国家的意志，是在党中央集中指挥下步调一致的大国行动。这样的行动本身，就是需要全民参与的伟大战斗，它是一种人人为自己、人人为大家、人人为国家的行动，因而它是自觉的、有为的，是既有"私"又无私的表现。每一个身处国家战疫行动大局中的人，也都在做着自己的奉献，那就是：不给大家找麻烦，不给国家增添更多负担。凡是这样的人，他们都是此次战疫中可贵的奉献者，他们与"最美逆行者"一样，都是值得尊敬的英雄。

世界卫生组织总干事高级顾问布鲁斯·艾尔沃德说："最让我震撼的是，每一个中国人都有很强烈的责任担当和奉献精神，愿意为抗击疫情做出贡献。"诚哉斯言。

特殊的历史行进路上，赞美，属于每一位时代奉献者。

人民至上的凯歌

一场突如其来的疫情，考验着每一个地区、每一个执政者。2020年春天的一场新冠病毒，让中国大地乃至全世界饱受折磨与折腾，甚至苦难与悲痛。在这场罕见的疫情中，每个地区、每个国家的表现都被记载在史书上。谁干得好还是坏，人民看在眼里、记在心头。

虽然美丽的湖州大地并非疫情的中心，然而在这块土地上的人们，同样经受了疫情的袭击，许多心理考验是与疫情区一样的。在这其中，执政者如何作为、作为如何，百姓是最好的评判者。现在，湖州人民给予了湖州市各级党委政府和干部们"优秀"的评价，这应该说是当之无愧的。

湖州在对待和处理自己的疫情全过程是出色的、科学的、有序的、成功的和圆满的。作家田家村的这部作品就是一个很好的例证。

关于田家村，我是在2014年春天因参加他的长篇纪实文学《江南小延安》作品研讨会才认识他的。过去对湖州的认识只知其是一座与我家乡苏州一样美的江南水乡之城，却并不知湖州还是一座英雄的城市。田家村的《江南小延安》以激越的文字和澎湃的情感，再现了

60多年前粟裕司令受中共中央和华中局指示，率新四军一师主力与两年前先行进驻长兴的十六旅会合，成立苏浙军区，开始"深入苏南工作，打开浙西局面，打通与浙东联系"的光荣使命。作品生动再现了发生在湖州大地上的一个又一个军民鱼水情深的感人故事。这些故事体现了中华儿女不畏强暴的英勇斗志，体现了党领导下的新四军和湖州群众的骨肉情深，彰显着人民群众支持抗战，创造历史的伟大力量。后来，这部作品获得了浙江省"五个一工程"奖。

近几年我到湖州的次数比回苏州老家还多。因为这块土地是习近平总书记的"绿水青山就是金山银山"重要思想的发源地，而我也有机会书写这给安吉、给湖州、给浙江大地所带来的新时代的巨变之书《那山，那水》，由此也与湖州结下深厚情感。加上身为中国报告文学学会会长，与徐迟故乡南浔有着更多的联系，举办了各种活动，所以与湖州的感情非同寻常……

我与湖州有缘，而且不是一般的缘分。

此次新冠肺炎疫情袭来时，我同样关注湖州父老乡亲的情况。令我欣慰的是，湖州是浙江乃至全国防疫中应对最快、行动最早、执行最严、确诊病例最少的城市之一，也是浙江最早启动复工复产的城市。湖州紧紧抓住了疫情防控的特征和每一个重要的节点，及时出台一系列强有力的防控举措。严格落实"精密智控"部署，按照"两手都要硬，两战都要赢"的要求，精准施策抓好疫情防控，全力推进经济社会稳定发展。湖州88位医护工作者临危受命，挺身而出，驰援武汉，充分体现了他们把人民利益看得高于一切的责任担当，充分体现了他们仁者至上的博爱精神。湖州百姓在此次疫情防控中体现出来的大爱、责任、担当，温暖着整座城市。

讲好中国故事，特别需要报告文学这样的文体，而报告文学又是最能快捷、生动、真实地表现某一突发事件和新时代精神的文体。它的文体决定了它可以发挥独特作用。

作家田家村生活在湖州，对湖州经济社会的发展，特别是此次突发疫情中感同身受。他将人物生存的情况与社会环境相融合，把人物放在广阔的社会背景中去反映，从而发掘很多"小人物"在本次大事件中的闪光点和社会意义，生动展现了湖州精神、湖州大爱和湖州担当。

他所写的《庚子战疫》是一部以湖州人民同心抗疫事件为背景，全面、真实和准确地呈现了湖州市委、市政府的果断决策，精准布置，指挥有方和努力作为；细腻精彩地呈现了国难当头的危急时刻，湖州医护人员所表现出来的仁心大爱和勇敢精神；生动鲜活地呈现了这一大事件中湖州人民众志成城抗击疫情的用心坚守和积极乐观的生活态度；点面交叉地呈现了在这一突发事件中的平凡英雄、闪光事件、难忘故事和沉重片段。

作品贴近百姓，以平民视角关注湖州，同时又用跨越时空地域的手法进行了纵观全国和世界的展示，既贴近生活的本质，又有写作的高度和纵深感。作品生动解读了四海一家，人类是自然界的组成部分，是自然的改造者而非创造者，全人类、全社会都必须履行保护环境的责任和义务这一主题。文中有鲜活感人的平凡人物，有丰沛逼真的生活场景，有时代精神的反映和思考。作者富有特色的语言，令作品更有意境，也令故事更加耐看。可以这样认为，《庚子战疫》用发生在湖州大地上的感人事件，为我们生动解读了"绿水青山就是金山银山"的深刻含义。它精准地阐释了湖州人民一手抓抗击疫情，一手抓复工复产，用实际行动彰显了"绿水青山就是金山银山"，践行要像保护眼睛一样保护生态环境，像对待生命一样对待生态环境的勇气和决心，谱写了湖州人民努力在新时代绿色发展征程中所焕发出来的精气神。这部作品能激励当代人奋进与思考，同时也为当下和历史留下了有温度、可回味的时代凯歌，值得肯定。

美丽的女孩向我们走来

"黄文秀"在新闻中出现的第一时间里,我就对她印象深刻,是因为她年轻,又因为她是北师大的毕业生,更因为她在花季的青春时牺牲在扶贫、脱贫攻坚战的崎岖山道上……我和全国人民一样,很快就知道了她的名字,以及她留在大学里的那张灿烂笑容的脸庞。

我曾经工作生活的地方与北师大"门对门",因而我也比较熟悉这所名牌师范大学,也熟悉从这个门口出来的那些青年学子们的身影。他们是一批有理想、有追求的人,他们把自己的理想和追求,置放在人生最重要的事业上,那就是为国家和未来承担起一份光荣的人民老师责任。黄文秀是千万个北师大毕业生中的一个,一个默默从遥远的山区来,又默默回到遥远的山区的人……

她的人生很短暂,然而她的人生又光彩照人。她牺牲在中国社会的一场伟大历史进程中,因为中国共产党宣布我国人民要在2020年告别贫困。这是人类历史上前所未有的一场革命性的战役。没有比几千万人一下摆脱贫困,更令人心潮澎湃和更具有至高无上的神圣使命感了!因为我们是发展中国家,因为我们是有14亿人口其中8000多万人是贫困者的国家。所有的当政者都清楚,一个民族为了解放事业,有时通过一场短暂的流血战斗,便可以完成。然而,解放了的民族,并不一定能实现幸福和摆脱贫困。相反,无数历史经验告诉我们,摆脱不了贫困、实现不了幸福生活的民族,他们的人民依旧会在某一天重新举起斗争的旗帜,进行另一场甚至更大的流血战斗。

这也让我们更加清楚地认识到消灭贫困的重要性。脱贫是一场特殊的炼狱。党的一声号令,动员和鼓舞了无数优秀的中华儿女去参与这场伟大的战役。一批热血青年首当其冲,他们肩负特殊使命,许多人成为那些正在脱贫攻坚的贫困村庄的"第一书记"。何谓"第一书记"?如果没有理解错的话,就是这个村庄的第一责任人。这样的角色,就像我们民族解放事业中那些冲锋在最前面的连长和连指导员……共和国血染的红旗正是这些英雄们支撑起来的。

年轻的黄文秀就是这样的英雄,她的生命就是在这样的伟大战役中放射光芒,并永恒地铭刻在中华民族全面实现小康社会的历史性攻坚战的丰碑上。

关于黄文秀如何带领乡亲们完成脱贫攻坚战役和在这场伟大战役中又不幸牺牲的事迹与过程,作者阮梅在她的这本书"后记"中已经有了详尽的阐述。而许多人在了解黄文秀的青春一页时,并没有机会翻开她之前的岁月"日记"。《少年黄文秀》则是一部完整记录这位"朝前走"的时代楷模的作品。她那平凡而丰富的少年足迹,是适合给全国青少年朋友阅读的一部特别励志和具有艺术魅力的好教材——我称其为"人生好教材"。

包括我在内的许多人被黄文秀所吸引和感动的地方,除了她年纪轻轻就为壮丽的事业而英雄献身外,尤其被她那充满朝气和灿烂的笑容所吸引。出身很平凡又很贫困的黄文秀,长得却十分甜美,特别是她留在世上的几幅照片上的形象,格外青春,格外阳光,看不出是个穷苦家的女孩子。她的天生乐观，在于她能够正视自己，从不自卑，又勤奋好学、努力进取，而且非常成功。她天性中的善良，使她义无反顾地担当起振兴一个贫穷乡村的重担。这样的青春女孩，是我们这个时代所造就的一代新人形象。但她为什么能这样阳光、这样善良，又不惜为他人牺牲自己呢？《少年黄文秀》给了我们答案。

很钦佩阮梅以追索一个时代楷模的童年与少年的成长过程，来树立一个当代中国青年的青春形象。阮梅是位专司儿童研究问题的作家和专家，她以如此丰富和生动的笔调，去叙述黄文秀普通而平常的出生背景、家庭成员、成长过程，这种细腻的、动情的和潺潺流水般的叙事，像课堂上的语文老师在给同学们讲一个女孩子的童年和少年的传奇故事，讲到她"好人"父亲，讲到她朴实的母亲，以及整天背着她的奶奶等这些栩栩如生的人物，当然还有引领着走进知识海洋的老师。我们会发现，黄文秀其实与其他孩子一样，平平常常，可又有些与众不同。她的与众不同，是她一直被善良的、美好的和健康的思想与行为影响着、教育着、滋润着，所以我们最后明白了为什么出身贫寒的黄文秀，竟然那么阳光、那么善良，又那么懂得为他人谋利、谋事、谋幸福。她的这些优长于一身的质地，在于她的生命基因里有一种极其宝贵的东西，那就是：爱，对亲人、对他人、对社会和对祖国的赤诚之爱。当然，她也像其他女孩一样爱自己，因为这样的爱，才让她变得美丽而洒脱、善良而无私。这样的女孩一定是"朝前走"的。阮梅这样定义黄文秀的人生坐标。

然而在我看来，《少年黄文秀》一书，能给广大读者，特别是给青少年读者以另一个更重要的启迪，那就是黄文秀这样的时代楷模，其实还有许许多多。他们代表着当代中国青年的形象，他们如黄文秀一样，也许出身平凡且工作普通，可他们就是在这样平凡而普通的岗位上，给予了我们这个伟大时代和伟大祖国最坚定和最坚实的推动力。

因为一个民族真正强大和永远保持旺盛的动力,就是像黄文秀这样的亿万民众所垒筑起来的基石。由此我觉得,远去的黄文秀,其实恰恰地正在微笑着朝我们走来,离我们越来越近,近到能让我们倾听到她那跳动着的心,触摸到她那能够融化一切冰冷与困苦的体温……

少年黄文秀,是一束温暖而明亮的阳光。

乐水之城

也许还没有哪座城市因乐水而与一个政党和一个国家的命运连在一起。被水托起的嘉兴是唯一的这样的一座城市。

走进嘉兴，就会发现，此地家家临水、户户枕河。当地的地名中，几乎都带"水"字。而水流经的地方，则称谓也异常众多，如湖、河、浜、泖、荡、漾、泾、港、滩、溇、溪等。嘉兴古名，曾叫过"长水""秀水"，即使称谓嘉禾、禾城时，也是紧贴着水，倘若无水，怎可有禾？怎可谓"江南水乡"？自然，没有水的嘉兴，也就不可能有白居易"日出江花红胜火，春来江水绿如蓝"那般江南的景致。

嘉兴的水，滥觞于距今大约7000年前的马家浜文化时代。我们蒙昧时代的先民，仓皇流离，于天苍苍野茫茫间觅见了这一方水草丰茂的泽国，相信这是上苍对他们的眷顾，遂在此安顿下来。从此，人类文明的曙光便从嘉兴的这个小小湖滨中，冉冉升起。在马家浜，此地的先祖筚路蓝缕、刀耕火耨，开始了最原始的创业。他们在这里种出了世界上最早的水稻，做出了香喷喷的米饭。在马家浜遗址，考古发现的156颗炭化谷粒遗存，当是最有力的佐证。由此今人得出结论：

马家浜的水稻基因，无疑是最为优异的，这得感恩于嘉兴之水，因为此地的水有机微生物丰富，自然最适合稻禾这样的植物生长，以至于5000年后，"由拳野稻自生"。当年吴国大帝孙权闻之大喜，遂把由拳县改名为禾兴，次年又改为嘉禾，以感谢上苍赐予的祥瑞之兆，嘉兴从此有了"兴旺有加"之间的城市之名。这一颗马家浜的稻种，把阡陌纵横万亩连的嘉禾大地，变成了"稻花香里说丰年"的鱼米之乡。中唐嘉兴屯田都知李翰欣喜地写下了"嘉禾一穰，江淮为之康；嘉禾一歉，江淮为之俭"的名句，嘉兴成了全国的粮仓。"父老禾兴旧馆前，香秔熟后话丰年。楼头沽酒楼外泊，半是江淮贩米船。"客居潞河的朱彝尊，在棹歌中不无炫耀地说着嘉兴的富足。

马家浜稻田中的涓涓水流，深情地扑进了千里大运河，也让嘉兴的人脉地气，与中华民族的伟大血脉连在了一起。嘉兴人民勤劳、节俭的品德也从此成为中国精神中的重要部分。这里所产的优质稻米，更是闻名于天下。为了让嘉兴美食运达天下，嘉兴人不辞辛劳、风餐露宿、开沟凿渠，把一条条自然河流连贯起来，开挖出中国最早的人工运河。古运河，从春秋流向秦汉，又从唐宋流向明清，直至今朝，从无断泾。为此，嘉兴也因运而兴旺。尤其是水流大动脉——京杭大运河横穿嘉兴地域绵延百里之后，沿岸无数古镇皆得益受恩，从而也有了"商贾四集，财赋所出甲于一郡"的乌镇、"千盏灯笼脂粉色，八方舟楫杜康香"的西塘、"肆廛栉比，华厦鳞次"的濮院、"日出万匹，衣被天下"的王江泾等，也让硖石镇的棉纱业、干窑镇的窑业、崇福镇的榨油业和印染业、海盐的棉纱业繁荣了。那座小小的长安镇，也当仁不让，成为明清江南三大米市之一。"粟转千艘压绿波，万家灯火傍长河"，就连见多识广的马可·波罗，也激情地写下了如此文字："兹从此城发足，请言长安城。应知此长安城甚大而富庶，居民是偶像教徒，俗用纸币，恃工商为活，织罗甚多而种类不少。"

大运河宛如一条玉带，款款流淌，浸润、渗透着嘉兴的文化和历史，也焕发、延续着阡陌街巷的生命和活力，见证了这座江南水乡文化名城在新时代的经济发展、社会繁荣、百姓富庶。2019年，嘉兴所辖的五县（市）全都跨入全国经济百强县，排名连年攀升，城镇居民和农村居民人均可支配收入分别达到61940元和37413元，农民收入更是连续16年位居浙江省第一。倘若马可·波罗再度来游，一定会更加不吝笔墨，大书特书！

京杭运河八水绕城，最为壮观的一幕是它汇入平缓如镜的南湖之后的那般气度与灵光。瞧，那湖上微波粼粼、垂柳拂风；岸边雾霭轻掩、鸟语莺莺。尤其令人注目的是在烟雨楼下静静停泊着的那条古色古香的画舫……

这条当年江南水乡常见的丝网船，因恰逢一场开天辟地的大事变，从而有了一个不朽的名字：红船。1921年的夏天，中国共产党第一次代表大会，就在这条红船上完成了它的壮丽伟业——宣告了中国共产党的诞生。

一叶扁舟，南湖扬帆，开天辟地，亘古未有。中华民族历史上一首波澜壮阔的史诗从这里起程谱写，一段最为昂扬激越的音符从这里高亢奏响。在浩浩荡荡的历史洪流中，南湖的红船，经风雨、战激流、斗恶浪、闯险滩、乘风破浪，一往无前！它所昭示的开天辟地、敢为人先的首创精神，坚定理想、百折不挠的奋斗精神，立党为公、忠诚为民的奉献精神，传承着中国共产党人的初心与使命。

秀水泱泱，红船依旧；时代变迁，精神永恒！党的十九大召开后的一周，习近平总书记率领全体中央政治局常委委员，到这里瞻仰红船，向全党宣示"不忘初心，牢记使命"。红色的脉搏，在中华大地上跳动，今天愈加强劲。南湖的波光潋滟中，蕴含着改造中国的巨大能量、民族复兴的伟大梦想！

嘉兴，一座水育的城市，以水书写了中华民族历史上最伟大的篇章，也因此让一个代表劳苦大众利益的世界第一大政党有了今天的辉煌诗篇。

因为嘉兴的水，是美的，它能带给人民最美好的愿望和诗一般的意境。这水好似嘉兴的眼波，让它看尽了人间的风和月，因此它又是最灵慧的。它春如琴，畅快而清雅；它夏如筝，悠扬而清脆；它秋如箫，明净而澄澈；它冬如埙，古朴而沉静。因为这丰盈的水色，所托起的玲珑石桥上，我们也就看到一位位细腻而敏感、多情而多才的文化巨匠：从吕留良、朱彝尊、王国维、沈曾植，到茅盾、丰子恺、徐志摩、张元济、张乐平、穆旦、朱生豪、木心……能不感叹造物主对嘉兴的特别呵护与钟爱吗？

是的，嘉兴之水同样也是激越的。观钱塘江奇潮，也当在嘉兴的海宁境内。"八月十八潮，壮观天下无"，那排山倒海的江潮，高达数米，犹如万马奔腾，气势磅礴。1916年的农历八月十八观潮节，孙中山先生来到海宁观潮，触景生情，留下了一句名言："世界潮流，浩浩荡荡；顺之则昌，逆之则亡。"并为海宁题写了"猛进如潮"四个大字。1957年，毛泽东主席在观潮后，写下了一首《七绝·观潮》："千里波涛滚滚来，雪花飞向钓鱼台。人山纷赞阵容阔，铁马从容杀敌回。"钱塘江大潮锻造了嘉兴人勇猛精进的气质，从吴越争霸的"槜李之战"，到惊天撼地的"乍浦抗英"，到辛亥革命七烈士，到中共一大卫士王会悟，到一把剪刀剪开企业改革帷幕的步鑫生，一代又一代的嘉兴人，勇猛精进，勇立潮头，且从不歇劲！

是的，嘉兴因水而生，因水而兴，因水而永进。那清澈温润的脉脉活水，流淌在禾城的无尽岁月里，让在这里生活着的人延绵着幸福和富足的每一个春夏秋冬，并不断凝练着嘉兴人"勤善和美、勇猛精进"的精神品质，从而也精准地诠释着中华民族"上善若水"的不朽真谛。

水德行香

杭州近邻是德清，很多人喜欢到那里去，我也一样，每次去后就有一种被迷住的感觉。后来有人就问我：到底德清好在什么地方？又有怎样的美？

这似乎需要我对德清作一番"认识"。

其实，认识德清无须犹豫和考虑什么，你只需顺着德清大道，从东往西一路"滑"去就行——那一头是100多年前就让欧洲人发狂的被誉为"清凉世界"的莫干山……即使是现在的冬天到莫干山，依然可以感受这里的"清凉"是悦心的，因为松柏和青竹上挂着雪珠与冰花，有着一种爽爽的暖意。

我说一路"滑"去看德清，是因为12里长的德清大道，是德清最典型的缩影：她美，美得青春，美得滑润，又美得十分娇艳与温馨；她鲜亮，处处流光溢彩，让你的眼睛都片秒无法移开；她激情澎湃，朝气且有生机，郁郁葱葱中奔流不息的气息似冲浪般激荡着、吸引着你，前方有更美的景致在等待着你去感受，等待着你去触摸，等着你去拥抱……

这就是德清。你在行中闻之香气，你在听中享之韵律，你在观中阅之味道，还有清朗与生辉的诱惑和迷失……

任何时候，沿着德清大道，你的心都宛如在绸上行走，"滑"然而之，乐然而之，欣然而之，并会久久陶醉之……

这就是德清。她让你"滑"出的心，如梦如幻、如云如虹，而忘却归途。

不是所有的土地都可以让人"滑"然而行，能让心"滑"着而行的地方，她一定是称心如意、美美爽爽的。即如2020年这个百年不见的大疫情中，你来德清，你的心依然有爽朗朗、悠悠然的惬意和舒坦。

能让你心"滑"然而行的，她一定是美而优、舒而适、温而润的地方。她自然更有奋进与希望、幸福与美满的存在……

所有的真实与真情皆在此间显现，自然每一块土地上的色彩——这里指的是疫情下的人和一个地方所呈现的表情，或悄然失色，或尽然绽放……

其实，一个旷世的疫情，已经让一些地方原本如纸花和玻璃画般美妙的社会与景象，有些支离破碎，留下丑陋与狰狞。

然而德清依然美丽，恰更加让我"滑"然而行之，因为那里的人——勤劳的百姓和敬业的干部，他们从心底溢出的笑容是让我毫无阻碍地舒展着"滑"的心路——

是的，德清没有因疫情而伤碎，只有比以往更好。

你看，置身于"上有天堂、下有苏杭"之中的德清，很好地保持着自己安之泰然的本色，没有被山雨欲来风满楼的肆虐疫情所左右。这需要特别的称道，也从另一方面更准确地诠释了我的"题记"。

在中国的文字中，"清"通常是指自然和本色，或者是自然界的一种固有天成的底色，它隐喻着某种不可侵犯的高贵和神圣。

"前溪沧浪映，通波澄绿青""碧水千塍共，青山一道斜""远山翠

隔几重围，行出山前翠渐微""溪塘曲曲乡间路，云水茫茫野浦烟"……阅读古今千篇咏颂德清的诗赋，我们所感受的皆是水色青天。于是我们也认识了有水流淌着的山与田，一定是清凌凌的；清凌凌的山岭与原野，也必定是水盈漾漾、波光明耀的。开始，我一直没弄清楚为何明明是一片湖塘，却在德清人口中称其为"漾"。原来这"漾"有讲究，它并非简单的一种水动之状，而是内藏着一种当地人悠闲自得的精神状态，更是内心求安积善的高尚品质。有风轻漾，无风则不漾，可谓动静相宜、灵秀温情而适之——德清地域与人性本色也。

叹之！

今德清人皆知古人称"溪以其清而为县之最胜"，却将后一句"龟以灵而为溪之至祥"隐在心头。其实，这才是德清最为重要的"人文"底色。

"龟，神物也；敬康，清正人也。"（宋·葛应龙《左顾亭记》）这句话的大意是：德清山清水秀自然美，是其灵性之物龟在起作用，而让这块土地永葆吉祥和美的敬康正是这里的"清正人也"。龟在中华民族的传统文化中，是一种吉祥而高贵之物。古人认为，"溪以其清"，可使这块大地生德，而溪中存龟，则可使有德的大地飘然行香。

其实，古时就把具有灵气的神龟喻为奠定社会基石的执政能力和执政智慧。

我曾经多次来德清，也一直在寻找一个答案：为什么德清总能让人眷恋与赞叹？并且还会有一种走时不舍、离别许久后仍念念不忘的情愫……

德清人告诉我：因为这里的执政者自始至终以民生为先，用自己全身心的德行和追求高尚与完美的志向，如涓涓细流般地滋润着这块美丽的大地，所以才使德清日复一日、年复一年地越来越充满迷人的魅力，让所有来者都有一种不舍、不忘和叹为观止的情愫。

"人有德行，如水至清"——这八个字反衬了千百年来的德清底色，也照映了德清的本色。不错，看这里的山，看这里的水，看这里的人，你皆可以与这八字结合起来。然而，以我所见和所感，看德清，尤其是观改革开放以来的德清，今朝那生机勃勃、气象万千、社会安宁、百姓幸福的社会景象，"人有德行，如水至清"这八个字，似乎已经不能代表她的全部和她的精神"硬核"了！

那么，今天的德清和未来的德清又是什么样的呢？

我在想。我在看……

我在看。我在想……

突然有一天，我登上碧波荡漾的下渚湖中那座高高的楼阁，再转向遥望远处烟雨蒙蒙中的莫干山时，脑子里突然"蹦"出八个字——"水德行香，清朗生辉"！

是啊，你瞧在这轻拂的春风中，那山环着湖、湖连着漾、漾拖着溪、溪绕着田、田围着庄、庄簇拥着城镇的德清大地上，那如上苍落下的那颗明耀耀的"世界地理信息大会"会址的巨型明珠，那车水马龙、四通八达、鲜花簇拥的城市宽阔街道，那幽谷秘景、鸟语醉神的裸心谷、君安里；那揽天丈地、行山走水的地理小镇，那湖中映人、人行水动的百亩漾洲和银燕飞翔、满天如星的通港机场……这，不正是当今德清风流人物和40余万德清人民"水德行香"，才使这片古老而焕发青春的大地"清朗生辉"吗……

是的，今日之德清，处处水德行香、清朗生辉！她，因此也在我们每个见过她的人的心中，会砰的涌起磅礴的激情和漫溢的诗意……

就是因为她有着奇异的生动和精彩的美丽，以及丰富的内涵和可比拟的事物，所以她必定会让中国乃至整个世界为之倾倒与折服。

因为这里，她原本就位于被誉为"天堂"——杭州与苏州的中间。

山海间那只美丽的飞鸟

"林主任,祝贺您!"

"林妈妈,我们想念您……"

晚饭时分,《新闻联播》还没结束,林月婵的手机已经开"爆",有福建本省的同事和朋友打来了,更有远在千里之外宁夏的那些脱贫了的乡亲们给她报喜,他们共同祝贺中宣部授予的以林月婵为代表的闽宁对口扶贫协作援宁群体"时代楷模"称号。

"24年间……林主任您是闽宁合作模式的大功臣!"

"24年了……林妈妈您是我们最爱的福建亲人!"

是的,24年间,她林月婵40余次来回于闽宁的山水之间,像一只永不知疲倦的飞鸟,与她身后的11批共180余名赴宁挂职干部、2000余名支教支医支农工作队员一起,为宁夏山区的贫困兄弟姐妹带去源源不断、滚滚而来的温暖与财富,还有取之不尽的脱贫致富理念与大海一般的情谊……

尽管林月婵因长期劳累而重病缠身,然而每每想起这起肩负习近平总书记嘱托她的重任,总是难掩内心的澎湃激情——

在接受"时代楷模"荣誉的祝贺声中,林月婵让保姆将其从椅子扶起,颤颤巍巍地走到窗台前,越过眼前的那片大海,向远方深情地望去……

她看到那叠叠层层的海水,正满盈盈地朝自己涌来。它们在夕阳的照耀下,宛如宁夏西海固走来的那些她熟悉的农民兄弟和姐妹们,正带着脱贫之后的幸福,一边跳跃着,一边欢笑着朝她簇拥而来。他们的身上披着一片金光,嘴里亲昵地喊着"林主任""林妈妈"……那一刻,她醉了,心与神思一起醉了……

她的眼睛潮湿起来,开始有些模糊。24年前的那一幕,浮现在她的眼前——

"中央决定福建与宁夏对口合作帮扶之后,我们福建方面便很快成立了由省委副书记习近平任组长的'福建省对口帮扶宁夏领导小组'。我是这个领导小组的办公室常务副主任,具体工作就落在我头上。有一天,习近平同志对我说:'你也带些人到宁夏那边看看,然后再商量商量我们如何与他们那边对口……'这是1996年中央决定我们福建与宁夏帮扶对口之后,习近平同志代表福建省委、省政府向我交代的第一件事情,而从那时开始,我就跟宁夏结下了不解之缘。这一迈步,就是二十多年,我也从一个干啥事都风风火火的四十来岁女同志,变成了今天这样一个老太婆、半个植物人……"林月婵在接受我采访时的第一段话就这样介绍道。

到福建采访,是我在宁夏之行后。在宁夏,从北到南的一路上,只要说起福建与宁夏的扶贫对口工作,"林月婵"这个人几乎无人不晓,她在宁夏扶贫干部和宁夏人民心目中近似于"女神"。为什么?因为24年的"闽宁对口合作",给宁夏人带来的好处实在太多太多。可以用这样的话说:如果把这种"对口合作"比作巍峨的六盘山与滔滔大海边的八闽携手共唱一台时代凯歌,那么林月婵和她为代表的支

援干部、支教支医支农队员们就是山海之间那些美丽的飞鸟,他们为双方对口帮扶传递着最动听的歌声……

"问我……去、去过……多、多少……次?起、起码……有40多次……吧!"这是我从事写作40余年第一次遇到一位被采访对象竟是这般说话的:每说一句话,她会在坐着的椅子上像"鲤鱼打滚"似的"扑腾""扑腾"着,是极其痛苦的"扑腾"呵!

这就是宁夏人心目中的那个"女神"吗?这就是当年风风火火、"只要是宁夏的事,就会去冲锋陷阵"的那个福建省扶贫办主任林月婵?

是她。但从过去照片和新闻上看到的那个"林月婵",与眼前的这个相比,差异太大了!看着眼前这个患有严重帕金森病的林月婵,我感到异常意外并且有些心疼……

"我、我……退休……好、好几年了……你、你还来……采访我哪!"她显然非常激动和兴奋,因此她也比平时病态的反应更强烈——一旁的保姆这样给我解释道。

"我这、这一辈子……就是、就是帮……穷人做事……"林月婵的话停不下来。同样停不下来的,还有她神经性的被病魔折腾的颤动。

我很不习惯,甚至感觉自己这样的采访太不人道。

"没、没关系……"她坐着的椅子颤动得更加强烈,"我的……后、后半辈子……的心……就、就给了……宁、宁夏!"她笑了,眼里闪着晶莹的泪光。

这是我所采访到的一位扶贫干部,一位为了两个远隔千山万水的省区的对口帮扶合作而倾注了自己全部智慧与热情的女扶贫干部。采访之后我才明白了宁夏人为什么那样爱戴林月婵,也知道了"闽宁合作"的初始与后来——

女干部林月婵，最初在福建省"老区办"工作。福建是当年革命苏区的一部分，也有一片曾经为了中国革命做出过重要贡献而经济却一直不发达的贫困地区，"老区办"（原称福建省革命老根据地建设委员会办公室）就是专门从事帮扶老革命根据地贫困人民发展的一个部门。林月婵原来就在这个机构工作。爱和必须去爱，成为这位女干部的全部工作内容。后来她成为福建省民政厅副厅长，干的工作仍然是"爱"的工作内容。之后"老区办"和新成立的"扶贫办"合并，她便成了福建省扶贫办主任，直到退休。

1996年5月底，国务院扶贫办通知林月婵到北京开会，她才知道是让她与宁夏来的同志商议两个省区之间的对口帮扶具体事宜。

"相比东部其他几个经济较发达省市，你们福建的'个头'小，给个'个头'大的贫困省区背怕你们吃力，宁夏'个头'小，就由你们福建来背吧。"国务院扶贫办的负责人把中央的决定告诉了林月婵，这时她才知道原来是这么回事，同时她也才知道其"亲家"是宁夏……

没的说，接呗。林月婵心想，这是中央对我们福建的信任，这是中央交给福建的重任。

宁夏的贫困到底是什么样的？最贫困的大概有几个县？林月婵第一次与"亲家"宁夏的同志见面后，最关切的就是这些事。

"最贫困的基本集中在西海固，加上中部地区的共8个县。"宁夏同志这样说。

"那我回去向省里汇报，我们争取准备8个比较好的县市与你们那8个县作为对接单位。"

"太感谢了！"

这是"闽宁合作"的最初意向。这个意向后来很快获得了两个省领导的认可，并成为之后长达24年的对口帮扶"基本路线"……

1996年10月，宁夏和福建分别成立了对口帮扶领导小组，福建方面由省委副书记习近平任组长。也正是因为这一机构的成立，20余年的"闽宁合作"，才可能成为伟大的中国扶贫史上一个闪着习近平中国特色社会主义理论思想光芒的特别样本。

"他、他派我……去……去宁夏看看，我就……去了。"林月婵为我回忆起她接受习近平指示后，第一次到宁夏的全过程。

"我……我、我有、有许多……想不到……"她很激动，椅子又剧烈地跟着震颤起来。

林月婵说，她在岗位上时，属于那种要干事就必须要干成、干好的人。当接受习近平的指示后，她就琢磨起来：既然是对口帮扶，那就得两个省区之间的有关部门，比如农业、工业、科技、教育、卫生、交通等等部门之间做深入细致的了解，之后才能细化对口帮扶方案。于是，风风火火的她，带着习近平的指示，很快调集了包括她林月婵在内的一行14人，作为对应郭占文他们宁夏一行赴福建学习考察团的"福建赴宁夏学习考察团"。

到宁夏怎么走啊？1996年底的福建人，已经满世界走，可这14位省机关各部门的负责人，竟然没有一个人去过宁夏，也没有人知道到宁夏该怎么个走法。

一查，有人就伸舌头了："林主任，那个地方跟我们福州没通飞机呀！"

林月婵没有想到堂堂一个自治区，宁夏与福建之间竟然还没有一条省际的空中通道啊！这事在她心中烙得很深，因此她后来大力促成了这条省际"空中走廊"。这是后话。

办公室的同志告诉林月婵，从福州到银川，可以走两条线路：一条线路是先从福州到北京，再从北京到银川；另一条线路是先从福州到西安，再从西安到银川。后者线路短些，快一点。但林月婵选择了前者。"贺国强省长正在北京开会,我要向他报告一声,并听听他有什么指示。"就这样,林月婵一行从福州抵达北京,然后由她去面见贺省长。

"好家伙,你一下带这么多人,他们那边可还是比较穷啊!可别给人家添麻烦呀!"贺国强一听林月婵带了一个十几人的学习考察团,便这么说。

"我、我想应该是需要全面了解一下宁夏各方面的情况,所以……"林月婵感到压力很大,心想:此次学习考察团必须遵照贺省长吩咐的那样,绝对不能给宁夏方面添麻烦,尤其是接待方面,要体现出"革命老区人民"的本色。

为了不给宁夏方面添麻烦,林月婵一行竟然在北京出发时没有通知宁夏方面到机场迎候,下了飞机后自行找住处。

从北京搭乘的那班飞机到银川时已经很晚。"我们坐出租车吧!"林月婵心头装着贺国强的话,所以双脚一踏到宁夏之地,时刻想着"不要找当地的麻烦"。于是学习考察团找来机场的出租车,向银川市内驶去。

"宁夏人太好,又实在。"第一次到宁夏,第一次坐了宁夏出租车后的林月婵,从此见人都会这样说。

"我们想先去银川最繁华的地方看看,然后再到目的地……到时我们多给你几块钱!"林月婵坐上出租车后,很客气地对出租车司机说。

"你们是从福建来的?!你这就小看我了吧!"不想这位出租车司机一脸不高兴。

"不是别的意思,是我们麻烦你了,所以……我们都是第一次到宁夏来,特别想看一看银川的繁华夜景……"林月婵赶紧解释。

"噢——明白了!"司机马上高兴起来,熟练地将油门加大了一

挡，一边掌着方向盘，一边热情地跟林月婵聊了起来："我一听你们口音就知道你们是从福建那边过来的！"

"你去过我们那边？"林月婵有些惊讶地问。

"不是，是以前我给在这儿做生意的福建老板开过车……"司机说。

"这儿也有福建来的老板？！"这让林月婵十分意外。

"不是有没有的问题。我们这儿除了浙江来的老板外，就你们福建来的老板多，而且我很喜欢你们福建人，跟我们宁夏人一样：实在！"

"哈哈……"这个司机的话给林月婵印象太好了，于是她把自己一行人的真实身份亮了出来，并说她很想见见这些在银川的"福建老板"们。"家里人来了，想跟他们见见面、聊聊天，请他们给个面子！"她说。

"这事包在我身上！"出租车司机豪爽地答应道。后来这位出租车司机真的把40多名在银川做生意的福建企业家都叫到了一起。"谢谢你们，想不到这么遥远的地方还有我们福建人哪！敬佩！敬佩！"林月婵一番寒暄后对这些福建老乡说明了自己一行人的来意，并提出希望这些福建老乡以后能参与到福建省支援宁夏扶贫工作中去。

"我有个建议：你们这些人在外面做生意也不容易，如果能够归入我们省里的统一工作之中，把与宁夏的合作做好了，让这里的百姓富裕起来了，也就给诸位做好生意营造了一个好环境，所以我想你们应该成立一个组织，比如在这里成立一个福建扶贫企业家协会什么的，你们觉得行吗？"

"好啊！林主任这个意见好。我们以前都是各干各的，有了事情也找不到'娘家'，要是成立了这个组织，就可以不用回福建，也能回'娘家'了！"众福建老乡立即响应。

"我也举双手赞成成立这个协会,但是不是把'扶贫'二字去了?我们主要是做生意嘛!"有人提出。

林月婵笑笑解释:"有这个'扶贫'意义就不一样,一是我们福建人要响应党和政府的号召,做生意的同时也要为扶贫和脱贫攻坚战服务,也就是说你们在宁夏除了做生意外,还要为当地百姓解决贫困服务,做薄利生意,不做黑心生意;二是我们做好生意的同时还要尽自己的爱心,贡献我们福建人的无私和仁爱之心,要做我们的华侨前辈陈嘉庚那样的人,你们说我讲的对不对?"

"太对了!经林主任这么一说我们全明白了,'福建扶贫企业家协会'这个名字好,意味深长!"这些企业家们纷纷举双手赞成。后来也证明了林月婵的这个建议为福建人在宁夏更好地做生意创造了让企业家们意想不到的好环境。自然,在之后的24年中,这些企业家中有许多人成为"闽宁合作"的典范和杰出贡献者。

这是后话。

我们再说林月婵他们当晚从机场坐上出租车驶入银川市区后,应林月婵请求,司机把他们带到当时银川最繁华的华联商场街头转了一圈。"我一看那里的情况,就知道了宁夏基本是个什么生活状态:大街上很少有人,虽然那个时间是晚上八九点钟,但如果在我们福建,厦门就更不用说了,即使在下面的市县城市,肯定也会是灯火辉煌的,比银川热闹许多……但银川这里的夜市基本没有。除了最繁华的华联商场一个地方外,其他街道基本上都冷冷清清的。从街景可以看出,宁夏这里还没有市场意识,百姓的生活水平显然与我们那边差距不小。"林月婵这样感慨道。

后来的十几天,她除在银川与自治区扶贫办等单位进行对接外,还马不停蹄地南下到了最贫困的西海固及另外两个地区的八个贫困县考察。

"那一次给我的内心触动太大，我太震惊，实地看到当地贫困百姓的生活真的可以用'触目惊心''闻所未闻'来形容。"林月婵后来回到省里向习近平等领导如此汇报道。

那天我采访林月婵是在她家。说到这一段情形时，她坐着的椅子震颤得"吱吱"响，说话的间断频率让人心疼与心酸。我只能改用平常的文字来记录她对当时所见所闻的描述——

"我走到百姓住的那种又黑又掉土的窑洞后，揭开他们的锅想看看他们吃什么，有没有存粮……可大多数的锅是空的，偶尔有几块已经凉了的土豆。再看看窑洞里还有没有其他存粮，但基本上看不见。一般家庭就只有那么一小堆生土豆放在一边，这就是一个家庭全家四五口人的口粮。

"窑洞里只有一盏油灯，灯芯很小，即使点亮后仍看不清整个窑洞里的人脸。"

"有不少家庭的孩子甚至是大姑娘需要轮流起床或外出，因为他们家里可能只有一件部队捐助的军装，所以只能轮流着穿……"

林月婵也看到了一汪汪颜色黄澄澄又爬着蛆虫的窑水……甚至也看到了传说中的在炕头上的木框上挖了几个坑作饭碗的家庭。

"有一天住在县上的小招待所，我早早就被外面的声音吵醒了，推开窗户一看，下面是排着长长队伍的卖土豆的农民。当时天已很冷了，有的人只穿单薄的衣服，肩上披着麻布袋，我看着直掉眼泪……"

那一天在林月婵家，她跟我说了许多她在宁夏所看到的让她流眼泪的情景。也正是因为这位充满善良、富有同情心的福建省女扶贫办主任对宁夏人民的特殊感情，使她在宁夏考察十几天后回到福州，立即向习近平等领导作了专题汇报。之后她又在省委、省政府研究对宁夏对接支援工作方案时不停地提出自己的意见和建议，她甚至不怕有人说她"怎么嘴上一天到晚挂着'宁夏那边''宁夏那边',你就不想想我们这边也有不少难事嘛!"每逢这个时候林月婵就会毫不退让地回击道:"咋啦?我们'宁夏那边'的难道不是为了我们'福建这边'吗?没有西部和少数民族地区的强盛与富裕,我们福建和东部就能永远飞速发展吗?"

"多数时候,我总是赢。因为大家理解我的意思,也支持我们的工作和好的建议。"林月婵开心地告诉我,从宁夏回来之后,有一天贺国强见了她后高兴地说:林月婵你做得对,应该多带些人到宁夏那边去把情况了解清楚,把那边的事情摸清楚了,我们就知道对口扶贫工作如何做,如何做到关键点上。贺国强同志后来特地对林月婵交代:"你以后要多去'那边',多把'那边'的情况告诉我们,多给'那边'办好事、办实事……"

作为福建省对口帮扶宁夏领导小组组长的习近平更是直接指导与领导林月婵他们的工作,每每见到林月婵或在电话里跟她通话时,他就会亲切地问问"那边"的情况如何了,"那边"还有什么事需要多下点力气等等。

"'那边'的事你就多费些心了!"习近平总是深情而又温暖地叮嘱道。

"那边"的事从此成为林月婵至今一直肩负和惦念的责任与心事……从1996年冬天那一次受习近平委托,第二年4月又随习近平等领导去到宁夏起,林月婵每年都会去宁夏"那边",有时一年一次,有时一年几次……到底准确去过多少次"那边",连她自己都记不清了。

她只记得,在西海固的枯井边,她带领福建"打井队"打出一口清泉涌出地面几丈高时,当地百姓跪在她面前"呜呜"大哭,他们是高兴而泣;

她只记得,有户回族群众第一次拿到卖蘑菇换回的5000元钱时双

手抖动的样儿，以及孩子、媳妇为她跳舞的情景；

她只记得，第一次把福建妇产科专家请到山区，为山村的姐妹们免费检查身体时，看病的人群足足排出了500米之远的地方……

太多那样的情景了，太多让林月婵泪流满面的"那边"的事儿了！

2016年7月，习近平在银川主持召开了东西部扶贫协作座谈会，林月婵应邀专程出席。这是她已经从扶贫工作岗位上退休后被邀的一次"宁夏行"，也是她患病前最后一次去"那边"。

"我、我……现在走、走……不动了，可我、我……一直惦、惦记……'那、那边'……"采访结束那天离开她家时，林月婵坚持要让保姆扶着她送我走到楼梯口。

"你替我……向、向'那边'……的父老乡亲……问好，看看他们……还有、有什么需要我们……帮助的……"我已经几次到林月婵身边，劝她回屋子里去，别再送我了，可她仍然颤颤巍巍地站在那里，吃力地向我说着断断续续的话……我无法不再加快步伐，迅速地离开她的家，因为我不忍心再回头看这位为"那边"的扶贫、脱贫工作而倾注了全部感情与心血的女扶贫干部那弱不禁风的身影和她无限眷恋的眼神，我只能低着头，加快着步子，嘴上说着"放心林主任，到'那边'后一定会把你的心意带给他们的……"

我怕再不走自己的眼眶里会溢出泪水。

"你是……何、何建明同志吗？我、我要跟、跟你……说话……说说'那边'……'那边'的事儿……"在福建采访完回到北京五六天后的某一日，我突然接到电话，一个陌生而又非常不畅顺的声音在我手机里响起。

"你是谁呀？能说清楚点吗？啥事？"我一时没反应过来，问对方。

"'那边'……你去了吗？我、我……还有许多事……可以跟你说说……"我终于反应过来这是让"那边"牵走了全部心思的病在家中的林月婵。

手机里无法听清她在说或者她还要说什么，可我听清了她说的"那边"二字。

"那边"离福建很远，"那边"是远方的宁夏，"那边"是无数福建人心中的远方，"那边"也是后来成为我们党的总书记、国家主席的习近平时常惦念的远方……

"那边"到底是什么？去了一次林月婵家，亲自访问了这位心系"那边"的福建省扶贫办主任的故事后，我才明白为什么宁夏人都称林月婵是"宁夏的女儿"；我也似乎懂了重病在身的林月婵为什么只要一听到"那边"来电话，她就是颤抖着身子、迈着摇晃的双腿也要亲自去接电话。保姆告诉我，有一次林月婵接电话时倒在了地上，她竟然双膝跪地很长很长时间，一直等"那边"的电话打完才让保姆扶她起来。

"唉，我、我……现在啥都、都……干不了啦……心里就惦念着……'那边'的那些事、那……些人！"林月婵的这句话，经常在我耳边响起，她说这句话时的那般情形也常常在我内心泛起阵阵波澜。

2007年，林月婵从工作岗位上退休。但用宁夏人的话说："从此林大姐便成了'闽宁合作'的专员"——专司其职的人。确实，直到前四五年她因患病身体不便之前，她又去过宁夏6次，基本上一年一次。2016年，全国扶贫工作会议在银川召开，林月婵再次赴宁夏，自治区政府光荣地授予她为"闽宁友好使者"。

"我很喜欢这个荣誉称号。我们援宁干部和支教支医支农队员就像一群飞鸟，24年来不停地飞翔在闽宁的山海之间，成为扶贫脱贫的友好使者……"林月婵听说我要再次赴宁夏采访时，叮嘱一定要帮她去看看闽宁镇旁边的那片十万亩葡萄园现在怎么样了，西海固的闽宁

开发区发展又如何了……

现在,我就站在贺兰山脚下的十万亩葡萄园内,闽商陈德启是这座葡萄园的庄主,他要我向林月婵报告:他投下30亿元资金所种植的10万亩葡萄园已经开始收获,并且有了10个品种在参加世界红酒评选中获得金牌。在他带动下的贺兰山葡萄园已经连成一片,超过百万亩之大。

后来,我又到了西海固的隆德县,闽宁开发区的林小辉告诉我:他在这里创办的第一个闽宁开发区,已经引来20亿元投资、36个闽商开发的产业,而且开发区的第三、第四期又已建成,新一批的投资者将很快进入园区……

而且我在宁夏,从北到南、从东到西,看到了一个脱贫之后的全新的宁夏,以及奔向小康道路上的那些幸福的宁夏人。他们的条件变了,门前是柏油马路、高速公路,家家都有了自来水,户户牛羊满栅,欢笑堆满了他们的脸庞……

当我在手机里将上面这些消息告诉远在福州的林月婵时,她很是激动地哽咽道:"我、我恨不得再次变成飞鸟,飞过去……看看……"

万鸟归巢

提起鹭鸟，我这样一个土生土长的江南人并不陌生，但数万只鹭鸟一起朝出晚归，如此浩大的阵势还真没有见过。

此时，太阳正缓缓西下，等待鹭鸟归巢的人群，如期待一场盛大晚会的开始，心情异常兴奋。四周此起彼伏的欢快的蝉鸣与蛙叫，像一曲曲交相辉映的前奏，将现场气氛渲染得更加热烈。夕照辉映下的流云稀疏翻覆，显得天空格外寥廓和磅礴。绿荫环绕的漾面上波光粼粼，水面上映出的天幕，似乎增加了几许神秘……

"快看，来了，来了，鸟儿开始归巢了！"站在我身边的年轻女村主任指着天空，声音溢满激动，指引着我们观看万鸟归巢最震撼人心的场景——

"呀，真的啊，它们开始回'家'啦！"

"一队一队的啊……简直如滑翔机般俯冲而至！"

或许都是第一次观赏鸟儿归巢，人群里的情绪顿时亢奋起来，大家一边争先恐后地挥手指向鹭鸟滑过的天际，一边又忙不迭地举起手机想对准那些从四面八方"噼里啪啦"似的擦着我们的头顶发丝而过的飞鸟……

天呐！鸟儿归巢的场面竟是如此壮观，如此浩荡——

最先行的几小队的鸟儿在落停漾中央的那片樟林小岛后，便叽叽喳喳叫个不停，仿佛它们在为后续伙伴的到来做晚餐的准备。接着是几大队的鸟儿，在漾面上盘旋舞动几圈之后，滑行般地散落在丛林之端的一片树梢上，与先前栖停的鸟儿一起欢呼雀跃地交流着如何迎候下一波正在飞途中的更大伙伴队伍……而此时，暮色已渐浓，绿林深处像挂满了一盏盏白炽灯，那是鸟儿们在为即将夜归的鸟群标识归巢的方向。那些早归的鸟儿，以超乎想象的热情和期待，用清脆和高亢的雀跃声，愉悦而欢快地等待着、迎接着。

"太阳落山前的20来分钟是归鸟最多的时候，你们快看，又来了，又来了……"没等女村主任话音落下，顷刻间，不知何处而来的飞鸟，像一片片翻卷的流云，将渐黑的漾面上空映得洁白。随之，在我们的耳边，是一阵阵宛若倾盆大雨般的猛烈呼啸声，而在声响中又明显跃动着一种沸腾和磅礴的欢欣。那些流动的"白云"，如三九季节的雪片，洒洒扬扬地飘落到漾面，眼看与水面相撞之时，它们又迅速升腾至樟林之巅，在广阔的天空尽情地舒展其优美的舞姿，这才是真正的羽翼遮天、浩浩荡荡的万鸟归巢之景，让我们看得如痴如醉……

"啊，落雪啦！快看那树丛上——全是白雪呀！"

不知谁惊呼了一声，站在观鸟栈道上的人群纷纷随声望去，于是又掀起一阵高过一阵的欢腾："真是穿越时空了，简直是大雪压青松啊！"

可不，方才还是绿意浓浓的樟树林和桑树园，现在变成银装素裹的一片"雪景"……

"它们全都安然回家了！"女村主任舒畅而又自豪地告诉我们。

"鸟儿们真有纪律啊！"不觉间，太阳已完全躲到了地平线下，最后一抹余霞也将整个美丽的村庄送进了宁静的傍晚。我却心中仍存疑问，小村庄中央的这片并不算太大的漾面，竟然会吸引如此多结群而归的鹭鸟！更让人惊叹的是，它们并非在这里临时栖息，而是认它做自己的家园，且作为充满了温馨和依恋的家园……

一弯明月已挂上天空，漾面上闪动着繁星般的波光。鸟儿们已不再发出叽叽喳喳声，而是碎嚼着轻柔曼妙的窃窃私语。那片郁郁葱葱的樟树林和桑树园，也在微风摇曳下，变成了鸟儿栖息的宁静家园……"欢快一天后的它们，现在要进入'私人'空间了。我们也该回程，去尝尝村上的农家晚饭了！"女村主任热情招呼着我们这些余兴未尽的观鸟者。

饭桌上是清一色农家自种菜，不奢华却很丰富。德清三林村和周边有一万八千多亩大大小小的漾面。改革开放以来，这里的农民除了种地，便是养殖各种水产，所以我们的饭桌上都是农民刚从地里采摘下的各种蔬菜，和他们自己养的鱼、虾、鳝等湖鲜，吃起来美味又新鲜。当地村民自豪地说："这都是我们平日里吃的家常菜哩！"

"难怪白鹭鸟喜欢在这里栖息，原来这里有丰富的湖鲜和田间食物哟！"我不由感慨道。

"是啊，白鹭这种鸟儿非常讲究和挑剔栖居的环境！这些年随着我们这里的生态环境越来越好，鹭鸟也就越来越多了。"聊天中，我们也知晓了女村主任的名字，她叫姚芳连，是土生土长的三林村人。谈起白鹭的习性和栖息条件，姚芳连如数家珍："一是得有足够多它们喜欢的食物，我们这儿的漾面上有丰富的水产，可供它们食用；二是村上大片大片的香樟林和桑树园等绿荫，可供它们在此栖息和繁殖；三是宽阔和宁静的田野和村庄，可供它们尽情飞翔……"

"白鹭过去也一直在村庄上栖息吗？"这是我特别想知道的。

"哪里哪里！从我记事到前几年，就从没见过有如此多的白鹭在这儿栖息过。""70后"女村主任回忆道，"听父辈说，过去村上只种水稻等粮食作物，漾面上也只有单一的水产，生活在村庄里的人更不注意绿化环境，树都是光秃秃的。我们小时候所看见的天上飞的偶尔有些麻雀，其他的鸟儿就不大见得着了！"

"什么时候才开始有了这么多鸟儿来村庄栖息？"我迫不及待地想知道这太有意思的变迁，便问道。

"就这几年我们响应上级的'建设美丽家园、振兴乡村'号召开始的……原来我们村可是出了名的贫困村！说起这，还得感谢我们的领头人、村支书沈炳奎。"女村主任介绍，三林村是2001年由"三来"与"茅林"两个村合并后新组成的村庄。沈炳奎出任村支书时，三林村没有一条像样的道路，环境脏乱，种植单一。村民以养蚕和种田为主，收入微薄，中青年人大多数外出打工，村上只剩些老人和孩子。

"那时，村上的人都不愿意留在家里，更不用说远方的鸟儿来栖息了！"女村主任感叹道，"沈书记当时接手三林村时，全村的年收入不足4万元，欠款却高达600多万元！"

怎么办？唯有号召村民们举起改革旗帜，树立奋斗信心。

机会来了：这一年，一条"S13"高速公路横穿三林村，但当时村民却因修路占地而聚众抗议闹事。沈炳奎冒雨骑上摩托车赶往现场，不料天黑路滑，车子一头摔倒在泥沟里。当沈炳奎满身是血、一瘸一拐地出现在村民中间，用了数小时细致耐心地给大家讲清修建高速公路对村庄建设的意义时，聚众闹事的村民终于转过念头，明白了"要致富先修路"的道理。

有了通往外界的高速公路后，沈炳奎带领村民们干的第二件大事就是：用社会主义新农村的高标准规划，建设一个美丽的中心村。

三林村有水有林，但过去缺乏统一规划，又因小打小闹的家庭作坊式小企业多，污染严重，水质差，加上农业种植又单一，不仅村民们收入低，而且村庄的环境越来越差，连村民们自己都嫌弃。恢复清澈的水面，绿化村庄环境，优化种植品种，清除污染作坊，"美丽家园"建设从此拉开战幕。

经历数年的拼搏奋斗，三林村的漾面清了，青虾、黄鳝、鲢鱼和甲鱼等数十种水产满塘，而这些都是白鹭特别喜欢的食物。村民们宅前宅后的绿化更是成效显著，可谓"墙外绕扶疏，绿荫皆桑麻"。过去，当地姑娘出嫁时喜欢用香樟做嫁妆，而如今成片的香樟树散发着沁人的清香，伴着桑树上颗颗饱满鲜嫩的桑果，吸引着远近百种鸟儿纷纷迁徙而来。白鹭是其中最先光顾的一种"先头鸟"，开始是一百只，后来是几千只，再后来是千千万万只。它们徜徉在三林村的绿荫树梢间，形成了一个浩大无比的鸟世界——这，才有了如今游人们每天早晚可见的万鸟出巢和万鸟归巢的壮观场面……

"村庄美了，村上一批批外出打工的青壮年回来了，他们开始在自己的家园创业。因为他们的辛勤劳动，家园又被建设得更加美丽。因为三林村越来越美丽了，飞来栖息的鸟儿也越来越多了，所以你们才可以观赏到这奇景。"女村主任姚芳连骄傲地朝我挥挥手，"咱们到咖啡厅边喝咖啡边说吧！"

"村里还有咖啡厅？"我很是惊诧。

"当然。还有舞蹈排练厅、学生训练营……"姚芳连带我顺着月光下的明亮路灯，指着一排排时尚又崭新的房子说，"这里原来是村上的一家旧厂房，杭州来的浙江农业大学教授马军山老师把它改造成了乡间咖啡厅和小学生艺术训练营地，生意好着呢！"

如今的乡村有着太多令人意外的事情！走进那栋房子，只听里面乐声阵阵，原来有几十位省城杭州来的孩子们正在排练舞蹈……再往

里面走,便是一间足有近百平方米的咖啡厅。优雅的环境里,坐着十几对年轻人,像是城里的大学生,有的在低声交谈,有的独自操作着电脑。在一个角落里,还有三位一眼看上去便知是本地的村民,他们正满脸笑容地喝着咖啡交谈着什么……

"这咖啡味道怎么样?"我好奇地上前询问那几个村民样儿的百姓。

"开始喝时苦。现在越喝感觉越有味道了!"其中一位村民说,他的话引来众人欢笑。

"这就是省城来的马老师。我们三林村现在这个样,全靠马老师和他的团队设计与操办。"女村主任向我介绍坐在最里面的一位正在摆弄着电脑的长者。

"马老师好。"我握过马军山老师的手后问,"您怎么就看中了这个地方?又怎么想着把村庄打造成今天这么美丽的'白鹭水乡'的呀?"

马老师笑笑,给我斟上茶后娓娓道来。两年多前,他带学生到德清实习,是被这里的鸟儿带到了三林村。"我第一次见到有这么多鸟儿栖息在这个村庄的漾间绿荫之中,就喜欢上了这里,于是就带着团队在村上扎下根。干着干着,鸟儿也越来越多了,外面的人跟着一拨一拨的也来了……甚至还有台湾来的美女!"马军山正说着,一位手中拎着一个塑料袋的年轻女士走进了咖啡厅。

"她就是这家咖啡厅的老板,台湾来的养生专家王淇小姐。"马老师介绍道。

"北京来的大作家?太好了!今晚我用这个菜招待你们……"这个叫王淇的台湾女士边说着,边将塑料袋放在我面前,然后从里面拿出一把青嫩的叶子介绍说,"这植物大陆没有,是我从台湾引进来的。它叫武吉斯,我给起的名字!"

女养生专家说完哈哈大笑起来，继而道："这种植物含有人参皂苷与何首乌的合成营养，它全身都是宝，叶子可以食用，果实是珍贵的营养药物，又是价值很高的经济作物，能让种植的人发家致富。"

"原来王女士也是只为三林村百姓办好事的美丽之鸟啊！"我开玩笑道。

"是。王女士很不容易，她一个人大老远地从台湾地区跑来为我们村上百姓创业致富送来宝贝，村民们都称她是'宝岛来的致富鸟'！"女村主任姚芳连的话，惹得王淇女士满脸泛红晕，连连道："我才飞来不久，刚刚开始……"

可"才飞来不久"的她，已经让这个"万鸟乐园"的村庄多了一种"致富鸟"。咖啡厅内，我们还品尝到了台湾飞来的"致富鸟"自己独创的一个品牌："白鹭丝女孩"冰激凌。

"口感软糯丝滑，味道淡甜清香！"我抿了一口，感觉很独特。

当晚离开三林村时，夜色已完全淹没了大地。当我乘车离别这初识的小村庄，回望"白鹭水乡"振兴美丽乡村的"村创基地"时，看到的是一片明灿灿的灯光和熙熙攘攘的游人，以及广场上仍在欢快跳舞的村民……而此刻我最惦念的是在这美丽村庄的夜幕下正酣睡着的万千鸟儿，它们筑巢在此是多么幸福啊！